사기꾼

THE CON MAN

옮긴이 홍지로

영문학을 공부하다 말고 영화학을 공부 중이다. 번역은 양쪽 모두의 소산이다. 옮긴 책으로 『킹의 몸값』, 『조각맞추기』가 있으며 한국시네마테크협의회 소속 시네마테크 서울 등에서 영상 번역가로도 활동하고 있다. 애인 있음.

이 책의 한국어판 저작권은 EYA(Eric Yang Agency)를 통해

Curtis Brown Group Limited와 독점 계약한 **피니스 아프리카에**에 있습니다.

저작권법에 의하여 한국 내에서 보호를 받는 저작물이므로

무단전재와 복제를 금합니다.

이 도서의 국립중앙도서관 출판시 도서목록(CIP)은 서지정보유통지원시스템 홈페이지(http://seoji.nl.go.kr)와 국가자료공동목록시스템(http://www.nl.go.kr/kolisnet)에서 이용하실 수 있습니다.

CIP제어번호:CIP2015011412

사기꾼

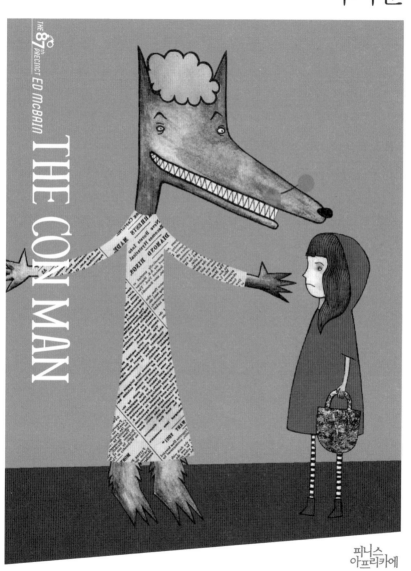

피니스
아프리카에

이 책을 하워드에게 바칩니다.

이 소설 속 도시는 모두 상상에 의한 것이다.

등장인물도 장소도 모두 허구다.

다만 경찰 활동은 실제 수사 방법에 기초했다.

1

누구나 벌어먹고 살 권리는 있다.

그게 미국의 방식이다. 밖에 나가 땀 흘려 일하면 1달러가 들어온다. 그 1달러로 레몬과 설탕을 산다. 물과 얼음은 공짜로 구한다. 그걸로 작은 레모네이드 좌판을 만들어 길가에 펴 놓고 있으면 이내 한 주에 5달러씩 들어온다. 그 5달러로 레몬과 설탕을 더 많이 사들여 길을 따라 띄엄띄엄 좌판을 여럿 벌이면 머지않아 혼자서는 사업을 다 감당하기 어려울 정도가 된다. 그러면 일할 사람을 고용한다. 레모네이드를 병에 넣고 팔고, 또 캔에도 넣어서 팔다 보면 눈 깜빡할 새에 냉동품까지 만들어 전국 체인점에 공급하게 된다. 그럼 이제 교외에 수영장과 쓰레기 분쇄기가 딸린 커다란 집도 사고 칵테일파티에도 다니는 거다. 파티 주최자들은 당신이 파는 레모네이드에 살짝 진을 곁들여 대접할 테지. 제대로 성공한 셈이다.

그게 미국의 방식이고, 누구나 벌어먹고 살 권리는 있다.

법은 돈을 번다는 인간의 빼앗을 수 없는 권리에 관해서는 왈가왈부하지 않는다. 법은 잡힐 듯 잡히지 않는 배추 잎들을 붙잡기 위해 어떤 수단과 방법을 쓰는가를 물을 뿐이다.

예를 들어 당신이 금고를 터는 데에 애착을 느낀다면, 법은 당신을 향해 눈썹을 치켜세우며 살짝 엄한 표정을 지을지도 모른다.

또는 당신이 사람의 머리를 때리고 지갑을 가져가길 좋아한다면, 법이 다소 경멸 어린 표정으로 당신을 바라본다 해도 딱히 법을 탓할 입장은 아닐 것이다.

혹은 이야기를 더 확대해서 당신이 총을 쏴서 돈을 번다면, 다시 말해 당신의 총을 써서, 당신의 총에 달린 방아쇠를 당겨서, 그 총을 이용해 실제로 사람을 쏘아서 돈을 번다면—어디 바랄 걸 바라셔야지!

그렇지만 그러면서 신사로 남는 방법도 있다. 범죄야말로 가장 빠른 시간 내에 가장 많은 돈을 벌 수 있는 가장 빠르고, 가장 안전하고, 가장 신나는 방법이라고 생각한다면 신사답게 할 수도 있다.

사람을 속이면 된다.

폭력에 의존할 필요 없다.

나가서 비싼 빈집털이용 장비를 사 올 필요도 없다.

권총을 구할 필요도 없다.

은행에 들어갔다 나오기 위해 복잡한 계획을 짤 필요도 없다.

지하실에 값비싼 위조지폐용 인쇄기를 설치할 필요도 없다.

신사로 남은 채, 범죄의 낭만과 모험을 추구하면서 세상 구경도 하고, 착한 사람들도 많이 만나고, 시원한 음료수도 많이 마시면서, 그러면서도 많은 돈을 벌 수 있다. 그저 사람을 속이는 것만으로 말이다.

간단히 말해서, 사기꾼이 되면 된다.

흑인 아가씨는 몹시 불안했다. 경찰서에서 형사 둘을 상대하고 있는 자신의 처지 때문에 불안했다. 형사 중 한 사람은 자신과 마찬가지로 흑인이었지만, 그렇다고 불안이 덜하지도 않았다. 두 형사 모두 자신의 말에 공감하며 귀 기울이고 있었지만, 자신이 바보가 된 듯한 기분을 떨칠 수 없었다. 아마도 바보가 된 듯한 기분 탓에 이렇게 불안한 게 아닐까 싶었다.

그녀가 이 도시에 산 지도 2년이 지났다. 오래전 노스캐롤라이나에서 막 왔을 때만 하더라도 애송이처럼 보였을 테고 억양도 북쪽 사람 같지 않았을 테지만, 그것도 다 옛날 일일 뿐 이제는 어엿한 세계시민이자 도시내기가 됐다고 생각하던 차였다. 허나 교만은 패망의 선봉일지니(잠언 16장 18절), 지금 그녀는 바보가 된 기분을 느끼며 앉아 있었고, 불안 가득한 손길로는 들고 있던 작고 검은 손가방의 보푸라기를 잡아 뜯고 있었다.

그녀는 4월의 어느 따뜻한 날 87분서 형사실에 앉아 있었다. 바로 조금 전 비가 내린 덕분에 길 건너편 그로버 공원의 푸른 나무들이 맑고 상쾌한 향기를 한껏 퍼트렸고, 그 맑음과 상쾌함이 용케 길을 건너 형사실의 격자창까지 뚫고 들어왔다. 형사실에서 상쾌한 냄새가 나는 경우는 극히 드물었다. 형사실에 배속된 형사는 열여섯 명이었다. 열여섯 명 모두가 늘 함께 모여 있는 것은 아니지만, 그렇더라도 다소 비좁은 공간에 틀어박혀 열심히 일하는 처지였다. 형사들은 땀을 흘린다. 오직 **살아 있는** 인간만이 땀을 흘린다는 것은 누구나 아는 사실이기 때문에 그 말은 거의 신성모독에 가까운 발언이다. 그러나 몇몇 형사가 인간답지 못하다고 인정한다 치더라도 모쪼록 그중 몇몇은 그런대로 살아 있는 존재로 간주해 주기로 하자. 바로 그런 이유로 궂은 날씨로 시작했다가 기적적으로 맑아진 4월의 오늘, 공원에서 흘러든 상쾌한 향기는 반가운 것이었다.

"너무 멍청한 이야기 같은걸요." 아가씨가 말했다.

"성함이 뭐라고 하셨죠?" 클링이 물었다. 클링은 3급 형사였다. 그는 키가 크고 금발 머리에 제법 젊어 보였는데, 실제로 젊기 때문이었다. 그는 형사실에서 가장 신참이었고, 아직 질문하는 기술을 숙달하지 못한 탓에 가끔은 요점을 제대로 짚지 못한 질문을 던지기도 했다. 때로는 자신이 던진 질문에 스스로 바보 같다는 기분을 느끼기도 했다. 그래서 버트 클링은 등받이가 있는 의자에 앉은 흑인 소녀가 어떤 기분인지 잘 알았다.

"베티예요. 베티 프레스콧."

"어디 살죠, 베티?"

"그게, 옆 주에서 사는 사람들 집에서 일해요. 저는 가정부거든요. 이제 일한 지 여섯 달 됐어요. 헤인스 부부라고 아세요?" 그녀는 마지막 말을 질문으로 만들고, 클링이 헤인스 부부에 대해 알길 기대하듯 눈썹을 치켜올렸다. 클링은 알지 못했다. "이제 돌아가야 할 것 같아요. 목요일은 제가 쉬는 날이거든요. 목요일이랑 매주 일요일이오. 보통 목요일마다 이 도시에 와요. 헤인스 씨께서 저를 역까지 태워다 주시고, 돌아갈 때는 헤인스 부인께서 태워다 주세요. 원래는 이미 돌아가야 했을 시간이지만, 이건 신고해야겠다 싶더라고요. 헤인스 부인께 전화했더니 아무렴 신고해야 한다고 하셨고요. 무슨 얘긴지 아시겠죠?"

"알겠습니다. 이 도시에 당신 아파트가 있나요?"

"여기서는 사촌이랑 살아요. 이저벨 존슨?" 그녀는 다시 한 번 이름으로 질문을 만들었다. 클링은 이저벨 존슨도 알지 못했다.

"그래서, 무슨 일이 있었던 거죠, 베티?" 브라운이 물었다. 그는 이 시점까지 클링에게 주도권을 넘긴 채 침묵을 지키고 있었다. 하지만 아서 브라운은 2급 형사였고, 참을성 없기로는 정평이 난 인물이었다. 그 참을성 없는 태도는 어쩌면 성이 브라운인데, 우연히 성과 같은 색깔의 얼굴로 태어났다는 사실에서 기인하는지도 몰랐다. 수년간 그는 친애하는 미국인 동지들에게서 숱한 놀림을 받았으며, 한번은 정말 나불대길 좋아하는 치들이 아예 좋아 죽도록 성을 립쉬츠로 바꿔 볼까 고심한 적도 있다.[립쉬츠는 유대인 성으로 흑인 유대인은 드물다.] 그의 성급함은 그가 택한 직업과 관련하여 때로는 장애물이 되기도 했으나 아주 미묘한 선을 넘으면서 제2의 성격, 즉 집요함이라는 성격으로 변하기에 이르렀다. 브라운은 한번 사건을 물면 해결할 때까지 놓지 않았다. 그런 성급함은 브라운만의 것이었다. 예를 들어 87분서에는 마이어 마이어라는 형사가 있다. 마이어의 성은 물론 마이어고, 마이어의 아버지는 그에게 마이어라는 이름을 붙여 자식이 마이어 마이어가 되도록 했다. 생각 없는 부모가 남긴 이름 때문에 놀림감이 된 사람이 있다면, 마이어 마이어가 바로 그런 사람이었다. 하지만 마이어의 경우에는 수년간의 놀림이 거의 초자연적으로 참을성 있는 태도를 길러 주기에 이르렀다. 고도의 참을성이라는 마이어의 외관에 생긴 유일한 균열은 신체적인 것이었다. 마이어 마이어는 아직 젊지만, 그의 머리는 당구공 같은 대머리였다. 하지만 세상일이라는 게 그런 법이다. 두 사람, 두 이름, 두 극단.

성급하게, 브라운이 물었다. "무슨 일이 있었죠?"

"전 어제 아침 기차에서 내렸어요. 헤인스 씨와 여덟 시 십칠 분 차를 탔죠. 함께 앉지는 않았어요. 헤인스 씨는 항상 친구분들과 사업 얘기를 하시거든요. 홍보 활동이겠죠?" 다시 물음표가 붙었다. 클링은 고개를 끄덕였다.

"계속하세요." 브라운이 재촉했다.

"여기 도시에 도착한 다음 저는 기차에서 내렸고, 길을 가고 있는데 웬 남자가 제게 다가왔어요."

"어디서요?" 브라운이 물었다.

"역에서 바로요." 베티가 말했다.

"계속하세요."

"그 사람이 인사를 하더니 저더러 이 도시는 처음이냐고 묻지 않겠어요? 저는 아니라고, 북쪽으로 온 지 이 년 됐는데 일은 주 밖에서 한다고 했죠. 아주 착한 사람 같았어요. 옷도 잘 입었고 말이죠. 왜, 단정한 차림 있잖아요?"

"있죠." 클링이 말했다.

"아무튼 그 사람은 자기가 목사랬어요. 목사처럼 보이기도 했고요. 그러더니 저를 축복하기 시작하는 거예요. 주께서 당신을 축복하신다는 둥, 뭐 그런 소리를 하더니 저더러 이런 큰 도시에는 어리고 순진한 아가씨를 노리는 온갖 함정이 있기 때문에 무척 조심해야 한댔어요. 절 해치려 드는 사람들을 말하는 거겠죠?"

다시 물음표가 붙었고, 클링도 다시 "네."라고 말한 다음 이 여자의 화법에 말려든 자신을 저주했다.

"그 사람은 저한테 특히 돈을 조심해야 한댔어요. 온갖 사람들이 돈을 손에 넣기 위해서라면 무슨 짓이든지 하니까 말이에요. 그 사람은 제게 돈을 가지고 있느냐고 물었어요."

"그 사람 백인이었습니까, 흑인이었습니까?" 브라운이 물었다.

베티는 미안하다는 듯이 클링을 쳐다보았다. "백인이었어요."

"계속하세요." 브라운이 말했다.

"그래서 제가 돈이 조금 있다고 했더니 그 사람이 자기가 그 돈을 축복해 주는 게 어떻겠느냐고 묻지 않겠어요? 그 사람이 그랬어요. '십 달러짜리 지폐가 있나요?' 없다고 했죠. 그러니까 그 사람이 그랬어요. '오 달러짜리 지폐가 있나요?' 있다고 했죠. 그랬더니 그 사람이 자기가 가진 오 달러 지폐를 꺼내더니 작고 하얀 봉투에 넣었어요. 겉면에 십자형이 그려진 봉투에요. 십자가겠죠?"

클링은 이번에는 대꾸하지 않았다. 고개도 끄덕이지 않았다.

"그러고는 이런 말을 했어요. '주께서 이 돈을 축복하시니 저들로부터 안전히……,' 뭐 그런 식으로 말이에요. 우린 계속 이야기를 나눴고, 그 사람이 봉투를 도로 주머니에 집어넣은 다음에 이랬어요. '자, 어린양이여, 이 축복받은 오 달러를 가져가고 당신의 오 달러를 주도록 해요.' 저는 제 오 달러를 줬고, 그 사람은 주머니에서 십자가가 그려진 봉투를 꺼내 제게 줬어요. 축복받은 돈이 든 봉투를요."

"그랬는데 오늘 아침에 어쨌다고요?" 브라운이 재촉하며 물었다.

"그게, 오늘 아침에 기차역에 갈 준비를 하는데 가방 안에 봉투가 보이기에 열어 보지 않았겠어요?"

"그랬겠죠." 클링이 말했다.

"놀랍게도 오 달러가 없었군요." 브라운이 말했다.

"맞아요! 봉투 안에 접은 종이 냅킨만 들어 있는 거예요. 돈을 축복한 다음 저한테 얘기를 하면서 봉투를 바꿔 친 게 틀림없어요. 이제 어떻게 해야 좋을지 모르겠어요. 그 오 달러 필요했는데. 그 사람 잡아 주실 수 없나요?"

"노력하겠습니다. 인상착의를 말씀해 주실 수 있을까요?" 클링이 말했다.

"그게, 자세히 쳐다본 건 아니라서요. 잘생겼고 옷도 아주 잘 입었지 않았겠어요?"

"뭘 입고 있었죠?"

"짙은 청색 슈트요. 아니면 검은색일 수도 있고요. 아무튼 어두운 색이었어요."

"타이는요?"

"나비 넥타이였을 거예요."

"서류 가방이라든가 그 밖에 들고 있는 건 있었나요?"

"없었어요."

"봉투는 어디서 꺼내던가요?"

"안주머니에서요."

"자기 이름을 말하던가요?"

"말했을지도 모르지만 기억이 안 나요."

"알겠습니다, 프레스콧 양. 뭐든 진전이 있으면 연락드리겠습니다. 일단은 오 달러에 관한 생각은 잊어버리고 계시는 편이 좋을 것 같군요." 브라운이 말했다.

"잊어버리라고요?" 그녀는 커다란 물음표를 붙였지만, 아무도 대답하지 않았다.

두 형사는 그녀를 형사실과 바깥쪽 복도를 가르는 나무판자로 된 칸막이 문까지 안내한 다음, 그녀가 복도를 걸어가 계단을 따라 건물 1층으로 내려가는 모습을 바라보았다.

"어떻게 생각해요?" 클링이 브라운에게 물었다.

"구식 바꿔치기 수법이군. 수법만 해도 수백 가지는 될걸. 역에 몇 명 심어 놓고 목사가 나타나는지 보자고." 브라운이 말했다.

"잡을 수 있을까요?"

"모르지. 아마 내일도 같은 장소에서 작업하진 않겠지. 그건 그렇고 버트, 요즘 들어 사기꾼이 늘어난 것 같다는 생각 안 들어?"

"나는 점점 눈에 안 띈다고 생각했는데."

"한동안은 그랬지. 하지만 갑자기 온갖 구식 수법들이 다시 나타나고 있어. 하도 오래돼서 수염까지 달렸을 법한 수법들이 말이야. 갑자기 나타나고 있다고." 브라운은 고개를 저었다. "모를 일이야."

"아주 심각한 건 아니잖아요." 클링이 말했다.

"범죄는 심각한 거야." 브라운이 단호하게 말했다.

"물론 그렇죠. 내 말은…… 그래도 몇 달러 잃은 것 말고 진짜 피해는 없었잖아요."

하브 강 속의 여자는 진짜 피해를 입은 터였다.

여자는 해밀턴 다리 근처의 암초까지 떠내려왔다. 아이 셋은 처음에 그게 무엇인지 몰랐다가 사태를 알아차린 뒤에는 부리나케 가장 가까이에 있던 경찰에게 달려갔다.

경찰이 도착했을 때도 여자는 암초 위에 있었다. 그 경찰은 시체 보는 것을 좋아하지 않았고, 특히 얼마가 됐든 물에 들어가 있었던 시체라면 더욱 그랬다. 여자는 거대하게 부풀어 올라 거의 여자로 보이지 않을 지경이었다. 머리카락은 완전히 씻겨 나갔다. 몸은 부패했고, 살의 섬유질이 브래지어에 달라붙어 있었다. 브래지어는 체내에서 팽창한 가스로 인해 끊어진 채 기적적으로 매달려 있었으나 나머지 옷가지는 사라졌다. 아래 앞니도 사라졌다.

순찰 경관은 배 속에서 치밀어 오르는 구역질을 억눌렀다. 그는 가장 가까운 비상 전화로 가서 마침 자신의 소속인 87분서로 전화를 걸었다.

데스크에 있던 설리번 경사가 말했다. "팔십칠 분서입니다."

"디 안젤로입니다." 순찰 경관이 말했다.

"왜?"

"다리 근처에 시신이 떠올랐습니다."

그는 설리번에게 세부 사항을 전부 알려 준 다음 암초 위의 죽은 여자 곁으로 돌아갔다. 4월의 햇빛이 암초를 씻어 내리고 있었다.

2

스티브 카렐라 형사는 해가 빛나고 있다는 사실이 기뻤다.

카렐라가 비를 싫어한다는 뜻은 아니다. 어쨌든 농부들에게 비가 필요한 시점 아니었던가. 그리고 다소 시적으로 들릴지도 모르겠지만, 모자 없이 봄비 속을 걷는 것은 그 머저리 같았던 날이 찾아오기 전까지만 해도 카렐라가 좋아하는 취미였다.

그 머저리 같았던 날이란 12월 22일 금요일을 가리켰다.

카렐라는 그날을 떠올릴 때면 반드시 '머저리 같았던 날'이라고 칭했는데, 왜냐하면 그가 어린 마약 밀매꾼에게 경찰용 리볼버를 빼앗기고 가슴에 총을 세 방 맞은 날이기 때문이었다. 참으로 근사한 크리스마스였다. 거의 천사의 소리가 들렸을 만큼 크리스마스 정신에 푹 빠졌던 크리스마스였다. 아무래도 안 되겠다고, 가망이 없다고 확신했던 크리스마스였다. 그런데 왠지 모르게 구름이 물러 갔다. 고통스러운 안개가 서서히 걷혔고, 그 걷힌 자리로 눈물을 흘리는 테디의 얼굴이 들어왔다. 그는 맨 먼저 자신의 아내인 테디를 알아보았고, 이후 서서히 병실의 모습에 초점이 맞혀졌다. 그녀는 침대에 기대어 자신과 뺨을 맞대고 있었고, 그는 그녀의 눈물이 자신의 얼굴에 뜨겁게 내려앉는 것을 느낄 수 있었다. 어림없는 재치나마 발휘해 볼 심산에, 그는 쉰 목소리로 속삭였다. "화환은 취소해." 그녀는 그를 말없이, 격하게 껴안았다. 말이 없었던 것은 테디가 말하지도 듣지도 못하는 사람이기 때문이었다. 그녀는 그를 끌어안았고, 그런 다음 그의 입에 입을 맞춤으로써 썰렁한 유머를 막았으며, 이내 얼굴 전체를 키스로 뒤덮는 내내 붕대가 감긴 상처 난 가슴에 기대지 않도록 조심하면서 그의 손을 쥐고 있었다.

그는 회복했다. 현인들은 시간이 모든 상처를 치유한다고 했다.

물론 현인들은 비와 총알구멍에 관해서는 알지 못했다. 비가 오면 카렐라의 아문 상처가 아파 왔다. 그는 비가 오면 상처가 아프다는 이야기를 늘 헛소리라고 생각해 왔다. 하지만 헛소리가 아니었다. 비가 올 때면 상처가 아팠고, 그래서 그는 비가 그친 뒤 해가 빛나고 있다는 사실이 기뻤다.

해는 한때 여자였던 것을 비추고 있었다. 카렐라는 죽음이 빚어낸 그 조악한 모조품을 내려다보았고, 순간 눈가에 고통과 분노가 일었다 사라졌다.

그는 디 안젤로에게 말했다. "자네가 시체를 찾았나, 프레드?"

"애들이오. 애들이 부리나케 찾아왔습니다. 이거 완전히 엉망 아닙니까?"

"거의 항상 그렇지." 카렐라는 다시 시체를 바라보았고, 신원 미상의 시체가 나타날 경우 준수해야 하는 경찰 업무상의 절차를 위해 뒷주머니에서 작고 검은 수첩을 꺼냈다. 그는 수첩을 열고 가죽 고리에 끼워 두었던 연필을 꺼낸 다음 이렇게 적었다.

1) **사체 발견 장소** : 하브 강 연안 바위 더미 위

2) **발견 시각** :

그는 고개를 들어 디 안젤로를 보았다. "여기 언제 도착했지, 프레드?"

디 안젤로가 자신의 손목시계를 보았다. "한 시 십오 분쯤이었을 겁니다, 스티브. 저는 실버마인 가 근처에 있었어요. 거기 있었던 게 대충……."

"한 시 십오 분이라고 하지." 카렐라는 그렇게 말하고 나머지 정보를 적어 내려갔다. 그는 이어 3) **사망 원인?** 그리고 4) **사망 시각?** 이라고 적은 후 두 항목은 법의관이나 검시관이 채울 수 있도록 비워 두었다.

그는 이어 다음과 같이 적었다.

5) **추정 연령** : 25-35

6) 추정 직업 : ?

7) 외모 :

  a) 성별 : 여성

  b) 피부색 : 백인

  c) 국적 : ?

  d) 키 : ?

  e) 몸무게 : ?

물음표가 많았다.

카렐라는 인상착의 밑에 그 외 여러 다른 항목을 적어 넣을 수도 있었다. 체구와 안색과 머리카락과 눈과 눈썹과 코와 턱과 얼굴과 목과 입술과 입과 그 밖에 여러 항목을. 그리고 이런 항목 각각에 대해서 작고 다부지다거나 통통하고 어깨가 떡 벌어졌다거나 작고 납대대하다거나 네모나고 보조개가 있다거나 두툼하고 부어 있다는 등, 기타 수백 가지 조합으로 답할 수도 있었다.

문제는 시체가 물속에 있다 떠오르는 바람에 상당히 심각하게 부패했다는 점이었다. 신원미상의 시체를 조사하려면 자연히 눈의 색깔이나 모양 등에 관한 묘사가 필요하기 마련이었지만, 눈이 이미 부패한 탓에 카렐라로서는 묘사할 방도가 없었다. 그는 여자의 머리카락 색깔을 기록하고 싶었지만, 머리카락이 이미 씻겨 나간 터라 간단한 메모로 만족해야 했다. 머리카락 유실. 음모, 금발. 그는 굵은 활자체로 표류 사체라고 적어 넣으며 인상착의에 관한 설명을 마무리했다. 이런 일에 정통한 사람들이라면 그것으로 다 설명이 됐다. 그런 다음 그는 다음 항목을 이어 나갔다.

8) **의복** : 유일하게 남은 의복은 브래지어. 감식반에 보내 세탁 및 드라이클리닝 표식을 확인할 것.

9) **보석 및 기타 소지품** : 없음.

카렐라는 수첩을 닫았다.

"뭐 좀 알아내셨나요?" 디 안젤로가 물었다.

"통계적인 걸 원하나, 추측을 원하나?"

"이런, 글쎄요. 그냥 여쭤 본 겁니다."

"통계에 따르자면 이 여자는 죽어서는 안 돼. 뭔가 잘못된 거야."

"어째서죠?"

"모습을 보아하니 물속에 서너 달은 들어가 있었을 거야. 아마 그 사이에 누군가가, 가족이나 친구가 실종 신고를 냈을 테고, 그러니 엄밀히 말하면 이 여자는 실종자야."

"그래요?" 그렇게 묻는 디 안젤로는 언제나처럼 카렐라에게 감명 받은 모습이었다. 디 안젤로는 카렐라를 무척 존경했다. 이러한 존경심은 부분적으로 두 사람 다 이탈리아 혈통이라는 사실에서 기인했다. 디 안젤로는 이탈리아 출신이 잘되는 모습을 보면 무언가 몹시 흐뭇한 기분이 들었다. 디 안젤로가 카렐라에 대해 느끼는 감정은 프랭크 시나트라에 대해 느끼는 감정에 필적했다. 하지만 디 안젤로의 존경심은 주로 카렐라가 영리한 경찰이고, 박식한 경찰이며, 때로는 터프한 경찰이기도 하다는 사실을 속속들이 알고 감탄하는 마음에서 비롯했다.

"그럼 실종자 통계를 볼까. 여기 있는 건 여자지. 보통 실종자는 남성이 여성보다 이십오 퍼센트 더 많아." 카렐라가 말했다.

"그래요?"

"두 번째. 이 여자의 나이는 아마도 스물다섯에서 서른 정도일 거야. 실종자가 가장 많은 나이는 열다섯 살이야."

"그래요?"

"세 번째. 지금은 사월이야. 실종자가 가장 많은 달은 오월이고, 두 번째로 많은 달은 구월이지."

"그렇단 말이죠?"

"그러니까, 통계에 따르면 이건 전부 잘못된 거지." 카렐라는 한숨을 내쉬었고, 두 눈에 고통이 또 한 번 엷게 스쳐 지나갔다. "그렇다고 해서 이 여자가 안 죽은 건 아니지만."

"그렇죠." 디 안젤로는 고개를 내저었다.

"반쯤은 확실한 추측도 하나 있네. 이 여자는 틀림없이 외지 사람일 거야." 카렐라가 말했다.

디 안젤로는 고개를 끄덕이고 경찰차 두 대가 멈춰 선 고속도로를 올려다보았다. "감식반이랑 사진사가 왔네요." 그는 그렇게 말하고 이제 감식반과 사진사가 왔으니 편히 쉴 수 없으리라고 확신하는 듯, 죽은 여인을 내려다보며 말했다. "편히 쉬기를."

수사 과정의 현 단계에서 표류 사체에 대한 카렐라의 관심은 그저 일시적인 정도였지만, 경찰 업무 종사자 중에는 부패한 시체와 유일하게 남은 옷가지를 더욱 자세하고 철저히 검사하는 사람들도 있었다.

여자의 브래지어는 경찰 감식반으로 보내졌다. 여자의 시체는 시체 안치소로 보내졌다.

샘 그로스먼은 경위이자 숙련된 감식반 전문가였다. 그는 투박한 얼굴에 손이 크고 몸집이 큰 사내였다. 시력이 썩 좋지 않은 탓에 안경을 썼다. 그에게는 고상한 면이 있어서, 차가운 과학적 사실을 다루는 데다 그중에서도 대개 일상적으로 죽음에 관한 사실을 다루는 사람이라는 사실을 가려 주었다. 그는 감식반 연구실을 깔끔하게 관리했고, 그의 반원들은 결실을 내놓았다. 그의 감식반은 일곱 부서로 나뉘었고, 시내 중심가에 있는 경찰 본부 건물 1층 상당 부분을 차지했다. 일곱 부서는 다음과 같았다.

1) 화학 및 물리
2) 생물
3) 일반
4) 화기
5) 문제 서류
6) 사진
7) 기계

브래지어는 먼저 물리과로 넘어갔다. 브래지어를 검사한 신사들은 이 하나 남은 옷가지가 미국에서 가장 광범위하게 전국적으로 광고된 페티시 중 하나라는 점에는 거의, 혹은 조금도 신경 쓰지 않았다. 그들은 브래지어의 비결이 가슴을 감싸는 컵 안에 있는지, 누군가 이 특별한 브래지어를 입고 발레리나가 된 꿈을 꾸었는지, 혹은 그 안에 보물이 숨겨 있었는지에 관해서는 신경 쓰지 않았다이상 1940~50년대에 유행하던 브래지어 광고 문구 및 도안을 가리키는 표현. 속옷을 향한 그들의 관심은 한 가지, 오직 한 가지─죽은 여자의 신원 확인─에만 쏠려 있었다.

옷가지에는 대개 세탁이나 드라이클리닝 표식이 남기 마련이다. 샘 그로스먼은 자신의 감식반이 세탁물 표식에 관한 한 전국에서 가장 포괄적인 파일을 갖추고 있다는 사실을 자랑스럽게 생각했다. 옷가지에 표식만 있다면야 샘의 반원들이 정확히 어느 세탁소에서 해당 표식을 남겼는지 알아내는 것쯤은 시간문제였다.

브래지어에는 육안으로 확인할 수 있는 세탁물 표식이 없었다. 있었더라면 일이 훨씬 간단했을 것이다. 언제나 맨눈으로 볼 수 있는 무언가가 남아 있는 편이 더 간단하다. 하지만 사실, 브래지어를 길고 하얀 검사대 위에 올린 다음 자외선으로 검사하는 일은 그렇게까지 어렵지 않았다. 스위치를 한 번 튀기는 것만으로 검사대 위에 아름다운 보랏빛 음영이 드리웠고, 브래지어에도 아름다운 보랏빛 음영이 드리웠다. 샘의 반원들은 세탁소에서 흔히 사용하는 팬텀 패스트 야광 세탁 표를 찾아 브래지어를 이리저리 뒤집었다. 팬텀 패스트 세탁 표는 셔츠 칼라나 팬티 엉덩이에 보기 흉한 숫자가 남지 않도록 해 주는 좋은 아이디어였다. 그것은 경찰 파일에 넣을 세탁물 표식을 따로 분류해야 한다는 것을 뜻했지만 그래도 셔츠가 얼마나 깨끗하겠는가. 팬텀 패스트 세탁 표를 보이게 하는 것은 자외선뿐이며, 그런 빛쯤이야 경찰 감식반에는 널려 있다.

죽은 여자의 브래지어에 유일한 문제가 있다면, 팬텀 패스트 세탁표도 없다는 것이었다.

여자가 아마도 브래지어를 직접 빨았으리라는 사실을 알게 됐지만, 샘의 반원들은 당황하지 않고 브래지어에 특별한 얼룩이 있지는 않은지 확인하고자 일련의 화학 검사를 수행하기 시작했다.

그러는 동안 시체 안치소에서는…….

법의관보는 폴 블레이니라는 이름의 사내였다. 그는 수년 동안 시체를 검사해 왔지만 아직도 표류 사체에는 익숙해지지 않았다. 이번에 들어온 사체를 족히 두 시간은 검사했지만 그래도 표류 사체에는 익숙해지지 않았다. 그는 죽은 여자의 나이가 대략 서른다섯이라는 것과, 생존 당시 몸무게가 (160센티미터의 키와 큰 골격으로 미루어 볼 때) 약 56킬로그램 정도였으리라는 것, 그리고 그녀의 머리카락이 (음모의 색깔을 토대로 판단컨대) 아마도 금발이었으리라는 점을 추정해 냈다.

그녀의 아래 앞니는 물속에서 유실되었고, 위 앞니는 건치였으나 위 어금니와 아래 어금니에는 때운 부분이며 충치가 많았다. 오른쪽 두 번째 위 어금니는 오래전에 뽑았고 새 이를 박지 않았다. 블레이니는 의심이 가는 실종자의 치과 기록과 비교하기 위해 차트를 작성했다.

그는 또 여자의 몸에 신원 확인에 도움이 될 만한 흔적이나 흉터가 있는지 꼼꼼히 검사한 끝에 그녀가 맹장 수술을 했고(배에 가로로 긴 흉터가 있었다), 양팔이 아닌 왼쪽 허벅지에 예방접종을 했으며, 척추 기단부에 모반이 살짝 남아 있고, 여자로서는 이례적으로 오른손 엄지와 검지 사이 살이 접히는 부분에 작은 문신이 있다는 사실을 알아냈다. 문신은 간단한 하트 모양으로, 뾰족한 부분이 팔 쪽을 가리켰다. 하트 안에는 단어 하나가 적혀 있었다. 문신의 모습은 다음과 같았다.

블레이니는 시체가 최소 석 달에서 넉 달 동안 물속에 있었다고 추정했다. 양손의 표피는 유실됐다. 그 말인즉 추가 작업이 필요하리라는 뜻인지라, 그는 감식반에서 고생하는 형제들을 위해 쓸쓸한 한숨을 내뱉었다. 그러고는 어마어마한 불쾌감을 표하는 동시에 어딘가 놀라우리만치 초연한 자세로 고도의 효율성을 발휘해 가며 엄지를 포함한 양손 손가락을 잘라 낸 다음 이를 포장해서 샘 그로스먼에게 보냈다.

그런 다음 그는 죽은 여자의 심장 검사에 착수했다.

시체에서 잘라 낸 손가락에서 지문을 뜨는 데에는 어느 정도 냉정하고 무심한 인내심이 필요하다.

죽은 여자가 상대적으로 짧은 시간 동안 물속에 있었더라면, 샘 그로스먼의 반원들은 손가락을 하나씩 부드러운 수건으로 말린 다음 손끝 피하에 글리세린을 주입하여 세탁부 피부 효과라고 불리는 현상을 없앨 수 있었을 것이다. 그러면 손쉽게 지문을 뜰 수 있었을 것이다.

불행히도 이 여자가 물속에 있었던 시간은 짧지 않았다.

손가락의 피부 골이 닳아 없어질 만큼만 오래 있었던 것도 아니었다. 그런 경우였더라면 감식반원들은 각 손끝의 피부를 잘라 내어 그 조각들을 포름알데히드가 든 시험관에 넣었을 것이다. 피부 골이 피부 표면에 온전히 남아 있다는 가정하에, 샘의 반원 중 한 사람이 고무장갑을 끼고 피부 조각을 자신의 검지에 붙인 다음 마치 피부 조각이 자기 손가락의 피부인 양 잉크판 위에 손가락과 장갑과 피부를 함께 굴린 후 지문 양식 위에 이를 찍었을 것이다.

설령 피부 골이 망가졌다 해도 피부 안쪽 표면에서는 골의 패턴을 확인할 수 있으며, 이 피부를 안쪽이 밖으로 드러나도록 판지에 붙인 다음 빛을 비스듬히 비추고 사진을 찍으면 좋은 사진을 뽑아낼 수 있다.

불행히도 신원 미상의 죽은 여자는 넉 달 가까이 물속에 있었고, 감식반 기술자들은 지문을 얻기 위해 더욱 지루하고 창의적인 방법을 써야 했다.

샘 그로스먼의 반원들보다 덜 숙련된 기술자의 손에서라면, 골방식의 시도는 편리함도 덜하고 결실도 덜했을지 모른다. 하지만 샘의 반원들은 달인들이었고, 그래서 그들은 분젠버너 곁에 서서 각각의 손가락을 불길 위로 가져가 손가락이 줄어들고 마를 때까지 짧은 호를 그리도록 손을 왔다 갔다 움직이며 천천히, 꼼꼼히, 끈질기게 손가락을 말렸다.

마침내 그들은 각 손가락을 인쇄기용 잉크에 가볍게 댄 다음 지문을 채취했다.

지문은 죽은 여자가 누구인지 말해 주지 않았다.

지문 한 부는 범죄자 신원 조사국으로 보냈다.

한 부는 FBI로 보냈다.

세 번째 사본은 실종자 지원국으로 보냈다.

네 번째 사본은 북부 살인반으로 보냈다. 모든 자살이나 자살 추정 사건은 살인과 똑같이 취급하기 때문이다.

그리고 마지막으로, 한 부는 시체가 발견된 관할서인 87분서 형사반으로 보냈다.

샘 그로스먼의 반원들은 손을 씻었다.

폴 블레이니에게는 어딘가 카렐라를 소름 끼치게 하는 구석이 있었다. 어쩌면 블레이니가 죽음을 다루는 일을 업으로 삼는다는 생각 때문인지도 모르지만, 카렐라는 그것이 블레이니의 직업보다는 성격에서 비롯하는 것이 아닌가 의심했다. 죽음을 업으로 삼는 사람이야 어차피 많이 만나고 다니지 않던가. 하지만 블레이니에게 이 일은 직업이라기보다 집착처럼 보였다. 그래서 블레이니 앞에 우뚝 선 카렐라는 배 속에 거미가 둥지를 튼 것 같은 기분을 느꼈고, 배를 긁거나 목욕을 하고 싶다고 생각했다.

　두 사람은 시체 안치소의 깨끗하게 소독 처리된 검시실 안에 서 있었고, 곁에는 스테인리스강으로 만든 검시대와 흐른 피가 모이게 하는 홈통과 받은 피로 다홍색 웅덩이를 만드는 스테인리스강 대야가 놓여 있었다. 블레이니는 키는 작았고 머리가 벗어졌으며 검은 콧수염이 듬성듬성 나 있었다. 카렐라가 지금껏 만나 본 사람 중 눈동자가 보라색인 사람은 그가 유일했다.

　블레이니 반대편에 선 카렐라는 큰 사내였으나 몸이 무겁지는 않았다. 그는 운동선수처럼 다부지다는 인상을 주었다. 전신의 근육과 힘줄이 억센 힘을 끌어내었다. 눈동자는 갈색이었고, 아래로 비스듬히 처진 눈이 높은 광대뼈와 만났기 때문에 얼굴이 거의 동양인처럼 보였다. 갈색 머리카락은 짧게 쳤다. 회색 스포츠 재킷과 암회색 슬랙스를 입었고, 떡 벌어진 어깨를 팽팽하게 감싼 재킷은 날카로운 각을 이루며 좁은 둔부와 평평하고 단단한 배를 덮었다.

　"뭘 알아냈나?" 카렐라가 블레이니에게 물었다.

　"나는 표류 사체가 싫어. 쳐다보는 것도 싫어. 저 빌어먹을 것 때문에 구역질이 난다고."

"표류 사체 좋아하는 사람은 없지."

"나는 특히 싫어." 블레이니가 격하게 고개를 끄덕이며 말했다. "항상 나한테 표류 사체를 준단 말이야. 여기선 직급이 높아지면 아무거나 원하는 대로 택할 수 있네. 하지만 나는 조직의 아래에 있다 이거지. 그래서 빌어먹을 표류 사체만 들어오면 다들 갑자기 시베리아에 있는 시체를 보러 가야 한다는군. 이게 공평해? 내가 표류 사체를 맡는 게?"

"누군가는 맡아야지."

"그야 그렇지만, 그게 왜 나냐고? 이봐, 난 나한테 뭐가 오든 불평 안 해. 너무 타 버려서 사람인지 알아보기도 힘든 시체도 있지. 자네 숯 덩어리가 된 살 다뤄 본 적 있나? 좋아, 하지만 내가 그걸로 불평하느냐고? 머리가 피부 한 조각으로 간신히 목에 매달린 교통사고 피해자도 있네. 난 그런 것도 침착하게 맡지. 나는 법의관이고, 상태 나쁜 시체는 실력 있는 법의관에게 주는 게 옳아. 하지만 왜 내가 표류 사체를 다 맡느냐 말이야? 왜 다른 사람은 아무도 표류 사체를 안 맡는 거지?"

"저기……," 카렐라가 입을 열려 했지만, 블레이니는 이제 막 열이 올라 속력을 내기 시작한 참이었다.

"이 빌어먹을 부서에서 나보다 더 일 잘하는 사람은 아무도 없어. 문제는, 내 직급이 낮다는 거야. 다 정치적인 거라고. 깔끔하고 우아한 일거리는 누가 가져가는 줄 아나? 사십 년 동안 시체를 잘라

온 잔소리꾼 영감탱이들이 가져가지. 그래도 나는 깔끔하고 철저하게 해낸단 말이야. 철저하게. 나는 철저해. 나는 아무것도 놓치지 않아. 단 하나도. 그래서 표류 사체를 맡는 거고!"

"자네가 워낙 전문가라서 자네 말고 다른 사람에게는 믿고 맡길 수가 없는 모양이지." 카렐라가 능치듯 말했다.

"응? 전문가라고?"

"아무렴. 자넨 실력 좋은 사람이야, 블레이니. 표류 사체는 힘들지. 아무 도살자한테나 맡길 수는 없지 않겠나."

블레이니의 보라색 눈동자가 한층 포근해졌다. "그런 식으로는 생각해 본 적 없는데." 그는 살짝 미소를 지었고, 그런 다음 다시 골칫거리가 떠오르자 미소를 걷어 내고는 의심스럽다는 듯 눈썹을 내려뜨렸다.

"이번 건은 어떻지?" 카렐라는 블레이니가 다시 너무 깊이 생각하지 않기를 바라며 물었다.

"오, 그래. 저기에 보고서가 있네. 모든 게 엉망이더군. 넉 달쯤 물속에 있었을 거야. 막 심장을 끝냈네."

"그래서?"

"심장에 대해서 좀 아나?"

"별로 아는 게 없는데."

"심장은 왼편과 오른편으로 나뉘어 있지. 피는 펌프질에 의해 온몸을 도는네…… 나 원, 일반인한테 해부학 강의를 해야 하나."

"해 달라고 한 적 없어."

"아무튼, 게틀러 검사를 했네. 사람이 익사하면 물이 폐에서 피와 섞인다는 데에서 착안한 검사지. 이 방법을 쓰면 민물에서 익사했는지 바닷물에서 익사했는지 꽤 확실히 알 수 있어."

"어떻게?"

"민물일 경우 심장 왼편에 든 피의 염화물 함유량이 평균보다 낮아. 바닷물일 경우 심장 왼편에 든 피의 염화물 함유량이 평균보다 높고."

"이 여자는 하브 강에서 발견됐어. 거긴 민물이지?"

"물론. 하지만 스미스에 따르면, 그러니까, 스미스, 글레이스터, 그리고 폰 노이라이터에 따르면……."

"계속해."

"스미스에 따르면, 물에 들어가기 전에 이미 죽은 경우에는 심장 왼편에 물이 들어가는 게 불가능해." 블레이니는 잠시 말을 멈추었다. "다시 말해 검시 과정에서 심장 왼편에 물이 없는 경우 그 사람은 익사한 게 아니라고 확정해도 괜찮다는 거지. 물에 들어가기 전에 죽은 거라고 말이야."

"그래?" 카렐라도 이제 흥미가 생겼다.

"이 여자는 심장 왼편에 물이 한 방울도 없었어, 카렐라. 이 여자는 익사한 게 아냐."

카렐라는 블레이니의 보라색 눈동자를 깊이 들여다보았다. "어떻게 죽은 거지?"

"급성 비소 중독으로. 상당량의 비소가 위와 내장에서 발견됐어.

입으로 섭취했다는 얘기지. 몸 전체에 퍼진 건 아니니까 만성적인 중독은 아니라고 봐야겠고. 이건 급성이야. 비소를 삼킨 뒤 몇 시간 내에 죽었을 수도 있고."

블레이니가 벗어진 정수리를 긁적이고 덧붙였다.

"사실상, 살인 사건을 맡게 됐다고 봐도 좋아."

3

다소 음울하고 냉소적인 관점에서 보자면, 삶 자체가 하나의 거대한 사기와도 같다.

주변을 둘러보시라, 여러분. 저 사기꾼들을.

"신사 숙녀 여러분, 지금 제 손에 있는 이것은 소―소프 비누입니다. 시중에 나온 비누 중에 네오신프로타네티신 성분이 든 비누는 이 제품이 유일합니다. 우리는 그 성분을 네오 넘버 세븐이라고 부릅니다. 네오 넘버 세븐은 글로티프람 표피에 아센토도이드 가시 피막의 불가시 피막을 입혀……."

"여러분, 제가 만약 당선된다면, 저는 여러분께 선량하고 깨끗한 정부를 약속드릴 수 있습니다. 제가 왜 훌륭한 폭력 정부를 약속드릴 수 있는가? 그것은 제가 진실하고 믿을 수 없는 사람이기 때문입니다. 저는 정직하며 이기적으로 군림하려 드는 인간입니다. 저는 맨법매춘 등의 목적으로 여성을 다른 주나 국외로 매매하는 행위를 금하는 법의 가장 열렬한, 가장 신실한, 가장 꼼꼼한 위반자며, 이런 제가 약속을 드리니……."

"이봐, 조지, 이런 거래가 또 어디 있겠나? 우리가 그놈의 것들 전부 다 지어 주고 작업도 전부 책임질 테니까 자네는 이백만 달러 정도만 내면 된다 이거야. 내 이름을 걸고 보장함세. 내 이름을 건다니까."

"자기, 난 정말이지 전에는 한번도 이런 기분을 느껴 본 적이 없어. 자기가 방에 들어오면 방이 환하게 빛나. 무슨 말인지 알겠어? 심장은 요요처럼 오르락내리락하고 말이야. 자기한테는 빛이 나와. 하늘을 가득 채우는 빛이지. 그게 사랑이 아니라면 달리 뭐가 사랑이겠어. 내 말 믿어, 자기야. 난 이런 기분은 처음이야. 구름에 파묻혀 허공을 걷는 것만 같고 하루 종일 노래라도 부르고 싶은 심정이야. 사랑해, 자기야. 미친 듯이 사랑해. 그러니까 이제 내 말 듣고 그 드레스 좀 벗어 봐, 응?"

"제가 솔직하게 말씀드리렵니다. 저 차는 미터기 돌려놓기 전에 십이만 킬로미터를 뛴 참입니다. 그리고 도색도 새로 했어요. 새로 도색한 차를 어떻게 믿습니까. 페인트 밑에 뭐가 있을는지 아무도 모릅니다. 저런 차는 손님께서 팔라고 사정을 하셔도 제가 안 팝니다. 하지만 잠깐 이쪽으로 오셔서 이 라벤더색과 빨간색이 어우러진 컨버터블을 한 번 보십쇼. 어느 교회 목사님의 미혼인 이모님께서 갖고 계시던 차인데, 일주일에 한 번 동네 시장 가실 때만 쓰셨어요. 이 차를 보시면…….”

지금
출판 역사상 최초로
『바람과 함께 사라지다』 이래 가장 강렬한 소설을
여러분께 소개합니다.
『망가진 피콜로』

이달의 책 클럽 선정작…….

도서관 협회 선정작…….

리더스 다이제스트 북 클럽 선정작…….

메이저 영화사에서 탭 헌터 주연의 영화로 판권 계약 취득…….

6백만 부 인쇄 중!

가까운 서점으로 달려가세요. 아직 재고가 있을지도 모릅니다!

“이 친구 파티의 문제가 뭐냐면, 마티니를 제대로 섞을 줄 모른다는 거예요. 아시겠지만 마티니를 섞는 데에는 어느 정도 기교가 필요한 법입니다. 제 방식은 이렇습니다. 물 잔 가득 진을 따른 다음…….”

“안녕하세요, 여러분, 저는 조지 그로스닉입니다. 여기는 제 동생 루이 그로스닉이고요. 저희는 그로스닉 맥주를 만듭니다……. 자, 루이, 네가 설명해 봐…….”

어딜 가든, 어디에서든, 강하게 부추기는가 하면 은근히 설득해 온다. 하루에 골백번 찾아온다. 어쩌면 모든 인간은 저마다 사기 행각을 벌인다고, 모든 인간의 영혼에는 약간의 도둑놈 심보가 들어 있다고까지 말해야 할는지도 모를 일이다. 그러나 조심하시라. 텔레비전을 켰을 때 그 속의 사람이 가리키는 것은 바로 당신이니까!

짙은 청색 슈트를 입은 사내는 사기꾼이었다.

그는 호텔 로비에 앉아 제이미슨이라는 남자를 기다리고 있었다. 그는 제이미슨을 보스턴발 기차가 들어오는 기차역에서 처음 보았다. 그는 제이미슨을 따라 호텔로 왔고, 이제 로비에 앉아 제이미슨이 나타나기를 기다리고 있었다. 짙은 청색 슈트를 입은 사내는 제이미슨에게 꿍꿍이를 품고 있었다.

그는 잘생긴 사내로, 키가 크고 얼굴은 반듯하며 입가와 눈매는 상냥했다. 옷차림은 티 하나 없이 깔끔했다. 하얀 셔츠에는 얼룩 하나 없었고 슈트도 갓 다린 티가 났다. 검은 구두는 반들반들 윤이 났고, 양말목이 고무줄로 되어 있는 요즘 같은 시대에 놀랍게도 양말을 밴드로 단단히 묶어 신고 있었다.

그는 손에 도시 관광 안내서를 들고 있었다.

그는 손목시계를 보았다. 6시 30분이 다 되어 가는 참이니 제이미슨이 저녁 식사를 하고자 한다면 조만간 내려올 터였다. 로비는 부산히 오가는 사람들로 북적였다. 맥주 회사에서 올해의 모델 경연 예선을 치르고 있는 탓에 홍보 담당자며 사진사를 대동한 모델

들이 두꺼운 융단 위를 무리지어 오갔다. 모델들은 다 똑같아 보였다. 머리카락 색깔만 빼고 다 똑같아 보였다. 그들은 본질적으로 사기꾼들이 만들어 낸 상징이었다. 그리고 그들 자신 역시, 본질적으로는 사기꾼이었다.

사내는 엘리베이터에서 제이미슨이 나오는 모습을 보았다. 그는 재빨리 일어나 안내서를 펴 든 채 거리로 나가는 계단 맨 위에 섰다. 계단 쪽으로 다가오는 제이미슨의 모습이 시야 가장자리에 들어왔다. 그는 안내서에 얼굴을 파묻은 다음 제이미슨이 자신과 나란한 위치에 오자 갑자기 왼쪽으로 움직여 몸을 부딪쳤다.

제이미슨은 깜짝 놀란 기색이었다. 그는 통통한 몸에 얼굴은 붉었고 갈색 세로줄 무늬 슈트를 입고 있었다. 사기꾼은 떨어진 안내서를 더듬더듬 찾으면서 무릎을 꿇은 채 말했다. "이런, 죄송합니다. 정말 실례했습니다."

"괜찮습니다." 제이미슨이 말했다.

사기꾼이 일어섰다. "책을 너무 열심히 보는 통에 어디에 서 있는지도 몰랐지 뭡니까……. 다치신 데는 없으시고요?"

"네, 괜찮습니다."

"거참 다행입니다. 이놈의 책을 도무지 알아먹을 수가 있어야 말이죠. 보스턴에서 왔거든요. 이 근방 지리를 좀 알아 두려는데……."

"보스턴이오?" 관심이 생긴 제이미슨이 말했다. "정말이십니까?"

"뭐, 엄밀하게 말하면 아닙니다. 보스턴 교외죠. 웨스트 뉴턴. 그

곳을 아십니까?"

"알고말고요. 평생을 보스턴에서 살았는걸요."

사기꾼의 얼굴이 기쁨을 담고 활짝 펴졌다. "그래요? 이런 반가울 데가……. 이런 일도 다 있네요."

"세상 참 좁죠?" 제이미슨이 씩 웃어 보였다.

"이거 그냥 넘어갈 수가 없겠는데요." 사기꾼이 말했다. "제가 또 이런 것에 미신을 믿어서. 이런 일이 생겼을 때는 자리를 만들어야죠. 제가 한잔 사겠습니다."

"저는 저녁 식사를 하러 가려던 참입니다만."

"그러시군요. 그럼 일단 저랑 한잔하신 다음에 볼일을 보시죠. 솔직히 말씀드리자면 선생님과 부딪히게 돼서 정말 기쁩니다. 이 동네에는 아는 사람이 아무도 없거든요."

"뭐, 한잔 정도는 괜찮겠죠. 여기엔 사업차 오신 겁니까?"

"네. 말보로 트랙터 코퍼레이션이라고, 혹시 아십니까?"

"아뇨, 저는 섬유 계통에 있습니다."

"뭐, 아무려면 어떻습니까. 호텔 바로 가실까요, 아니면 어디 다른 곳을 찾아볼까요? 호텔 바는 좀 비싸지 않습니까?" 그는 어느새 제이미슨의 팔을 잡고 계단 아래로 잡아끌고 있었다.

"하긴 저도 딱히……."

"그러실 테죠. 보니까 옆 거리에 바가 많이 있는 것 같더군요. 그 중 하나로 가 보는 게 어떻습니까?" 그는 제이미슨을 이끌고 회전문을 통과한 다음 보도에 이르러 어디가 어딘지 모르겠다는 듯한 표정으로 빌딩들을 올려다보았다. "어디 보자. 동쪽이 어디고 서쪽이 어딘가요?"

"저쪽이 동쪽입니다." 제이미슨이 가리켜 보였다.

"좋습니다."

사기꾼은 자신을 찰리 파슨스라고 소개했다. 제이미슨은 이름이 엘리엇이라고 알려 주었다. 둘은 함께 거리를 거닐며 여러 바를 둘러보았고, 여러 가지 이유를 대며 하나씩 후보에서 제해 나갔다. 이유는 대개 파슨스가 댔다.

붉은 앵무새라는 바에 이르러, 파슨스가 제이미슨의 팔을 잡고 말했다. "여기가 괜찮을 것 같은데요. 어떠십니까?"

"저도 괜찮습니다. 제 눈에는 여기나 저기나 바라면 다 비슷해 보이는군요."

두 사람이 출입문으로 다가섰을 때, 문이 열리더니 회색 슈트를 입은 사내가 거리로 나왔다. 30대 후반의 유쾌해 보이는 남자로, 빨간 머리카락이 머리를 뒤덮고 있었다. 그는 몹시 바빠 보였다.

"저기요. 잠깐만 말 좀 여쭙겠습니다." 파슨스가 말했다.

빨강 머리 사내가 발걸음을 멈추었다. "네?" 그는 여전히 바쁜 기색이었다.

"이 집은 어떻습니까?" 파슨스가 물었다.

"네?"

"바 말입니다. 방금 나오셨잖습니까. 괜찮은 곳인가요?"

"오. 이 바요. 솔직히 말해서 잘 모르겠군요. 잠깐 전화하려고 들른 곳이라서."

"아, 그렇군요. 아무튼 고맙습니다." 파슨스는 빨강 머리 사내에게서 돌아서서 제이미슨과 함께 바로 들어가려 했다.

"참 빌어먹을 노릇 아닙니까?" 빨강 머리 사내가 말했다. "이 도시에 거의 오 년 만에 옵니다. 간만에 여행차 와서 도착하자마자 옛 친구들에게 연락을 해 보고 있는데 오늘 밤에는 다들 바쁘다네요."

파슨스가 미소를 지으며 돌아보았다. "오. 어디서 오셨습니까?"

"윌밍턴이오." 빨강 머리가 말했다.

"저희도 외지인입니다." 파슨스가 설명했다. "저기, 달리 할 일이 없으시면 같이 한잔하시겠습니까?"

"어, 거참 친절하신 말씀이군요. 그래도 폐를 끼칠 수야 있나요."

"폐는요." 찰리 파슨스는 제이미슨을 돌아보았다. "괜찮겠죠, 엘리엇?"

"그럼요. 많을수록 더 즐거운 법이죠." 제이미슨이 말했다.

"그렇게 말씀하신다면, 기꺼이 함께하죠." 빨강 머리가 말했다.

"저는 찰리 파슨스라고 합니다. 이쪽은 엘리엇 제이미슨이고요." 파슨스가 말했다.

"만나서 반갑습니다. 저는 프랭크 오닐이라고 합니다." 빨강 머리가 말했다.

세 사람은 돌아가며 악수했다.

"자, 그럼 마셔 봅시다." 세 사람은 바로 들어갔다. 모퉁이 쪽 테이블을 골라 자리를 잡은 다음 파슨스가 말했다. "사업차 오신 건가요, 프랭크?"

"아뇨, 아뇨. 놀러 왔어요. 순전히 놀러 왔죠. 갖고 있던 주식이 크게 뛰었거든요. 특별 배당금으로 실컷 즐겨 보자 싶었죠." 오닐이 테이블 쪽으로 몸을 기대면서 목소리를 낮추었다. "지금 삼천 달러 넘게 갖고 있어요. 그만하면 한바탕 신나게 놀지 않겠습니까?" 그가 웃음을 터뜨렸고, 파슨스와 제이미슨이 따라 웃었다. 그런 다음 술을 한 잔씩 주문했다.

"드시고 싶으신 걸로 얼마든지 시키십쇼. 제가 다 내겠습니다." 오닐이 말했다.

"그래서야 되나요. 초대한 건 저희 쪽인걸요." 파슨스가 말했다.

"괜찮아요." 오닐은 고집을 부렸다. "두 분 아니었으면 혼자 놀 뻔했는데. 그래서야 재미없지."

"그래도 다 내시는 건 공정하지 않습……," 제이미슨이 말했다.

"공정하지 않고말고요, 엘리엇. 각자 계산하는 게 어떨까요?"

"어림없는 말씀!" 오닐이 반대했다. 그는 꽤 성미가 급한 사람처럼 보였고, 어째서인지 누가 술값을 계산하느냐는 문제 때문에 기분이 상한 모양이었다. 그의 목소리가 높아졌다. "내가 다 낼 겁니다. 삼천 달러를 갖고 있으면서 까짓 술 몇 잔도 못 살 판이면 대체 그걸 어디다 씁니까."

"그런 얘기가 아니에요, 프랭크. 정말입니다. 이것 참 당황스럽군요." 파슨스가 말했다.

"저도 그렇습니다. 찰리 말이 맞습니다. 각자 내죠." 제이미슨이 말했다.

"그럼 이렇게 합시다. 두 분 술값을 놓고 나랑 맞추기 합시다. 어때요?" 오닐이 말했다.

"맞추기를 하다뇨? 무슨 말씀이신지?" 파슨스가 말했다.

"동전을 맞추자 이겁니다. 자요." 그는 주머니에서 25센트짜리 동전 하나를 꺼냈다. 그즈음 술이 도착했고, 세 사람은 각자 한 모금씩을 마셨다. 파슨스도 주머니에서 25센트짜리 동전을 꺼냈고, 제이미슨도 동전을 꺼냈다.

"이렇게 하는 겁니다. 다 같이 동전을 던져요. 홀, 그러니까 두 사람의 동전이 뒷면이 나왔을 때 혼자 앞면이 나온 사람, 아니면 두 사람의 동전이 앞면일 때 혼자 뒷면이 나온 사람은 돈을 안 내는 겁니다. 그런 다음 나머지 둘이 또 동전을 던져서 누가 낼지를 결정하고요. 알았죠?"

"그 정도면 괜찮군요." 파슨스가 말했다.

"좋아요. 그럼 합시다." 오닐이 말했다. 세 사람은 동전을 던진 다음 손으로 덮었다. 손을 치우자 파슨스와 오닐은 앞면이었다. 제이미슨은 뒷면이었다.

"그럼 선생은 빠지시고. 이제 우리 둘이 하는 겁니다, 찰리." 오닐이 말했다.

둘은 동전을 던졌다.

"이제 어떻게 하는 거죠?" 파슨스가 물었다.

"우리 동전이 같을지 다를지 말해 봐요." 오닐이 말했다.

"같아요."

둘은 손을 치웠다. 두 동전 모두 뒷면이었다.

"당신이 졌네요." 파슨스가 말했다.

"난 항상 집니다." 오닐이 말했다. 어째서인지 조금 전까지 술값을 내겠다고 열을 올리던 모습과는 딴판으로, 이제 그는 실제로 술값을 내게 됐다는 사실에 발끈한 기색이었다. "도대체가 운이 없다니까. 어떤 사람들은 축제에 가서 박제 원숭이에다 야구공 몇 개만 던져도 전동 잔디깎이를 타 가지고 와요. 그런 사람들은 추첨권 하나만 사도 신형 닷지 컨버터블을 타죠. 나는 추첨권을 통째로 여섯 묶음을 사도 하나도 안 걸리고. 평생 뭘 따 본 적이 없어. 하여튼 지지리도 운 없는 놈이라니까."

"그럼 다음 잔은 제가 사겠습니다." 파슨스가 오닐을 달랠 요량으로 말했다.

"무슨 말씀을. 다음 잔도 맞추기 하셔야지." 오닐이 말했다.

"아직 첫 잔도 다 안 마셨습니다만." 제이미슨이 점잖게 말했다.

"어차피 하나마나겠지만. 내가 지겠지 뭐. 자, 붙읍시다." 오닐이 말했다.

"그런 태도를 가지면 안 돼요. 저는 동전 맞추기든 카드 게임이든 뭐가 됐든 자기 운은 자기가 통제할 수 있다고 믿습니다. 아니, 정말입니다. 다 마음먹기에 달린 거예요. 계속 질 거라고만 생각하고 있으면 정말로 집니다." 파슨스가 말했다.

"뭘 하든 내가 집니다." 오닐이 말했다. "자자, 붙어요."

세 사람은 동전을 던졌다.

파슨스는 앞면이었다.

오닐은 앞면이었다.

제이미슨은 뒷면이었다.

"거 운 더럽게 좋네." 짜증이 더욱 치솟은 목소리였다. "말똥 가득 담긴 욕조에 뛰어들어도 라벤더 향기를 풍기며 나올 양반일세."

"딱히 운이 좋은 편은 아닙니다만." 제이미슨이 미안하다는 듯 말했다. 그는 슬쩍 파슨스와 눈빛을 교환했다. 역시나 파슨스도 눈썹을 치켜세워 보이며 오닐이 괴짜라는 의견을 피력하고 있었다.

"자자, 끝냅시다. 이번엔 내가 말하지." 오닐이 말했다. 그와 파슨스는 동전을 던진 다음 손으로 가렸다. "같아요."

파슨스가 손을 치우자 앞면이 나왔다.

오닐이 손을 치우자 뒷면이 나왔다. "이런 쌍! 봤죠? 이기는 법이 없다니까, 절대로! 빌어 처먹을, 다음 판도 맞춰 봅시다."

"이미 다음에 마실 잔까지 맞춰 봤잖습니까." 파슨스가 부드럽게 말했다.

"지금 나보고 술값 몽땅 다 내라 이 말이오?" 오닐이 소리쳤다.

"아뇨, 아뇨, 그런 게 아닙니다."

"그럼 왜 내가 잃은 걸 도로 찾을 기회를 안 주는 거요?"

파슨스가 부드러운 미소를 지어 보이며 도움을 청하듯 제이미슨을 바라보았다.

제이미슨이 목청을 가다듬고 상냥하게 말했다. "오해가 있었던 것 같군요, 프랭크. 우리는 오늘 밤 진탕 마시거나 할 계획은 아니었습니다. 사실 전 아직 저녁도 못 먹었고요."

"세 잔이 진탕 마시는 거요? 세 잔째를 맞춰 보자는 얘기요. 세 잔째를 맞춰 봐야겠다고." 오닐이 화를 냈다.

파슨스가 힘없이 미소 지었다. "프랭크, 정말이지 무의미한 논쟁입니다. 세 잔까지도 안 갈지 몰라요. 저기, 제가 두 잔 다 사겠습니다. 어떻습니까? 제가 마련한 자리인데 이거 조금 난처하게 돼서……."

"내가 졌으니 내가 낼 거요!" 오닐이 단호하게 말했다. "자, 얼른, 세 잔째를 맞춰 봅시다."

파슨스가 한숨을 내쉬었다. 제이미슨이 어깨를 으쓱하며 파슨스와 눈빛을 교환했다. 세 사람은 동전을 던졌다.

"앞." 제이미슨이 말했다.

"뒤." 파슨스가 말했다.

"뒤." 오닐이 불쾌한 투로 말했다. "제이미슨 이 양반은 지는 법이 없구먼? 나 참, 지는 법이 없어. 자, 이제 찰리 당신이랑 나요."

"이번엔 제가 말할 차례죠?" 파슨스가 물었다.

"그래요, 그래." 오닐이 재촉했다. "당신이 말할 차례라고." 그는 동전을 던지고 손으로 덮었다.

파슨스는 동전을 던지고 손으로 덮은 다음 말했다. "이번엔 다를 겁니다." 그가 손을 들었다. 뒷면이었다.

오닐이 손을 치웠다. "앞! 내가 뻔하다고 했지! 이 망할 것 보기도 전에 이미 알고 있었어! 나는 이기는 법이 없어! 절대로!" 그가 화를 내며 일어섰다. "남자 화장실이 어디요? 화장실에 가야겠어!"

파슨스는 그가 성큼성큼 테이블에서 걸어 나가는 모습을 지켜보았다.

"사과드리고 싶군요. 같이 들어가자고 했을 때만 해도 저렇게 지리멸렬한 위인일 줄은 몰랐습니다." 파슨스가 말했다.

"어쨌든 동전 맞추기는 모두 저 사람 아이디어였죠." 제이미슨이 말했다.

"정말 난리도 아니군요."

"이상한 사람이에요." 제이미슨은 고개를 절레절레 내저었다.

갑자기 파슨스에게 아이디어가 떠오른 모양이었다. "저기, 저 사람에게 장난을 좀 쳐 봅시다."

"무슨 장난이오?"

"저렇게 뒤끝 많은 위인 아닙니까. 저렇게 심한 사람은 본 적이 없어요."

"제 생각도 마찬가집니다."

"자기한테 삼천 달러가 있다고 했죠. 그걸 빼앗아 봅시다."

"뭐라고요?" 순간 의분을 느낀 제이미슨이 분개하며 말했다.

"갖자는 게 아니고요. 빼앗았다가 나중에 돌려주죠."

"빼앗다니요? 무슨 얘긴지 모르겠군요."

"저 사람이 돌아오면 동전 맞추기 규칙을 바꾸는 겁니다. 홀이 지는 걸로요. 그런 다음 당신 동전이랑 제 동전은 항상 같도록 하는 거죠. 열에 아홉은 저 사람이 홀이 될 겁니다. 그럼 지는 거고요."

"어떻게 말입니까?" 제이미슨은 작은 여흥을 벌이자는 아이디어에 호기심을 느끼기 시작했다.

"간단해요. 동전을 앞이든 뒤든 마음대로 내밀 수 있게 세로로 쥐어요. 제가 손가락으로 코를 만지면 앞이 나오게 해요. 안 만지면 뒤가 나오게 하고요."

"알겠습니다." 제이미슨이 씩 웃으며 말했다.

"계속 판돈을 올리는 겁니다. 저 사람을 다 털 때까지요. 그런 다음 돈을 돌려주는 거예요. 알겠죠?"

제이미슨은 얼굴에서 웃음을 감추지 못했다. "그것 참, 펄펄 뛰겠군요."

"모든 게 장난이었다는 걸 알기 전까지는요." 파슨스는 제이미슨의 등을 두드렸다. "저기 오네요. 얘기는 제가 알아서 하겠습니다."

"알았어요." 그렇게 말하는 제이미슨의 마음속에 남몰래 기쁨이 차오르기 시작했다.

오닐이 테이블로 돌아와 앉았다. 화가 머리끝까지 난 모습이었다. "두 잔째는 아직 안 온 거요?"

"안 왔어요." 파슨스가 말했다. "프랭크, 당신은 그 태도 때문에 지는 거예요. 막 여기 엘리엇과 그 얘길 하고 있었습니다."

"태도는 무슨. 내가 그냥 운이 없는 거요."

"증명할 수 있습니다. 자, 조금 더 맞춰 볼까요."

"밤새 술 마실 건 아니라더니." 오닐이 의심스럽다는 듯 말했다.

"몇 달러쯤 걸고 하면 어때요?"

"내가 질 텐데."

"찰리의 이론만이라도 확인해 보면 어떻습니까?" 제이미슨이 끼어들었다.

"그래요. 제게도 돈이 조금 있습니다. 당신이 제 이론을 이용해서 그 돈을 얼마나 빨리 가져가는지 봅시다." 파슨스가 말을 멈추고 제이미슨을 돌아보았다. "당신도 얼마쯤 갖고 있죠, 엘리엇?"

"이백오십 달러쯤 있습니다. 너무 많이 갖고 다니고 싶진 않아서요. 혹시 모르는 일이니까."

"현명하군요." 파슨스가 고개를 끄덕였다. "어때요, 프랭크?"

"까짓 거 그럽시다. 당신 이론은 뭐요?"

"이기는 거에만 집중하기. 그게 다예요. 온 힘을 다해서 생각해요. 그냥 생각만 해요. *내가 이길 거야, 내가 이길 거야*, 그것만 하면 됩니다."

"안 되겠지만 한 번 해 봅시다. 얼마 걸 거요?"

"오 달러로 시작하죠. 속도를 높이기 위해 이런 식으로 해 보죠. 홀이 지는 거예요. 진 사람은 다른 두 사람에게 오 달러씩 주는 거고요. 어때요?"

"괜찮을 것 같군." 오닐이 말했다. 파슨스가 제이미슨에게 윙크했다.

제이미슨이 살짝 고개를 끄덕여 알았다고 표시한 후 서둘러 말했다. "그래요, 저도 괜찮습니다."

세 사람은 동전 맞추기를 시작했다.

놀라울 정도로 꾸준하게, 오닐은 계속 돈을 잃었다. 그러다가 파슨스가 판을 그럴 듯하게 보이도록 하기로 한 모양인지, 제이미슨도 약간 돈을 잃기 시작했다. 세 사람은 말없이 게임을 계속했다. 테이블이 구석진 곳에 있어서 반투명 유리벽 너머의 시선을 막아 주었다. 누가 본다 한들 순수한 동전 맞추기 게임을 제지하지도 않았을 테지만 말이다. 그들은 동전을 던지고, 손을 치우고, 지폐를 교환했다. 얼마 지나지 않아 오닐은 4백 달러가량을 잃었다. 제이미슨은 2백 달러 가까이 잃었다. 파슨스는 이따금씩 제이미슨에게 윙크를 하며 모든 것이 계획대로 진행 중임을 시사했다. 오닐은 계속해서 제이미슨에게—제이미슨도 마찬가지로 돈을 잃고 있었건만— 파슨스의 이론에 관한 불평을 늘어놓았다. "그 망할 놈의 이론이 먹히는 건 이 양반 하나뿐이라고."

세 사람은 동전 맞추기를 계속했다.

이제 제이미슨은 그렇게 많이 잃지는 않았다. 오닐은 계속 잃고 있었고, 동전을 던질 때마다 점점 더 화를 냈다. 마침내 그가 두 사람을 바라보며 말했다. "이봐, 이거 뭐야?"

"뭐가 말입니까?" 파슨스가 말했다.

"지금껏 육백 달러 가까이 잃었잖아." 그가 제이미슨을 돌아보았다. "그쪽은 얼마 잃었어?"

제이미슨은 잠깐 머릿속으로 계산해 보았다. "대략 이백삼십오 달러 정도 잃은 것 같습니다."

"그럼 당신은?" 오닐이 파슨스에게 말했다.

"전 따고 있죠." 파슨스가 말했다.

오닐은 두 동행을 지그시 응시했다. "두 사람 혹시 날 벗겨 먹으려는 수작은 아니겠지?"

"벗겨 먹다니요?" 파슨스가 되물었다.

"두 사람 혹시 사기꾼 짝패는 아니겠지?"

제이미슨은 간신히 웃음을 참아 내고 있었다. 파슨스는 그에게 윙크를 던졌다.

"왜 그런 말씀을 하시는 거죠?" 파슨스가 물었다.

오닐이 갑자기 자리에서 일어났다. "경찰을 부르겠어."

제이미슨의 얼굴에서 웃음이 싹 사라졌다. "이것 봐요. 잠깐만요. 우린 그냥······,"

파슨스는 제이미슨의 235달러와 오닐의 600달러를 주머니에 넣고 느긋하게 앉은 채로 말했다. "화낼 것 없잖아요, 프랭크. 게임은 게임인데."

"게다가," 제이미슨이 덧붙였다. "우린 그냥······,"

파슨스가 제이미슨의 소매에 손을 올리며 윙크를 했다. "운은 운이에요, 프랭크."

"그리고 사기꾼은 사기꾼이지. 경찰을 불러오겠어." 오닐이 테이블에서 멀어져 갔다.

제이미슨의 얼굴이 하얗게 변했다. "찰리, 말려야 해요. 장난은 장난이지만, 맙소사······,"

"내가 잡아 올게요." 파슨스가 자리에서 일어서며 낄낄거렸다. "나 원, 정말 괴짜 아닙니까? 바로 데려올게요. 여기서 기다려요."

오닐은 이미 문에 다 당도한 참이었다. 밖으로 나가는 그를 향해 파슨스가 소리쳤다. "이봐요, 프랭크! 잠깐만요!" 그러고는 오닐을 따라 뛰쳐나갔다.

제이미슨은 여전히 겁에 질린 채 혼자 테이블에 앉아 다시는 짓궂은 장난에 합세하지 말자고 다짐했다.

그는 30분이 지난 후에야 놀림감은 바로 자신이었음을 깨달았다.

그는 그럴 리가 없다고 중얼거렸다.

그러고는 30분을 더 앉아 있었다.

그런 다음 그는 가장 가까운 경찰서를 찾아가 아서 브라운이라는 이름의 형사에게 자초지종을 들려주었다.

브라운은 인내심을 갖고 이야기를 들은 다음 제이미슨에게 사기를 쳐 235달러를 뜯어낸 두 동전 맞추기 전문 사기꾼의 인상착의를 작성했다.

P. T. 바넘_{과장, 허위 광고로 관객을 끄는 데 능했던 19세기 미국 흥행사}이 무덤 속에서 굴러다니며 낄낄거릴 일이었다.

4

실종자 전담국은 형사과에 속해 있었고, 따라서 버트 클링과 이야기하는 두 사람도 형사였다.

한 사람은 앰브로즈라고 했다.

다른 사람은 바솔디라고 했다.

"물론 우린 여기서 하는 일 하나 없이 표류 사체에만 집중하고 있지." 바솔디가 말했다.

"아무렴." 앰브로즈가 말했다.

"오늘 하루 동안 열 살 미만 실종 아동 신고를 열여섯 건 접수했지만 하는 일 하나 없이 그저 여섯 달 동안 물속에 들어가 있었던 시체 걱정만 하고 있다고."

"넉 달." 클링이 정정했다.

"실례했군." 바솔디가 말했다.

"팔십칠 분서분들 앞에서는 조심해야지. 두 달 틀린 것 가지고도 숨통을 조여 오시거든. 팔십칠 분서 순경 나리들은 대단한 전문가들이시라." 앰브로즈가 말했다.

"최선을 다하고 있지요." 클링이 딱딱하게 말했다.

"다들 인도주의자셔. 표류 사체에도 신경을 쓰시고. 인류를 염려하신다 이거야." 바솔디가 말했다.

"우리가 신경 쓰는 건 현관 앞에서 사라진 세 살배기 꼬맹이들뿐이잖아. 우린 그런 것만 신경 쓴단 말이지." 앰브로즈가 말했다.

"당신 여동생이랑 밤을 보내게 해 달라고 부탁하는 게 아니잖습니까. 당신들 파일만 한 번 보면 됩니다." 클링이 말했다.

"차라리 내 동생이랑 밤을 보내는 게 낫겠는데. 아직 여덟 살밖에 안 돼서 자네가 실망할지도 모르겠지만, 차라리 그게 낫겠어." 바솔디가 말했다.

"우리가 부서 간 협조 같은 걸 안 믿는다는 얘기는 아닐세. 우리 친애하는 순경 나리들을 돕는 것보다 좋은 일이 달리 어디 있겠나. 안 그래, 로미오?" 앰브로즈가 말했다.

로미오 바솔디가 고개를 끄덕였다. "우리가 전쟁 때 세운 공 좀 얘기해 주라고, 마이크."

앰브로즈가 말했다. "이차 세계대전 후 태평양에 가서 신원 불명 사망자 문제 해결을 도운 사람이 바로 우리지."

"태평양을 몽땅 정리했다면 표류 사체 하나 정도는 도와줄 수 있어야겠죠."

"순경 나리들의 문제가 뭐냐면 말이야. 사무라는 걸 이해할 줄 모른다는 거야. 우린 여기다 깔끔하게 파일을 갖춰 두고 있지. 보이나? 그런데 이 도시 여기저기서 기어든 형사놈들에게 이걸 뒤지게 하면 우리는 더 이상 어떤 신원도 확인할 수가 없다고." 바솔디가 말했다.

"그렇게 훌륭한 파일을 갖추고 있다니 참 기쁘군요. 그거 다른 부서에는 비밀로 감춰 두고만 있을 작정입니까, 아니면 참관수업 때는 공개도 합니까?" 클링이 말했다.

"팔십칠 분서 형사들 좋은 게 또 뭐냐면, 다들 참 웃긴다는 거야. 한 명만 옆에 있어도 바지 마를 날이 없어요." 앰브로즈가 말했다.

"좋아 죽지." 바솔디가 말했다.

"좋은 경찰의 요건이 바로 그거야." 앰브로즈가 말을 이어받았다. "유머, 인간미, 세부 사항에 대한 헌신."

"거기에, 욥_{욥기에 나오는 인물로 계속된 재앙으로 가족과 재산을 모두 잃은 다음에도 신에 대한 믿음을 버리지 않았다}의 끈기도 있죠. 그래서 그놈의 파일 보여 줄 겁니까, 말 겁니까?" 클링이 말했다.

"어허, 성질머리하고는." 바솔디가 말했다.

"언제 것까지 볼 건데?" 앰브로즈가 물었다.

."지난 육 개월 정도."

"물속에 있었던 시간은 사 개월 밖에 안 된다더니?"

"그 전에 실종 신고가 들어왔을지도 모르니까."

"역시 똑똑해. 정말 팔십칠 분서가 아니었으면 이 도시는 잿더미가 됐을 거야." 바솔디가 말했다.

"좋아, 집어치우쇼." 클링이 몸을 돌렸다. "반장님께 수사에 필요한 파일을 안 보여 주더라고 말씀드리지. 또 봅시다들."

"집에 가서 엄마한테 이른다는군." 바솔디는 동요하지 않았다.

"엄마가 속상해할 텐데. 엄마도 재밌는 농담은 좋아하는 편이지만 근무 시간에는 삼가시거든." 클링이 말했다.

"일만 하고 놀지 않으면……." 바솔디는 그렇게 말하다가 클링이 정말로 가는 것을 보고 입을 다물었다. "알았어, 이 투덜아. 와서 파일을 보라고. 아주 파묻혀 죽어 버리시든가. 실종자야 일 년 내내 봐도 모자랄 만큼 있으니까."

"고맙군요." 클링은 두 형사를 따라 복도를 걸었다.

"파일은 교차 색인 방식으로 정리하려고 하고 있어. 여기가 정보국은 아니지만 우리 수준에서는 최선을 다하고 있달까. 알파벳순으로도 정리했고, 실종 신고일에 따라 연대순으로도 정리했고, 남성과 여성으로도 나눠 두고 있지." 앰브로즈가 말했다.

"남녀가 유별한 법 아니겠나." 바솔디가 말했다.

"필요한 건 개별 폴더에 다 들어 있어. 구할 수 있으면 진료 기록도 넣어 뒀고, 치과 기록에 편지나 개인 서류까지 넣어 둔 폴더도 있지."

"폴더끼리 섞지 말라고. 그랬다간 아름다운 금발 머리 경찰 속기사가 다시 정리해야 하니까." 바솔디가 말했다.

"그런데 우린 아름다운 금발 머리랑은 친하게 지내지 않거든."

"문을 두드리며 찾아올 때마다 걷어차 거리로 내쫓지."

"우리 둘 다 정숙한 유부남이니까."

"모든 유혹에 저항한단 말씀." 바솔디가 마무리 지었다. "파일은 여기 있어." 그는 한 손을 거창하게 휘둘러 벽을 따라 길게 늘어선 녹색 파일 캐비닛을 가리켰다. "지금이 사월인데 여섯 달 전 것부터 보고 싶댔지. 그럼 십일월이군." 그는 한 손으로 모호한 손짓을 했다. "저기 어디 있을 거야." 그가 앰브로즈에게 윙크했다. "우리 제대로 협조하고 있는 거 맞지?"

"더없이 협조적이군." 클링이 말했다.

"필요한 거 찾길 바라네." 앰브로즈가 문을 열며 말했다. "가지, 로미오."

바솔디가 뒤이어 방을 나섰다. 클링은 파일 캐비닛을 바라보며 한숨을 내쉰 다음 담배에 불을 붙였다. 한쪽 벽에 다음과 같은 문구가 붙어 있었다. **뒤섞고, 뒤흔들고, 할퀴고, 어루만지시라—단, 나갈 때는 원래대로 해 놓고 갈 것!**

그는 방을 둘러보다가 지난 해 11월에 접수된 실종자 파일을 담은 캐비닛에 이르렀다. 캐비닛 맨 위 서랍을 연 다음 등받이가 꼿꼿한 나무 의자를 끌어와 그 위에 발 하나를 올리고 선 채로 끈질기게 폴더를 넘기기 시작했다.

딱히 불쾌한 작업은 아니었지만 흥미진진한 작업도 아니었다. 흔히들 도시의 형사라면 겨드랑이 밑에 권총집을 찬 거칠고 강인한 사내가 거리에서 절망에 발악하는 범죄자에 맞서 총을 쏘는 모습을 떠올리기 마련이다. 클링은 몸집은 컸지만 그리 거칠지 않았고, 근무용 리볼버는 바지 오른쪽 뒷주머니에 고정시킨 가죽 권총집에 넣어 다녔다. 그는 이 순간 절망했든 아니든 누군가를 향해 총을 쏘고 있지 않았다. 그가 아는 절망이라곤 조용한 절망뿐이었으며, 그것은 많은 도시의 형사들을 가까운 정신병원으로 몰고 가 말없이 침대보를 잡아 뜯게 하는 유형의 절망이었다. 바로 이 순간, 클링은 일상적인 업무를 수행하고 있었다. 그리고 일상이란 세상에서 가장 지루한 것이었다.

일상이란 아침에 세수하고 면도하고 이를 닦는 일을 뜻한다.

일상이란 점화 스위치에 열쇠를 꽂고, 열쇠를 돌리고, 차를 출발시켜 진입로로 들어서서 어디론가 향하는 일을 뜻한다.

일상이란 정중하게 고맙다는 편지를 쓴 다음 그걸 받은 상대방이 보낸 고맙다는 편지에 다시 '별말씀을.'이라는 답장을 보내는 일을 뜻한다.

일상이란 자동차 사고 피해자 부부 중 살아남은 아내에게 던져야 할 질문 목록을 뜻한다.

일상이란 작성 후 증거물에 붙이는 꼬리표를 뜻한다.

일상이란 형사실로 돌아가 타이핑하는 보고서를 뜻한다.

일상 업무는 지독하게 따분하고 지루했으며, 그 지루함에는 머리가 빠개질 것만 같다는 자극조차도 없었다. 형사들은 그런 일상 업무를 삼중으로 된 사본을 통해 처리해야 했고, 그래서 타자기 앞에서 인내심을 발휘하지 못하는 형사는—어떤 타법을 쓰든 간에— 형사반에서 그리 오래 버티지 못했다.

끝도 없는 실종자 보고서를 보고 있자면 차라리 자신이 실종되길 바라게 된다. 잠시 후면 한데 뭉쳐 거대한 덩어리가 된 실종자들이 보는 사람을 지루해 죽게 만들 음모를 꾸민다. 또 얼마 후엔 왼쪽 가슴에 모반이 있는 여자가 누구였는지, 엄지발가락에 문신을 한 남자가 누구였는지 알 수 없게 된다. 그리고 얼마 후엔 아무래도 상관없다는 생각마저 든다. 물론 일상 업무 중에는 즐거운 예외도 있지만, 흔치 않았다. 둘이 같은 날 사라진 다음 각자 상대방이 실종되었다고 신고한 부부가 그런 예였다. 정말 웃기는군. 클링은 웃으면서 브라질에서 검은 머리 아가씨를 끼고 늘어져 있는 알렉 기네스⟨콰이 강의 다리⟩, ⟨스타워즈⟩ 등에 출연한 영국 배우 타입의 남편을 머릿속에 그려 보았다. 아내의 모습은 그려 보지 않았다. 그는 새 담배에 불을 붙이고 87분서 관할에서 발견된 표류 사체를 닮았을지도 모를 누군가를 계속 찾아 나갔다.

파일을 뒤지는 동안 담배 두 갑이 사라졌다. 첫 번째 갑은 점심을 먹기 전에 다 피웠다. 그는 밖에 나가 햄 샌드위치와 커피를 사서 들어오는 길에 새 담배도 함께 사면서 관 뚜껑에 못 박히기 싫으면 살살 피우라고 자신에게 경고했다. 하루가 끝나 갈 무렵에는 두 번째 갑도 다 떨어졌고, 표류 사체와 연관이 있을지 모를 폴더를 모은 더미도 상당히 쌓였다. 그중 한 보고서가 특히 유력해 보였다. 클링은 다시 폴더를 열고 내용물을 검토했다.

경찰 부서
실종자 보고서

성: 프로섹	이름: 메리 루이즈	이니셜: _	출생지: 미국	성별: 여	나이: 33	피부색: 백인

주소: 펜실베이니아주 스크랜턴 시 메인 가 1112번지	최종 목적지: 거주지	목적 날짜 및 시각: 10/31 11:45 p.m.
추정 목적지: 현 도시	실종 사유: ?	보고 날짜 및 시각: 11/7 8:15 p.m.

신체 사항	의복—색깔, 재질, 스타일, 상표 통용을 가능한 한 기록할 것	(사건과 무관한 단어에는 줄을 그을 것)	기타 정보
키: 160cm	모자류: 모자 없음		직업 혹은 학교: 문서 정리원
몸무게: 58kg	오버 혹은 탑코트: 파란색 양면 코트-안쪽은 빨간색		지문 채취 전력? 장소 및 시간?: 없음
체구: 통통함	수트 혹은 드레스: 군청색 상동, 흰색 버튼업 방식		드라이 클리너 표식: 드레스와 코트-스크랜턴 시 X3175 두브라이트 세탁소
안색: 좋음	재킷 혹은 스웨터: 없음	조끼: 없음	세탁물 표식:
머리카락: 금발	셔츠 혹은 블라우스: 없음	스카프: 빨간색 실크	사진: 있음 실종 전력: 없음
눈 색깔: 파란색	타이 혹은 모피류: 없음	장갑: 빨간색 면	실종자 광고 희망 여부: 예
한점, 유형:	바지 혹은 스커트:		사회보장번호: 119-16-4683
콧수염-턱수염:	스타킹: 순수 나일론, 올이 없음		초동수사 담당:
치아: 폴더에 첨부된 치과 기록을 참조할 것	신발: 초승달 모양 파인석이 달린 군청색 송아지 가죽 펌프스		담당 내근 경관: 14분서 형사반 B. 래피얼 경위
			전신국 담당: 3급 형사 P. 버빈
	핸드백: 군청색 송아지 가죽, 멜빵형끈		정보국 담당: 1급 형사 R. 니컬슨
흉터: 맹장 수술 흉터	수하물: ?	기타:
	장신구: 말리 고등학교 졸업 반지—1939년 6월 졸업생—오른손 약지에 착용		
기형: 없음			실종 지원국 통보자:
문신: 없음	소지금액: 스크랜턴 은행에서 인출한 것으로 추정되는 4,375.00 달러		14분서 형사반 B. 래피얼 경위
			실종 지원국 접수자: L. 노리스 경사
상태: 신체 / 정신 정상 정상	특징, 습관, 버릇: ▬▬▬▬		사건 담당: _____반
			담당자: 실종국 지원구 2급 형사 존 필립스

신고자: 헨리 프로섹	주소: 펜실베이니아주 스크랜턴시 메인 가 1112번지	전화번호: SC 2-7185	관계: 부친

비고: 여자는 집을 떠나겠다는 기미를 보이지 않았음. 다음 날 아침 기차역에서 목격. 이후 이 도시에서 보낸 편지(반송 주소 없음)를 통해 '새로운 삶을 시작하기 위해' 이곳에 왔다고 부모에게 알림. 또한 나중에 '더 긴 편지를 보낼' 것이라고 씀. (폴더에 첨부된 편지를 참조할 것) 이후 부모와의 연락 두절. 1주일 후 이 도시에 온 부친이 가장 가까운 분서인 14분서에 전화로 연락.

Det. John Phillips
담당 형사 서명

Lt. Samuel Barker
지휘관

버트 클링은 보고서에 어떤 불일치가 있다는 것을 발견했다. 예를 들어 보고서 앞부분에서는 여자의 '최종 목격지'가 10월 31일 오후 11시 45분 그녀의 '거주지'였다고 적혀 있었다. 보고서 뒷부분의 비고란에는 여자가 마지막으로 목격된 장소가 다음 날 아침 스크랜턴 기차역이라고 적혀 있었다. 할 수 있는 게 추측뿐인 클링은 경찰 업무 절차가 이러한 혼선을 야기한 것이리라 추측했다. 딸의 실종을 신고한 사람은 헨리 프로섹이라는 인물이었다. 아마 그는 10월 31일 밤 자기 집에서 딸을 마지막으로 보았으리라. 보아하니 누군가가 다음 날 아침 그녀를 기차역에서 목격하고는 옷차림을 묘사할 수 있을 정도로 세심히 관찰한 모양이었다. 하지만 그 누군가가 실종 신고를 한 것은 아니었기에 불일치가 생긴 것이다. 클링은 이어 수하물란에 물음표가 있음을 알아차렸다. 그는 그녀가 정말 수하물 없이 사라진 것인지, 아니면 그저 기차역의 목격자가 수하물을 알아보지 못한 것인지 궁금했다.

보고서 중 '폴더에 첨부된 편지를 참고할 것'이라고 적힌 부분은 다소 모호했다. 이 편지는 여자가 썼던 첫 번째 편지를 가리키는 것일까, 아니면 그녀가 나중에 보내겠다고 한, 더 긴 편지를 가리키는 것일까? 그리고 두 편지 중 부모가 마지막으로 받은 편지는 어느 것일까? 물론 답은 폴더 안에 있었다.

클링은 다시 폴더를 열었다.

폴더 안에는 편지가 하나뿐이었다. 보아하니 더 긴 두 번째 편지는 결국 쓰지 않은 모양이었다. 사정을 설명해 주는 연락이 이어지지 않자 헨리 프로섹이 딸을 찾아 도시로 왔고, 결국에는 가장 가까운 경찰서에 전화를 한 것일 터였다.

클링은 어쩐지 관음증 환자가 된 듯한 기분으로 메리 루이즈 프로섹이 부모에게 보낸 편지를 읽기 시작했다.

11월 1일

사랑하는 엄마 아빠에게.

제가 납치됐다거나 그 비슷한 일을 당했을까 봐 걱정하고 계시지는 않을 줄로 알아요. 오늘 아침 역에서 베티 앤더스가 저를 훔쳐봤으니 아마 지금 쯤이면 동네 전체에 소식이 퍼졌겠죠. 그래서 걱정하지 않으실 줄은 알지만, 그래도 제가 왜 떠났는지, 그리고 돌아올 것인지는 궁금해하실 것 같았어요.

설명을 남기고 떠나는 게 도리였을 테지만, 제가 이제부터 하려는 일을 이해하거나 허락하지 않으실 거라고 생각했어요. 이건 제가 오랫동안 계획했던 일이고 제가 해야만 하는 일이기도 해요. 그래서 그동안 돈을 모으기 위해 존슨네 집에서 지냈던 거였어요. 이제 4천 달러 넘게 모았으니까, 제가 끈질기다는 건 인정하셔야 할 거예요. 하하.

여기서 자리를 잡고 나면 더 긴 편지를 쓸게요. 아빠, 전 여기서 새로운 삶을 시작하고 있어요. 그러니 부디 너무 화내지 마세요. 이해해 주세요. 사랑과 키스를 보내요.

사랑하는 딸,

메리 루이즈

실종자 지원국의 필립스 형사가 누구인지는 몰라도 사라진 프로섹에 대한 수사는 제대로 했다. 그는 스크랜턴 경찰에 전화해서 여자의 은행 계좌를 확인하여 여자가 떠나기 전날인 10월 31일에 4,375달러를 인출했음을 확인했다. 여자가 직접 출금전표에 서명했으며, 이를 통장과 함께 제출했다. 그런 다음 필립스 형사는 시내 모든 은행에 연락하여 메리 루이즈 프로섹이 새로 개설한 계좌가 있는지 확인했다. 은행들은 부정적인 답을 내놓았다. 필립스는 여자가 쓴 편지지를 확인하여 그것이 싸구려 잡화점에서 파는 물건임을 확인했다. 편지는 속달이었고 도심에 있는 한 우체국의 소인이 찍혀 있었다. 고등학교 졸업 반지가 나타날까 싶어 전당포 역시 일일이 확인했다. 반지는 나타나지 않았다. 필립스는 여자의 부모에게서 치과 기록을 입수했고, 그 기록은 폴더에 들어 있었다. 클링은 치과 기록을 꺼내어 간략히 훑어보았다.

표류 사체의 아래 앞니가 물속에서 유실됐다는 사실은 기억하고 있었지만 충치를 때운 이나 뽑은 이의 위치는 기억나지 않았다. 그는 한숨을 쉰 다음 폴더 안의 다른 정보를 살펴보았다.

물론 초동수사를 진행한 것은 실종자 지원국이 아니었다. 헨리 프로섹이 14분서에 딸의 실종을 신고했을 때 그를 상대한 형사는 즉시 내근 경관에게 관할권 내에서 체포되거나 입원한 사람 중 메리 루이즈가 있는지 확인했다. 그런 다음 그는 통신과와 정보국에 연락하여 병원이나 시체 안치소에 그녀와 인상착의가 일치하는 이

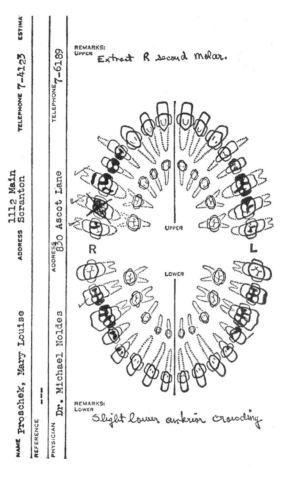

가 있는지 확인했다. 그녀를 찾으려는 노력이 무위로 돌아가자 실
종자 지원국에 전화를 걸어 관련 정보를 알렸고, 실종자 지원국에
서는 통상 절차에 따라 관련 서류를 세 부 마련했다. 다음 날, 형사

는 자신의 전화를 확정하기 위해 자신이 작성한 보고서 세 부 중 하나를 실종자 지원국에 보냈다.

실종자 지원국은 텔레타이프 통신문으로 시내 및 인근 경찰서에 소식을 전했다. 메리 루이즈 프로섹의 이름은 매일 추가되는 등사판 실종자 명단에 실려 터미널, 병원, 기타 부랑자가 도움을 구하거나 기거할 만한 장소에 배포되었다.

그래도 여자는 실종된 채였다. 어쩌면 이 여자가 87분서 관할에서 발견된 표류 사체인지도 몰랐다.

클링은 표류 사체의 치아에 관해서는 기억하는 바가 얼마 없었지만, 그래도 오른손에 관한 중요한 사실 한 가지는 기억하고 있었다. 여자의 오른손 엄지와 검지 사이에는 문신이 있었다. 하트 안에 담긴 MAC라는 글자.

메리 루이즈 프로섹의 실종자 보고서 **문신란**에는 단어 하나가 적혀 있었다. '없음'이라는 단어였다.

5

헨리 프로섹은 몸집이 작고 호리호리하며 짙은 갈색 눈에 대머리였다. 그는 광부였고, 손톱 밑과 얼굴 주름 사이에는 30년간 낀 때가 눌어붙어 있었다. 자신이 가진 가장 좋은 옷을 갖춰 입었고, 스크랜턴에서 출발하기 전에 열심히 씻기도 했지만 그는 여전히 더러워 보였다. 땅 속에서 석탄을 캐는 정직한 직업에 종사하는 사람임을 알지 못하는 사람이 본다면 원래가 꾀죄죄한 사람이리라 여길 법한 모습이었다.

그는 87분서 형사실에 앉아 있었고, 카렐라는 그를 지켜보고 있었다. 프로섹의 두 눈에는 카렐라로서는 미처 예상하지 못했던 분노가 이글거리고 있었다. 클링의 짤막한 설명이 끝난 직후부터 분노가 이글거렸기 때문에, 카렐라는 혹시 클링이 말을 잘못한 부분이 있는지 되새겨 보았다. 그는 그래도 클링처럼 말하는 수밖에 없었다는 결론을 내렸다. 클링은 신참이었지만 일을 잘 배우고 있었으며, 딸이 죽었다는 얘기는 어떻게 전하든 간에 결국 딸이 죽었다는 얘기로밖에 들리지 않는 법이다.

자리에 앉은 프로섹의 눈에 담겨 있던 분노는 이내 입으로, 입가의 거품으로 터져 나왔다. "그 애는 안 죽었소."

"**죽었습니다, 프로섹 선생님.**" 클링이 말했다. "죄송하지만……,"

"안 죽었소." 프로섹이 단호하게 말했다.

"선생님……,"

다시 한 번, 그가 말했다. "**안 죽었다고!**"

클링은 카렐라를 돌아보았고, 카렐라는 가볍게 책상을 밀어내며 몸을 일으켰다. "프로섹 선생님. 죽은 여성의 치아를 선생님께서 실종자 지원국에 제출하신 치과 기록과 비교해 봤습니다. 둘은 동일합니다. 제 말 믿으세요. 같지 않았다면 이렇게 모시지……,"

"실수가 있었던 게지." 프로섹이 말했다.

"실수는 없었습니다, 선생님."

"어떻게 그 애가 죽을 수 있단 거요? 걘 새로운 삶을 시작하려고 여기로 온 거요. 걔가 그렇게 말했소. 걔가 편지에 그렇게 썼어. 그런데 어떻게 죽었을 수가 있소?"

"시신이……,"

"그리고 내 딸이라면 익사했을 리 없소. 내 딸은 훌륭한 수영 선수였소. 내 딸은 고등학교에서 수영으로 메달도 땄소. 그 여자가 누

68

군지는 모르겠지만 메리 루이즈는 아니오."

"선생님……,"

"그 애가 문신을 했다면 내가 목을 비틀어 버렸을 거요. 당신은 죽은 여자의 손에 문신이 있다고 하셨소. 우리 메리 루이즈라면 그런 짓은 생각도 해 본 적 없을 거요."

"저희도 바로 그 점을 확인하고 싶습니다. 선생님. 선생님은 따님이 문신을 하지 않았다고 말씀하셨습니다. 그렇다면 그 문신을 이 도시에서 했을 겁니다. 따님이 익사하지 않았다는 건 저희도 알고 있습니다. 물에 들어가기 전에 사망했습니다. 그러니 이 문신을 추적하면……,"

"죽은 여자는 내 딸이 아니오. 펜실베이니아에서 사람을 불러 놓고 내 딸도 아닌 여자 얘길 하다니. 이 무슨 시간 낭비요? 여기 오려고 하루를 공쳤는데."

"선생님." 카렐라가 단호하게 말했다. "그 여자가 따님입니다. 부디 그 점을 이해해 주십시오." 프로섹이 적개심을 담아 그를 노려보았다. "따님 친구 중에 맥이라는 친구가 있었나요?" 카렐라가 물었다.

"없었소." 프로섹이 말했다.

"맥도널드, 맥두걸, 맥머로, 맥마너스, 맥싱, 뭐든 맥으로 시작하는 사람이 없었습니까?"

"없었소."

"확신하십니까?"

"딸아이에겐 남자 친구가 많지 않았소. 그 앤…… 그 앤 썩 예쁜 애가 아니었소. 때깔은 좋았다오. 제 엄마처럼 파란 눈에 금발이었으니까. 좋은 조합이지. 하지만…… 썩 예쁘지는 않았소. 난…… 난 그 애한테 미안했소. 남자는…… 남자는 잘생기지 않아도 괜찮아. 하지만 여자는, 외모가 전부요. 난 그 애한테 미안한 마음이 들곤 했소." 그는 말을 멈추고 카렐라를 올려다본 다음, 조금 전에 한 말을 분명히 해 두기라도 하려는 듯 되풀이했다. "내 딸은 썩 예쁜 편은 아니었소."

카렐라는 프로섹을 내려다보았다. 그는 광부가 과거 시제를 썼다는 것을 알았고, 프로섹의 마음속에서 딸은 이미 죽어 있었다는 것도 알았으며, 그래서 왜 그가 이제 와서야 그런 사실에 맞서는 것인지, 자신의 딸이 죽었으며 적어도 지난 3개월 동안 죽어 있었다는, 반론의 여지가 없는 사실에 맞서는 것인지 의아했다.

"기억을 더듬어 봐 주십시오, 프로섹 선생님. 따님이 맥이라는 사람을 언급한 적이 있습니까?" 카렐라가 물었다.

"없었소. 메리 루이즈가 맥이라는 사람을 언급할 이유가 없잖소? 그 여자는 메리 루이즈가 아니니까." 프로섹은 말을 멈추었다가 갑자기 떠오른 생각에 다시 입을 열었다. "그 여자를 보고 싶소."

"안 보시는 게 좋습니다."

"보고 싶소. 당신들은 그 여자가 내 딸이라고 했고 나한테 치과 기록도 보여 줬지만 그런 건 다 헛소리요. 그 여자를 보고 싶소. 그 여자가 메리 루이즈인지 아닌지 난 알 수 있소."

"따님을 그렇게 부르셨습니까? 메리 루이즈라고?"

"내가 지어 준 이름이 그거니까. 메리 루이즈. 다들 걜 그냥 메리라고 불렀지만 내가 의도한 바는 그게 아니었소. 난 메리 루이즈라고 지었지. 예쁜 이름 아니오? 메리 루이즈. 메리는 너무…… 평범하니까." 그는 눈을 깜빡였다. "너무 평범해." 그는 다시 눈을 깜빡였다. "그 여자를 보고 싶소. 그 여자는 어디 있는 거요?"

"영안실에 있습니다." 클링이 말했다.

"그럼 거기로 안내하시오. 친지가 어…… 시신을 확인해야 하는 거 아니오? 절차가 그렇지 않소?"

클링은 카렐라를 쳐다보았다.

"차량 신청해서 프로섹 선생님을 모시고 병원으로 가지." 카렐라가 지친 듯 말했다.

차를 타고 병원으로 가는 동안, 그들은 별다른 말을 하지 않았다. 세 사람은 머큐리 세단의 앞 좌석에 앉았다. 그들을 둘러싼 도시는 4월의 신록으로 가득했으나, 차 안은 신기할 정도로 생기가 없었다. 병원 주차장으로 들어선 후, 카렐라는 경찰차를 병원 직원용 주차 공간에 세웠다. 프로섹은 차에서 내리면서 햇살에 눈을 깜빡였다. 그러고는 카렐라와 클링을 따라 시체 안치소로 향했다.

형사들은 안내인에게 신분을 밝힐 필요가 없었다. 둘 다 전에도 여러 번 왔던 곳이었다. 그들은 안내인에게 원하는 번호를 말한 다음 그를 따라가며 복도 벽에 늘어선 문들을 지나쳤다. 작은 냉동 칸 문들 안쪽에는 시체가 한 구씩 들어 있었다.

"보시지 않는 편을 권합니다, 프로셱 선생님." 카렐라가 말했다. "따님은 물속에 오랫동안 있었습니다. 제 생각에는……."

프로셱은 그의 말을 듣고 있지 않았다. 그들은 28번이라고 적힌 문 앞에서 멈추었고, 프로셱은 안내인을 바라보았다.

"열어요, 말아요, 스티브?" 안내인이 문손잡이를 향해 손을 뻗으며 물었다.

카렐라는 한숨을 내쉬었다. "보여 드리게." 안내인이 문을 열고 안치대를 끌어냈다.

프로셱은 안치대 위에 놓인 부패하고 머리카락 없는 여자 시체를 바라보았다. 카렐라는 프로셱을 살폈고, 순간 광부의 눈에 충격과 더불어 갑작스러운 인식이 깃드는 것을 보고 노인이 느끼고 있을 고통을 얼마간 함께 느꼈다.

이윽고 프로셱은 몸을 돌려 카렐라를 마주 보았다. 그의 눈은 마노 같았고, 꽉 다문 입은 곧은 직선을 그리고 있었다.

"아니오. 이 여자는 내 딸이 아니오."

그의 말이 긴 복도를 따라 메아리쳤다. 안내인이 안치대를 도로 냉동 칸으로 밀어 넣자 롤러가 끽끽거렸다.

"수습하시겠답니까?" 안내인이 물었다.

"프로셱 선생님?" 카렐라가 물었다.

"뭐요?" 프로셱이 말했다.

"시신을 수습하시겠습니까?"

"뭐요?"

"시신을……."

"아니." 프로섹이 말했다. "이 여잔 내 딸이 아니오." 그는 몸을 돌려 복도를 걸어 나갔다. 뒤꿈치가 콘크리트 바닥에서 딸각이는 소리를 냈다. "그 여잔 내 딸이 아니오." 그의 목소리가 높아졌다. "그 여잔 내 딸이 아니오. 그 여잔 내 딸이 아니야. 그 여잔 내 딸이 아니라고."

이내 그는 복도 끝의 문에 이르러 무릎을 꿇고 주저앉아 손잡이를 손에 쥔 채 비통하게 흐느끼기 시작했다. 카렐라가 그에게 달려가 상체를 굽히고 노인에게 팔을 둘렀다. 프로섹은 카렐라의 가슴에 얼굴을 묻고 울면서 말했다. "오, 하느님, 그 애가 죽다니. 우리 메리 루이즈가 죽다니. 내 딸이 죽었어. 내 딸이……." 그는 온몸이 떨리고 눈물에 목이 메여 더는 아무 말도 잇지 못했다.

테디 카렐라는 구두장이의 좋은 점이 집에 일감을 가져가지 않는다는 거라고 생각했다. 신발을 수없이 만들다가도 아내가 있는 집으로 가면 다음 날까지는 밑창이나 구두 굽 생각을 하지 않았다.

경찰은 항상 구두 굽을 생각한다.

스티브 카렐라 같은 경찰은 영혼도 생각한다.

물론 그녀는 카렐라가 아닌 다른 어떤 사람과도 결혼하지 않았을 테지만, 그래도 그가 음울하게 생각에 잠긴 채 창가에 앉아 있는 모습을 보기가 고통스러웠다. 생각에 잠긴 그의 자세는 거의 로댕의 조각상처럼 고전적이었다. 그는 안락의자에 몸을 묻은 채 커다란 손으로 턱을 받치고 다리를 꼬고 있었다. 발은 맨발이었다. 그녀는 그의 발을 사랑했다. 웃기는 소리지. 발을 사랑한다는 사람이 어디 있어. 뭐, 아무렴 어때. 난 저이의 발을 사랑해. 보기 좋게 오목한 발바닥에 멋진 발가락. 발을 좋아하면 어때.

테디는 그가 앉아 있는 곳으로 갔다.

그녀는 키가 크지 않았지만, 왠지 모르게 키가 크다는 인상을 주었다. 고개를 치켜들고 어깨를 편 채 여왕처럼 우아하고 가볍게 걸으면 실제 키보다 조금 더 커 보였다. 머리카락은 검은색에 눈동자는 갈색이었고, 도톰한 입술에는 립스틱을 바르지 않는데 어차피 립스틱이 필요한 입술도 아니었다. 카렐라에게 테디의 입술은 장식과도 같았다. 아름답다는 점에서 장식 같았고, 말을 할 수 없다는 점에서도 장식 같았다. 청각 장애를 지니고 태어난 그녀는 말하지도 듣지도 못했고, 그래서 얼굴 전체가, 몸 전체가 그녀의 의사소통 수단이었다.

그녀의 얼굴은 음절을 커다랗게 발음했다. 그녀의 눈은 그녀가 입 밖으로 내지 못하는 말에 혀를 달아 주었다. 그녀의 손은 유연하게 움직이며 의미를 실어 날랐다. 다른 사람의 말을 들을 때 테디 카렐라의 눈은 상대방의 얼굴에서 떠나지 않았다. 테디 카렐라가 '말을 할 때'면 그녀의 팬터마임은 왠지 모르게 그녀의 섬세한 사랑스러움을 고조시켜 상대로 하여금 그녀에게 완전히 집중하게 했다.

이제 그녀는 생각에 잠긴 남편 앞에 다리를 벌리고 서서 두 손을 허리춤에 대고 지그시 그를 응시했다. 그녀는 커다란 금색 안전핀으로 왼쪽 무릎 바로 위에서 고정한 빨간색 랩스커트_{한 장의 천을 몸에 감아} _{입는 스커트}에 카페지오 플랫 슈즈를 신고 목에서 급강하하여 젖무덤에 서 융기한 흰 블라우스를 입고 있었다. 머리카락을 뒤로 모아 선홍색 리본으로 묶은 그녀는 그렇게 남편 앞에 서서 언제까지 그렇게 뚱한 채 생각에 잠겨 있을 것이냐는 듯 그를 도발했다.

두 사람 다 말이 없었다. 테디는 말할 수 없어서 말이 없었고, 카렐라는 말하고 싶지 않아서 말이 없었다. 말없는 충돌이 작은 아파트를 채웠다.

마침내 카렐라가 입을 열었다. "알았어, 알았다고."

테디가 고개를 끄덕이며 한쪽 눈썹을 치켜세웠다.

"그래. 껍질 밖으로 나갈 테니까."

그녀는 양 손목을 교차했다가 천천히 펼친 다음 확 닫아 보였다.

"당신 말이 맞아. 내가 조개처럼 입이 무겁지."

그녀는 손으로 총 모양을 만들어 그를 가리킨 다음 방아쇠를 당겼다.

"맞아, 일 때문에."

갑자기, 예고도 없이, 그녀가 그의 무릎 위에 앉았다. 그가 그녀에게 팔을 두르자 그녀는 무릎을 끌어안고 머리를 그의 가슴에 파묻으며 따뜻한 공이 되어 파고들었다. 그녀가 그를 올려다보았다. 그녀의 눈이 말했다. **얘기해 줘.**

"메리 루이즈 프로섹이라는 여자가 있는데 말이야."

테디가 고개를 끄덕였다.

"서른세 살에 새 인생을 시작하겠다고 이 도시로 왔어. 하브 강에서 떠오른 채 발견됐고. 부모에게 쓴 편지에는 활력이 넘쳤어. 자살을 의심하지는 않았지만 혹시나 의심했다고 하더라도 그 편지를 본 다음에는 그 가능성을 지워 버렸을 만큼 말이야. 법의관 말로는 물에 빠지기 전에 죽었대. 사망 원인은 급성 비소 중독이고. 여기까지 이해하지?"

테디가 눈을 크게 뜨고 고개를 끄덕였다.

"여기에 문신이 하나 있어." 그는 오른손의 해당 부위를 가리켜 보였다. "하트 안에 MAC라는 글자가. 고향 스크랜턴을 떠날 때는 없었대. 이 도시에 맥이 몇 명이나 있을 것 같아?"

테디가 눈을 굴렸다.

"그러게 말이야. 그 여잔 이 맥이라는 사람을 만나러 여기 온 걸까? 그냥 우연히 그 남자와 마주친 걸까? 그 남자가 여자에게 독을 먹인 다음 강에 던진 걸까? 맥이라는 이름의 사내를 어떻게 찾아야 할까?"

테디가 엄지와 검지가 맞닿은 부분을 가리켰다.

"문신 시술소? 그건 이미 확인 중이야. 문신하는 여자는 많지 않으니까 어쩌면 단서가 나올지도 모르지."

테디는 재빨리 블라우스 맨 위 단추를 풀고 양손으로 옷섶을 활짝 펼쳐 커다란 V 자가 생기게 했다.

"『장미 문신테네시 윌리엄스의 희곡 및 이를 원작으로 한 영화. 남자의 가슴에 새긴 장미 문신이 주요 모티프다』?" 스티브 카렐라가 물었다. "그건 연극이지."

테디는 어깨를 으쓱했다.

카렐라가 씩 웃었다. "그건 그렇고, 당신 방금 가슴을 보여 주고 싶어서 그런 거 같은데."

테디는 다시 장난스럽게 어깨를 으쓱했다.

"예쁜 가슴이 아니라는 게 아니야."

테디의 눈썹이 유혹적으로 흔들렸다. 그녀는 두 손으로 허공에 곡선을 그려 보이고 입술을 적셨다.

"당연히, 그보다 멋진 가슴을 본 적은 있지만." 카렐라가 말했다.

오? 그렇게 묻는 테디의 얼굴이 갑자기 냉담하게 가라앉았다.

"벌레스크_{진지한 문학 작품을 풍자적으로 조롱하며 춤과 재담, 스트립쇼 등을 곁들이는 공연}공연을 하던 여자가 있었는데," 카렐라가 부연했다. "그 여잔 두 가슴을 서로 반대 방향으로 움직이게 할 수 있었어. 한쪽 가슴은 오른쪽으로, 다른 한쪽 가슴은 왼쪽으로 말이야. 가슴마다 작은 조명이 비치도록 했지. 다른 조명은 다 끈 가운데 어둠 속에서 두 개의 원만 보이는 거야. 환상적이었지!" 그는 아내에게 씩 웃어 보였다. "그런 게 재능이지."

테디가 어깨를 으쓱하며 자기는 그런 건 재능도 뭣도 아니라고 생각한다고 남편에게 말했다.

"반면 당신은……." 카렐라의 손이 갑자기 올라오더니 테디의 가슴을 받쳤다.

살며시, 섬세하게, 테디는 엄지와 검지로 그의 손을 잡아떼어 의자 팔걸이 위에 올려놓았다.

"화났어?"

테디가 고개를 가로저었다.

"날 사랑해?"

테디는 있는 힘을 다해 고개를 가로저었다.

"내가 싫어?"

아니.

"그럼 누가?"

테디가 양 검지를 각각 다른 방향으로 흔들었다. 카렐라는 폭소를 터뜨렸다. "그 벌레스크 댄서가 싫어?"

테디는 감정을 실어 고개를 한 번 끄덕였다.

"그럴 만도 하지. 그 여잔 노파였으니까."

테디가 활짝 웃으며 그의 목에 팔을 둘렀다.

"이제 나 사랑해?"

응, 응, 응.

"당신은 하루 종일 뭐 했어?" 그가 그녀를 꼭 안은 채 그녀의 온기에 나른하게 굴복하며 물었다.

테디는 양손을 책처럼 펴 보였다.

"독서?" 카렐라는 테디가 고개를 끄덕이는 모습을 보았다. "뭐 읽었는데?"

테디는 그의 무릎 위에서 발버둥 치다 배를 부여잡으며 자신이 아주 웃기는 것을 읽었음을 표현했다. 그는 그녀가 방을 가로질러 잡지용 선반 곁에서 몸을 숙이는 모습을 바라보았다.

"당신 조심하지 않으면 내가 그 안전핀 풀어 버린다."

그녀는 잡지를 바닥에 내려놓고 몸을 일으킨 다음 안전핀을 풀었다. 스커트의 한쪽 천이 다른 쪽에 포개진 채로 그녀의 몸에 느슨히 걸렸다. 그녀가 다시 잡지를 줍기 위해 몸을 숙이자 스커트가 무릎에서 거의 허리까지 활짝 갈라졌다. 그녀는 카렐라가 묘사한 벌레스크의 여왕처럼 몸을 씰룩이면서 그에게 다가와 그의 무릎 위에 잡지 몇 권을 던졌다.

"펜팔 잡지?" 카렐라가 깜짝 놀라 물었다.

테디는 어깨를 수그리며 씩 웃었다. 그러더니 한 손으로 입을 가렸다.

"맙소사! 왜?"

테디가 양손을 허리춤에 올린 채 천장을 향해 한 발을 차올리자 스커트가 펼쳐지며 매끈한 다리선이 드러났다.

"재미 삼아?" 카렐라가 어깨를 으쓱하며 말했다. "뭐가 실려 있기에? 친애하는 펜팔 친구, 저는 항상 영화에 출연하고 싶어 하는 한 마리 코커스패니얼이랍니다……."

테디가 씩 웃으며 잡지 중 하나를 펼쳐 주었다. 카렐라는 잡지를 대강 넘겨 보았다. 그녀가 그가 앉은 의자 팔걸이에 앉자 스커트가 다시 벌어졌다. 그는 잡지를 보다가 아내를 보고는 이렇게 말했다. "집어치우자고." 그는 잡지를 바닥에 내던지고 테디를 무릎 위로 끌어왔다.

잡지는 소개란이 펼쳐진 채 떨어졌다.

잡지는 스티브 카렐라가 아내에게 키스하는 동안 바닥에 놓여 있었다. 그가 그녀를 들어 올려 옆방으로 가는 동안에도 바닥에 놓여 있었다.

소개란에는 작은 광고가 실려 있었다.

그 내용은 다음과 같았다.

홀아비. 원숙함. 매력적임. 35세. 좋은 배경에서 자란 이해심 많은 여성과의 연대를 원함. 우체국 사서함 137번으로 연락 바람.

6

여자는 광고를 여섯 번 읽었고, 이제 광고에 대한 답장을 다섯 번째 고쳐 쓰는 중이었다.

그녀는 어리석은 여자가 아니었고, 딱히 편지를 보낸다고 해서 무언가 로맨틱하거나 흥분되는 일이 생기리라고 믿는 것도 아니었다. 그녀는 서른일곱이었고, 결국 로맨스나 흥분이 자신의 삶과는 관계가 없다는 것을—서른다섯이 되고 나서부터— 믿게 되었다.

여자의 마음속에는 일종의 냉소주의가 있었다. 혹자는 그녀의 냉소주의를 두고 그저 신 포도를 바라보는 여우의 마음에 불과하다고 할지도 모르겠지만, 그녀 자신은 솔직히 그보다는 더한 진실이 담겨 있다고 믿었다. 그녀는 위대한 로맨스라는 전설을 먹고 자랐다. 그 전설은 라디오 연속극을 통해 그녀의 귀를 울려 댔고, 동네 극장을 통해 눈앞에서 번쩍였다. 영어를 이해할 만큼 나이를 먹은 후로는 늘 그 전설에 관해 들어 왔다. 당시에는 소녀였기에, 그것도 퍽 상상력이 풍부한 소녀였기에, 그러한 전설에 더욱 민감했다. 그녀에게 빛나는 갑옷을 입은 기사는 실재했고, 그녀는 그가 오기만을 기다렸다.

외모가 그리 예쁘지 않을 경우, 기다림은 오랜 시간을 요할 수도 있다.

'마티 성격은 좋지만 사교성이 떨어지는 마티라는 사내가 가족과 친구들의 결혼하라는 등쌀에 시달리다가 우연히 만난 여인에게 반해 주변의 반대를 무릅쓰고 사랑을 고백하는 내용을 다룬 1955년도 영화'는 충분히 좋은 이야기였지만, 현실 세계에는 그런 여자들이 그런 남자들보다 많았고, 외모만 아름답다면 미분을 할 줄 아는지 모르는지 신경 쓰는 사람은 많지 않았다. 게다가 그녀는 미분도 할 줄 몰랐다. 자신이 특별히 지적인 여자라고 생각해 본 적도 없었다. 그녀는 실업학교를 간신히 졸업한 후 작은 철물 업체에서 비서로 일할 정도로만 예뻤고, 나이 서른일곱에 이르자 위대한 로맨스란 이야기를 지어내는 사기꾼들이 만들어 떠안긴 하나의 거대한 사기에 불과하다고 확신하게 되었다.

거대한 사기라고 해도 상관없었다.

그녀는 그래도 상관없다고 자신을 일깨웠다.

그녀는 스물아홉에 처녀성과 작별했다. 실망스러웠다. 트럼펫 소리가 울려 퍼지지도 않았고, 깃발이 나부끼지도 않았고, 종소리가 연달아 귀청을 때리지도 않았다. 그냥 아프기만 했다. 그 후 그녀는 장난처럼 잠자리를 가졌다. 섹스란 순전히 자연적인 욕구를 일시적으로 만족시켜 주는 일이라고 생각했다. 그녀는 우리에서 풀려난 정글 속 야수와도 같은 기이한 무자비함과 퀘이커 교 신부新婦와도 같은 엄격한 무관심으로 섹스를 대했다. 섹스는 수면과 같았다. 둘 다 필요하긴 하지만, 그렇다고 평생을 침대에서 보내지는 않는 법이다.

그리고 이제 나이 서른일곱에, 부모가 그녀에 대해 모든 희망을 접은 지도 한참 지난 시점에, 또 그녀 자신도 위대한 로맨스며 6월의 결혼식이며 아름다운 루이스 호수에서의 신혼여행과 같은 전설을 다 버린 시점에, 그녀는 외로움을 느꼈다.

그녀는 따로 아파트를 얻어 생활했다. 무엇보다 부모님이 자신의 섹스 편력을 절대 이해하지 못할 것이기 때문이었고, 또한 완전한 독립을 원했기 때문이기도 했다. 그렇게 홀로 남은 아파트에서 그녀는 마룻바닥이 삐걱거리는 소리와 수도꼭지에서 끊임없이 물이 떨어지는 소리를 들으며 자신이 완전히 혼자임을 알았다.

세상이 참 컸다.

그 큰 세상 어딘가에서, 성숙하고 매력적인 서른다섯의 남자가 좋은 배경의 이해심 많은 여자와의 연대를 갈구해 왔다.

짤막하고 건조하며, 냉정하고 무뚝뚝한, 온갖 허세로 가득한 문구도 없었다. 폰티액 컨버터블이라든가 새것이나 다름없는 중고 잔디깎이를 판매하는 광고라고 해도 괜찮을 정도였다. 그녀가 끌린 이유는 아마도 이러한 직설적인 접근 방식 탓이리라는 생각이 들었다. 이해심 많은 여자란 말이지. 자신이 그의 구인 글을 제대로 이해한 것일까? 그의 외로움을, 잘 어울리거나 잘 어울리지 않는 커플들로 바글거리는 세상에서 보내온 그만의 암호를 이해한 것일까? 그녀는 자신이 이해했다고 생각했다. 그녀는 자신이 그의 단순한 구인 글 속에 담긴 정직함을 알아보았다고 생각했다.

그리고 거기에 담긴 정직함을 알아보았기 때문에, 자신의 부정직함이 약간의 죄의식을 유발했다. 이번이 다섯 번째 편지였는데, 편지를 새로 쓸 때마다 그녀의 나이가 바뀌었다. 첫 번째 편지에서 그녀는 자신이 서른이라고 말했다. 두 번째 편지에서는 2년을 깎았다. 세 번째 편지에서는 다시 서른이 되었다. 네 번째 편지에서는 서른하나라고 고백했다. 그녀는 다섯 번째 편지를 시작하기 전에 잠시 자기 분석을 거쳤다.

생각해 보면, 남자는 서른다섯이었다. 하지만 그는 자신이 성숙하다고 말했다. 서른다섯의 성숙한 남자는 브라이어 파이프를 문 대학생이 아니다. 서른다섯의 성숙한 남자는 이해심 많은 여자를 원했고, 필요로 했다. 그 말인즉 그보다 살짝 연상인 여자, 그를…… 일종의 어머니처럼 보살펴 줄 여자를 뜻하는 건 아닐까? 게다가 지금 단계에서는 완벽한 정직이 핵심 아닐까? 더구나 이렇게 갖가지 현란한 수식을 전부 배제한 채 간청해 오는 남자에게라면?

그래도 서른일곱은 너무 마흔에 가깝게 들렸다.

마흔 살 먹은 독신녀를 누가 원하겠어? (편지에 자신이 세상 돌아가는 방식을 잘 안다고 언급해 둬야 할까?)

그런가 하면 서른셋은 너무 따분한 가정주부처럼 들렸다. 스커트에 블라우스에 나일론 스타킹에 간편화를 신고 6시 10분에 만나자고 하는 그런 여자. 그가 원하는 게 그런 걸까? 통근 로맨스의 전설을 좇아 스테이션왜건에 오르는 정신 산만한 금발 여인을, 남편의 기차 시간에 맞춰 고기를 구워 놓는 자동인형 같은 여인을? 늙고 지친, 사랑하는 남편을 기다리며 셰이커 한가득 마티니를 만들어 두는 로봇을? 오늘도 광산 일 힘들었죠, 여보?

아니면 빈드르르한 모델 같은 여자를 찾는 걸까? 빨간 선더버드를 몰며 시골길을 내달리는 은빛 톤의 미녀를, 회색 플란넬 페달 푸셔통이 좁고 무릎까지 내려오는 바지에 하얀 블라우스에 목에는 선홍색 스카프를 두르고 누름단추를 딸각딸각 누르며 상대방을 통제하는 여자를 말이다. 여보, 우리 이러다 새멀슨네 파티에 늦겠어. 어서 넥타이 매.

남자는 정직을 원했다.

그녀는 이렇게 썼다. 저는 서른여섯이에요.

뭐, 이 정도면 정직한 거지.

그녀는 그 문장 위에 줄을 그었다. 이 남자는 완벽하게 정직한 대우를 받을 자격이 있는 남자였다. 그녀는 다섯 번째 편지를 찢고 펜을 든 다음 깔끔하고 정확한 손놀림으로—t 자만은 예외였는데, 두 획이 교차하는 부분에서는 어쩐지 동물적인 흉포함이 묻어났다—다시 편지를 써 나가기 시작했다.

친애하는 신사분께.

저는 서른일곱 살입니다.

이 사실을 먼저 알리는 것은 당신의 시간을 낭비하고 싶지 않기 때문입니다. 제가 보기에 당신의 구인 글은 정직했어요. 그래서 저도 철저히 정직하게 화답하고자 합니다. 저는 서른일곱입니다. 이게 진실입니다. 만약 지금 이 편지를 찢어 쓰레기통에 버리고 계신다면, 어쩔 수 없는 일이죠.

당신은 이해심 많은 여자를 찾으시더군요. 저는 이해심 많은 남자를 찾습니다. 이 편지를 쓰는 것은 쉽지 않은 일입니다. 당신이 광고를 내실 때 얼마나 어려우셨을지 상상할 수 있고, 무엇이 당신으로 하여금 그런 일을 하도록 이끌었는지도 이해할 수 있습니다. 저도 같은 이해를 구할 따름입니다.

꼭 무슨 일자리에 지원하는 것 같은 기분이네요. 그런 기분을 느끼고 싶지는 않지만, 달리 제가 어떤 사람인지 알려 드릴 방법이 떠오르질 않습니다. 당신 역시 (만약 답장을 주기로 하신다면) 같은 방식을 따라 주셨으면 해요. 지금부터 제가 어떤 사람인지, 누구인지 말씀드리겠습니다.

체형을 보자면, 제 키는 160센티미터입니다. 다이어트를 하지 않은 상태에서 몸무게는 50킬로그램입니다. 이 점을 거론하는 이유는 제가 먹는 것마다 주의를 기울이는 유형의 여자가 아니기 때문입니다. 저는 항상 날씬한 상태를 유지합니다. 아주 오랫동안, 약간 더 찌거나 더 빠지는 정도의 오차 외에는 같은 몸무게를 유지해 왔습니다. 스물한 살에 산 스커트를 아직도 입을 수 있어요.

머리카락은 갈색이고 눈동자도 갈색입니다. 안경을 씁니다. 책을 너무 많이 읽어 눈이 나빠지는 바람에 열두 살 때부터 안경을 쓰기 시작했습니다. 지금은 책을 그렇게 많이 읽지 않습니다. 픽션에는 환멸을 느끼게 되었으며, 논픽션이라면 영감을 고취시키는 것들이거나 산을 오르는 법을 설명하는 것들이기 마련인데, 저로서는 영감을 얻고 싶지도 않고 에베레스트산에 오르고 싶은 마음도 없습니다. 외국 소설이라면 미국 소설이 주지 못한 것을 줄 수 있을지도 모른다는 생각을 한동안 해 보기는 했습니다. 하지만 요즘은 모두가 같은 작품만 팔고 있고, 보통은 번역에 문제가 많지요. 어쩌면 당신은 제가 아직 발견하지 못한 읽을거리와 만나셨을 수도 있겠고, 그 책이 제가 소녀 시절 책에서 얻었던 깊은 즐거움을 제공해 줄 수도 있겠지요. 그런 책이 있다면, 알려 주시면 감사하겠습니다.

옷은 수수하게 입습니다. 제가 가진 가장 밝은 색깔의 드레스는 노란색 호박단으로 만든 것이고, 그나마도 오래도록 입지 않았습니다. 저는 보통 슈트를 선호합니다. 저는 사무실에서 일하는데, 거긴 퍽 고루한 분위기거든요. 그렇지만 수년 동안 모은 옷은 많습니다. 딱히 빈털터리 신세도 아닙니다. 저는 비서로 일하고 있고, 오랫동안 주당 90달러 가깝게 벌어 왔습니다. 그중 20달러는 부모님께 보내지만 남은 70달러 정도 되는 돈이면 생활을 꾸려 나가기에 넉넉합니다. 이런 얘기는 지나치게 사무적인가 싶기도 합니다만, 은행에 모아 둔 돈은 5천 달러 가까이 됩니다. 솔직히 저도 당신의 재정 상태를 알고 싶네요.

취향은 단순합니다. 저는 좋은 음악을 좋아합니다. 로큰롤을 두고 하는 말은 아닙니다. 덩거리 바지를 입고 막대 사탕이나 물 나이는 지났죠. 저는 브람스를 좋아하고 바그너를 좋아합니다. 특히 바그너를 좋아해요. 그의 음악에는 어딘가 야성적인 데가 있고, 그게 절 흥분시킵니다. 감상을 자극한다는 점에서는 팝 음악도 좋아합니다. 요즘의 히트곡 모음집 열풍을 두고 하는 말은 아닙니다. 여러 앨범에 수록되는 오래된 스탠더드 음악오랜 시간에 걸쳐 여러 가수를 통해 애창되어 온 인기곡을 두고 한 말입니다. 〈연기가 눈을 가려요 Smoke Gest In Your Eyes〉나 〈별 무리Stardust〉나 〈나의 이러한 사랑This Love of Mine〉 같은 노래라면 무슨 얘긴지 짐작하실 거예요. 제가 가장 좋아하는 레코드 앨범은 프랭크 시나트라의 〈작디작은 시간 속에서In the Wee Small Hours〉인 것 같습니다. 저는 늘 그를 좋아했고, 그와 에바 가드너 사이에 무슨 일이 있었든 저와는 상관없는 일입니다프랭크 시나트라가 배우 에바 가드너와 결혼하기 위해 첫 번째 아내와 이혼한 일은 50년대 미국 연예계의 큰 스캔들이었다. 저는 레코드를 많이 듣습니다. 혼자 살면 너무 조용할 때도 있거든요. 밤에 앨범을 들으면 시간이 잘 갑니다.

저는 음악을 들을 때 보통 바느질을 합니다. 저는 솜씨 좋은 재봉사며, 제 옷 상당수를 직접 만들었습니다. 양말을 꿰매는 건 싫어해요. 그 점에 관해서는 지금 말씀드려 둬야 할 것 같네요. 또한 제 실내 활동이 레코드 듣기에만 국한된 게 아니라는 점도 말씀드려야 할 것 같고요.

(그녀는 여기서 펜을 멈추고 자신이 너무 많은 것을 말하는 건 아닌지, 너무 대놓고 말하는 건 아닌지 자문했다. 그는 내가 무슨 뜻으로 이런 말을 했는지 이해할까? 홀아비라면 아무것도 할 줄 모르는 여자를 원할 리는 없겠지! 그래도……)

제가 실내에서 하는 일은 그 밖에도 많습니다. 요리 같은 것이오. 또 다른 것들도요. 저는 요리를 잘합니다. 감자 요리법은 마흔두 가지나 알고 있습니다. 과장이 아니에요. 또 제 특기는 남부식 닭튀김입니다. 정작 남부에 가 본 적은 없지만요. 제 꿈은 언젠가 미국 전역을 여행하는 겁니다. 제가 종교를 믿듯이 돈을 모아 온 건 아마 그 때문이 아닌가 싶어요.

아…… 종교 얘기도 해야겠군요.

저는 개신교도입니다.

당신도 개신교도이길 바라지만, 사실 큰 상관은 없어요. 또 저는 당신이 백인이기를 바랍니다. 저는 백인이고, 그건 제게 중요한 문제거든요. 그렇다고 편견이 있다거나 하는 건 아니에요. 정말입니다. 그렇지 않아요. 하지만 저는 세상에 반항하기에는 너무 원숙해졌고, 이렇게 뒤늦은 시점에 이르러 민주주의를 위해 투쟁하고 싶지는 않습니다. 이게 편견이 아님을 이해해 주시기 바랍니다. 이건 신중함이고, 두려움이고, 소속되고 싶은 갈망이며, 그 밖에 무엇이라고 부르셔도 좋아요. 하지만 편견은 아닙니다.

저는 자전거를 조금 탑니다. 주로 봄과 가을에요. 저는 실외 활동도 좋아합니다. 운동신경이 썩 훌륭한 편은 아니지만요. 수영은 꽤 합니다. 크롤 영법_{흔히 자유형이라고 부르는 영법}이 빨라요. 한번은 어린이 캠프에서 수영 강사도 했는데, 그해 여름 저는 제가 어린아이들을 싫어한다는 걸 알게 됐어요. 물론 제 아이는 가져 본 적이 없으니 또 모를 일입니다. 자기 아이라면 다를 거라고 생각합니다. 아내를 잃으셨다고요. 아이는 있으신가요?

아직 당신은 그저 우체국의 사서함 번호로만 존재하실 뿐인데 저는 제가 저에 관해 생각할 수 있는 거의 모든 것을 말씀드렸습니다. 저는 영화를 좋아해요. 좋아하는 배우는 존 웨인입니다. 그는 아주 잘생기지는 않았지만 남자다운 면이 있고, 제 생각에는 그게 무척 중요한 듯합니다.

그럼, 쓸 이야기는 다 쓴 것 같네요.

이 편지에 답장을 해 주시길 바랍니다. 다시 당신의 연락을 듣게 된 후에 당신이 원하신다면 제 사진을 보내겠습니다. '다시'라고 말한 것은 당신의 광고를 읽으면서 이미 한 번 당신의 이야기를 들었다는 기분을 느꼈기 때문입니다. 무슨 말인지 아시겠지만, 솔직히 말해서 정말 당신의 목소리를 '들은' 기분입니다.

진심을 담아

프리실라 에임스

라 메사 가 41번지

애리조나 주 피닉스 시

프리실라 에임스는 편지를 읽어 보았다. 정직하고 진실해 보였다. 실제 자신보다 더 매력적으로 들리게끔 할 생각은 없었다. 거짓말을 늘어놓으며 시작했다가 나중에 가서 그 거짓말들에 발목 잡힐 필요 없잖아? 그래, 이 방법이 최선이야.

프리실라 에임스는 다해서 여섯 쪽 정도 되는 편지를 접은 다음 봉투에 넣었다. 그녀는 잡지에 실린 주소를 봉투 앞면에 옮겨 적고, 봉투를 봉하고, 편지를 부치러 나갔다.

프리실라는 자신이 어떤 일을 자초하고 있는지 알지 못했다.

7

작은 문제가 사람을 우울하게 만든다.

큰 문제는 해결하기 쉽다. 큰 문제에는 걸려 있는 게 많으니까. 작은 문제야말로 골치 아픈 녀석이다. 빵빵한 금발 머리 아가씨와의 데이트를 위해 오늘 밤에 면도를 해야 할까, 아니면 내일 아침까지 기다렸다가 아말감 알루미늄사와 있을 중요한 회의에 맞춰 면도를 해야 할까? 아, 정말 돌아 버리겠네!

87분서의 큰 문제는 표류 사체였다. 표류 사체는 흔치 않은 일이었다.

87분서의 작은 문제는 사기꾼이었다.

바로 그 사기꾼이 아서 브라운 형사를 미치게 만들고 있었다. 브라운은 자신이 사기당하는 것을 좋아하지 않았고, 다른 사람들이 사기당하는 것도 좋아하지 않았다. 브라운이 사는 아름다운 도시에서 살아가는 정직한 시민들을 벗겨 먹는 그 작자, 좀 더 정확히는 그 작자들이 마음을 괴롭혔다. 놈들은 잠도 설치게 했다. 식욕도 떨어뜨렸다. 심지어 성생활도 망가뜨렸다. 부루퉁하고 언짢아진 그는 여느 때보다 더 참을성이 없어졌고, 우거지상으로 딱딱거리는 통에 같이 일하기 무척 힘든 사내가 되었다. 게다가 그와 함께 일하는 사람들이 친절하고 사려 깊고 배려 넘치는 형사들이었던 만큼, 온 힘을 다하여 그의 근무 시간을 더욱 어렵게 만들어 주었다. 87분서 형사들은 한시가 멀다 하고 브라운 곁을 지나칠 때마다 사기꾼 사건의 어려움에 관해 농담을 던져 댔다.

"아직 못 잡은 거야, 아티?" 그들은 그렇게 묻곤 했다.

"어이, 웬 녀석이 어제 우리 할머니 틀니를 사기 쳐 먹었지 뭔가. 브라운 자네가 쫓는 그놈 아냐?" 그들은 그렇게 말하곤 했다.

브라운은 이 모든 재담과 헛소리 앞에 부러울 정도의 무례함과 감탄스러운 무절제, 그리고 놀랄 만한 성질머리로 응대했다. 그의 대답은 보통 짧고 간결했으며 두 단어로 이루어져 있었는데, 그중 한 단어는 지면에 옮기기 어려운 단어였다. 브라운에게는 농담할 시간이 없었다. 파일을 살펴볼 시간밖에 없었다.

파일 어딘가에 그가 찾는 자가 있었다.

버트 클링은 다른 종류의 읽을거리로 바빴다.

버트 클링은 형사반 게시판 앞에 서 있었다. 다시 비가 내리고 있었다. 그 비가 창유리를 타고 흘러내렸고, 창 너머에서 쏟아진 강한 불빛 때문에 발밑의 바닥에 드리운 실루엣이 미끄러지고, 달리고, 뚝뚝 떨어져 형사실 자체가 서서히 녹아내리는 것처럼 보였다.

게시판에는 휴가 일정이 붙어 있었다.

지금 클링은 그것을 검토하고 있었다. 두 형사가 함께 했다. 한 형사는 마이어 마이어였다. 다른 형사는 로저 하빌랜드였다.

"뭐 뽑았어, 꼬마?" 하빌랜드가 물었다.

"유월 십일." 클링이 대답했다.

"유월 십일? 이거, 이거, 휴가 시작하기에 딱 좋은 날 아냐?" 하빌랜드가 그렇게 말하며 마이어에게 윙크를 던졌다.

"딱 좋죠." 클링은 넌더리가 난다는 듯 말했다. 솔직히 휴가 기간을 선택하는 입장이 되리라고는 기대하지 않았다. 그는 형사반에서 가장 신참인 데다가 신참 순찰 경관에서 바로 승진했기 때문에, 연차가 되는 다른 경찰들과 경쟁할 생각은 꿈에도 없던 참이었다. 그럼에도 그는 실망했다. 6월 10일이라니! 젠장, 여름은 아직 시작도 안 했을 때잖아!

"난 유월 초에 휴가 가는 게 좋아." 하빌랜드가 말을 이었다. "휴가 가기엔 딱 좋은 때거든. 난 항상 사월 말로 신청해. 휴가는 쌀쌀한 게 좋아. 칠팔월 쩌 죽을 때 이 멋진 형사실을 떠날 생각은 추호도 없어. 난 뜨거운 게 좋거든. 안 그래, 마이어?"

마이어의 푸른 눈이 반짝였다. 그는 언제나 개그에는 장단을 맞춰 주고자 했으며, 개그를 던진 사람이 마이어가 딱히 좋아하지 않는 하빌랜드 같은 사내라 할지라도 마찬가지였다. "뜨거운 거 좋지. 작년엔 굉장했어. 작년은 절대 잊지 못할 거야. 섭씨 삼십이 도 속에서 경찰 혐오자가 돌아다녔으니. 정말 기억에 남을 만한 여름이었지."

"생각해 보라고, 꼬마. 올여름도 뜨거울지 몰라. 그럼 저기 창가에 앉아서 공원에서 불어오는 산들바람을 쐬며 유월 초에 있었던 시원한 휴가를 회상할 수도 있고 말이지."

"웃겨 돌아가시겠군요, 하빌랜드." 클링이 말했다. 그가 게시판에서 몸을 돌려 자리를 뜨려 하자 하빌랜드가 그의 팔에 우람한 손을 얹었다. 하빌랜드의 손가락에는 힘이 실려 있었다. 그는 몸집이 크고 얼굴이 토실토실했으며, 지금 그 얼굴에는 음흉한 미소가 걸려 있었다. 클링은 하빌랜드가 싫었다. 심지어 아직 순찰 경관이었던 시절, 하빌랜드가 용의자를 심문하는 방식을 전해 들은 것만으로도 그가 싫었다. 3급 형사로 승진한 후 하빌랜드가 일하는 모습을 직접 보게 되었는데, 하빌랜드가 그 햄 덩어리 같은 주먹을 무력한 죄수에게 사용하는 횟수에 비례하여 싫어하는 마음도 커져만 갔다. 하빌랜드는, 말하자면 황소였다. 그는 황소처럼 울부짖었고, 황소처럼 들이받았고, 아마 코 고는 소리도 황소 같을 터였다. 사실 그도 한때는 온화한 경찰이었다. 그러나 한번은 거리에서 벌어진 싸움을 말리려다 싸움꾼들이 그를 공격하여 근무용 리볼버를 빼앗고 납 파이프로 팔을 부러뜨린 적이 있었다. 복합골절이었는데, 병원에서 그 팔을 다시 부러뜨린 다음 맞춰야 했다. 상처는 느리고 고통스럽게 나았다. 그 사건이 하빌랜드의 철학을 낳았다. 일단 때리고 본 다음에 물을 것.

클링이 생각하기에, 부러진 팔은 하빌랜드에게 축복도 구원도 가져다주지 않았다. 사람들의 이해도 구하지 못했다. 원래부터 개자식이었던 작자를 살짝 들여다볼 수 있게 해 준 정도라면 모를까. 클링은 정신과 의사가 아니었다. 그가 아는 것이라고는 하빌랜드의 음흉한 미소가 싫다는 것과 자신의 팔에 올린 하빌랜드의 손이 싫다는 것뿐이었다.

"휴가는 어디로 갈 거야, 꼬마? 시원한 유월을 낭비할 생각은 아니겠지? 이십일 일쯤 되면 여름이 와 버린다고. 그래, 어디로 갈 거야?" 하빌랜드가 물었다.

"우린 아직 결정 안 했어요." 클링이 말했다.

"우리? **우리**? 누구랑 같이 가나?"

"약혼자와." 클링이 이를 악물며 말했다.

"자네 여자랑 간단 말이지?" 하빌랜드가 마이어에게 윙크를 던졌다. 마이어는 윙크 속에 담긴 은밀한 동지 의식에 참여하고 싶지 않았다.

"그래요. 내 여자랑."

"뭘 하든 간에, 주 밖으론 데려가진 말라고." 하빌랜드가 이번에는 클링에게 윙크를 던지며 말했다.

"어째서?" 클링은 순간 그의 말에 담긴 속뜻을 놓치는 바람에 그렇게 물었고, 그에 대답하는 하빌랜드의 입이 열린 순간 이를 후회

했다.

"왜긴, 맨법 때문이지, 꼬마! 주 경계를 넘지 않게 조심하라고."

클링이 하빌랜드를 노려보다 말했다. "주둥아리에다 한 방 먹여 드리면 어떻겠습니까, 하빌랜드?"

"어이구야!" 하빌랜드가 폭소를 터뜨렸다. "우리 꼬마 친구가 사람 잡네! 밤일이야 문제될 것 없지, 꼬마. 주 경계만 안 넘으면 돼!"

"그만해, 록." 마이어가 말했다.

"왜 그래? 꼬마가 부러워서 그러는 거야. 유월에 휴가를 가는 데다 어여쁜 섹스 파트너가 대기하고……,"

"그만하라고!" 마이어의 목소리가 더 커졌다. 그는 클링의 눈에서 분노가 번뜩이는 것을 보았고, 클링이 자기도 모르게 오른 주먹을 쥐는 모습을 보았다. 하빌랜드는 클링보다 체중이 많이 나갔고, 팔도 길었으며, 정정당당하게 싸우기로 유명한 인물도 아니었다. 마이어는 형사실 바닥에 피가 뿌려지는 것을 원치 않았다. 클링의 피라면.

"이놈의 쓰레기장에는 유머 감각이 있는 사람이 없어." 하빌랜드가 부루퉁하게 말했다. "여기선 유머 감각이 없으면 살아남지 못한다고."

"가서 브라운 사기 사건이나 도와줘." 마이어가 말했다.

"브라운도 유머 감각이 없어." 하빌랜드는 그렇게 내뱉고 성큼성큼 자리를 떴다.

"똥 같은 자식." 클링이 말했다. "언젠가는……."

"어쨌든," 마이어가 눈을 반짝이며 말했다. "어떤 면에선 맞는 말이지. 맨법은 심각한 거라고. 아주 심각하지."

클링은 그를 쳐다보았다. 마이어는 하빌랜드와 거의 같은 말을 했지만, 둘은 어딘가 달랐다. "심각하고말고요." 그가 대답했다. "조심하죠, 마이어."

"조심이 우리의 좌우명이니까." 마이어가 빙긋이 웃었다.

"실은, 망할 유월 십일이 걸리는 바람에 엉망이 될지도 모르겠어요. 클레어는 대학에 다니거든요. 그때쯤이면 한창 기말고사를 보고 있거나 할지도 몰라요." 클링이 말했다.

"예전부터 계획하고 있었던 거야?"

"그래요." 클링은 6월 10일을 떠올리면서 그때가 클레어의 일정에 맞기를 기원했고, 만약 맞지 않다면 자신이 어떻게 해야 할지 고민했다.

마이어가 안됐다는 듯 고개를 끄덕였다. "특별한 일인가? 둘이 같이 가는 거 말이야."

클링은 생각에 잠겨 자신이 동료 경찰에게 이야기하고 있다는 사실도 잊은 채 무의식적으로 답했다. "그래요. 우린 사랑에 빠졌거든요."

"자네 문제는 말이야," 하빌랜드가 브라운에게 말했다. "일과 사랑에 빠졌다는 거야."

"깨어 있는 시간을 거의 다 이 방에서 보내고 있는데 내가 하는 일을 좋아하지 않는다면 그거야말로 슬픈 일이겠지." 브라운이 말했다.

"난 전혀 슬프지 않아. 난 경찰인 게 싫어."

"그럼 그만두지 그러나?" 브라운이 심드렁하게 말했다.

"경찰에서 날 너무 필요로 하거든."

"그러시겠지."

"정말이야. 내가 손을 잡아 주지 않으면 이 형사반은 일주일 내로 산산조각 날걸."

"적당히 하지."

"범죄가 기승을 부릴 거야." 하빌랜드는 굴하지 않고 계속했다. "도시가 싸구려 도둑으로 넘쳐 날걸."

"로저 하빌랜드, 민중의 수호자라."

"그게 나야." 하빌랜드가 고백하듯 말했다.

"어이, 수호자 양반. 이것 좀 봐."

"뭘?"

"이 RKC^{Resident Known Criminal}거주지 확인 범죄자 카드. 어때 보여?"

"여기서 뭘 찾아야 하는데?"

"사기꾼." 브라운은 카드를 하빌랜드에게 건넸다.

하빌랜드는 다년간의 형사 생활을 통해 익힌 대충 꼼꼼히 훑어보는 능력을 발휘하여 카드 앞면을 살펴보았다.

성명 : __프레더릭 도이치__   관할 번호 : __2__

다른 이름 : __프리치, 더치, 더치맨__

주소 : __남 4번 가 67번지__   지구 : __87지구__

층 : __1층__   아파트 호수 : __10__   집 : __⬛⬛⬛⬛__

변경 주소

__컬버 가와 남 11번 가 교차로에 있는 카터 호텔로__
__옮김__

범죄 구분 : __사기꾼__

동료 성명 : __⬛⬛⬛⬛__   교도소(수감 혹은 출소) : __출소__

D. D. 64b 참고 – 당사자가 거주지를 옮길 경우 이 카드를 해당 관할 분서에
전달할 것.

(뒷면에 계속)

"딱히 짚이는 거 없는데." 하빌랜드가 말했다.

"뒤를 봬."

하빌랜드는 카드를 뒤집은 다음 다시 읽어 나갔다.

일련번호 : 73471-3R   인상착의

출생지 : 미국

성별 : 남 연령 : 31 피부색 : 백인

눈동자 색 : 파란색 머리카락 색 : 갈색

키 : 181cm 몸무게 : 66kg

직업 : 웨이터

오른손/왼손잡이 여부 : 오른손

눈에 띄는 표식이나 흉터 : 턱 밑에 작은 흉터

일반 혹은 승합자동차 면허 : 일반

자동차 등록번호 : 7295-BN 모델 : 1954년형

차종 : 내시 차 색깔 : 빨간색과 검정색

비고 : 젊지만 모든 사기 수법에 능함. 범행 수법은 때마다 달라짐. 홀로 혹은 둘이서 작업하지만 파트너는 알려지지 않음. 18개월 복역. 1951년 출소.

"맞을 수도 있겠군."

"내 관심을 끄는 건 녀석이 온갖 사기 수법을 쓴다는 점이야. 사기꾼은 보통 자기한테 잘 맞는다 싶은 기술 하나만 파지. 이 녀석은 수법을 달리한다고. 팔십칠 관할구역을 돌아다니는 그 벌레 같은 자식처럼 말이지. 아직 어린애나 다름없는 데다 한 번밖에 안 걸린 걸 보면 솜씨도 제법 매끄러울 거야." 브라운은 카드를 바라보았다. "이건 대체 누가 작성한 거야? 어디서 무슨 죄로 선고받았는지도 적어 놨어야지."

"그런다고 뭐가 달라지나?" 하빌랜드가 대수롭지 않다는 듯이 물었다.

"나는 내가 상대하는 놈이 어떤 놈인지 알고 싶어."

"왜?"

"지금 이 녀석을 잡으러 카터 호텔에 갈 거니까."

8

카터 호텔은 여러 가지 면에서 매우 지저분한, 쓰레기장 같은 곳이었다.

한편, 빈민굴에서 막 도착한 거주자들의 눈으로 보자면 이곳은 월도프 애스토리아_{뉴욕에 있는 고급 호텔}의 화려함과 장엄함을 모두 갖춘 곳이었다. 다 보는 사람 나름인 법이다.

컬버 가와 남 11번 가가 교차하는 모퉁이의 인도에 서서 바라보기에는, 그리고 마침 비도 오는 와중에 누군가를 체포하러 온 경찰 신분이기까지 하다면, 카터 호텔은 매우 지저분한 쓰레기장처럼 보였다.

브라운은 한숨을 내쉬고 트렌치코트의 칼라를 세운 다음 이래서는 사립 탐정처럼 보이겠다고 중얼거리며 호텔 로비로 들어갔다.

한 노인이 때 묻은 안락의자에 앉아 비가 오는 모습을 내다보면서 라일락 나무 아래에서 입 맞추던 마저리 모닝스타허먼 워크가 쓴 소설 제목 이자 주인공의 이름으로, 배우를 꿈꾸는 소녀 마저리가 극작가 지망생인 청년과 라일락 나무 아래에서 입 맞추는 대목이 있다를 회상 중이었다. 로비에서는 냄새가 났다. 노인이 냄새에 일조하고 있는 건 아닌지 의심스러웠다. 브라운은 어깨에 건 총집의 위치를 조절하듯 후각을 조절하면서 재빠르게 주변을 살피고는 데스크로 걸어갔다.

접수계원이 로비를 가로질러 다가오는 브라운의 모습을 지켜보고 있었다. 조심스러운 눈길이었다. 아직 여름처럼 활개를 칠 기분은 아닌 4월의 파리가 데스크 주변에서 게으르게 윙윙거렸다. 데스크 아래에 놓인 놋쇠 타구에서는 빗맞은 침이 뚝뚝 떨어졌다. 로비에서 나는 냄새는 지저분함과 어지러움의 냄새였다. 브라운은 데스크로 다가섰다. 그가 막 입을 열려 할 때였다.

"까놓고 말하죠. 흑인은 안 받아요." 접수계원이 말했다.

브라운은 눈도 깜빡이지 않았다. "그렇단 말이지?"

"안 받아요." 접수계원은 스물여섯도 안 된 젊은이였지만 머리선이 후퇴하고 있었다. 코는 매부리코에 눈은 창백한 녹색이었다. 코 오른쪽 가까이에 여드름이 곪아 있었다. "개인적으로 유감이 있는 건 아니에요. 난 그냥 직원이고, 위에서 그러라고 시킨 겁니다."

"자네가 어떤 기분인지 알게 돼서 기쁘군." 브라운은 미소 지었다. "문제는, 내가 방이 있느냐고 물어본 적이 없다는 거야."

"에?"

"내가 이 호텔 방보다 좋아하는 곳은 없다고 생각한다는 점을 알아줬으면 좋겠군. 나는 사람 대변을 거름으로 주는 남부 목화밭에서 막 올라온 참이란 말이야. 타르 종이를 발랐지만 비가 새는 판잣집에서 살았고. 그러니 자네의 이 근사한 호텔이 나한테 궁전처럼 보이리라는 점은 자네도 짐작할 수 있겠지. 자네 호텔 방에 머무르는 건 내겐 너무 과분한 일이야. 사실 이렇게 로비에 서 있기만 해도 천국에 온 기분이라고."

"계속해 보세요. 그래도 방은 못 줘요. 솔직하게 말하는 겁니다. 나한테 고마운 줄 알라고요."

"오, 고맙다마다. 목화 따던 이내 맘 깊은 곳에서부터 감사를 표하는 바일세. 여기 투숙객 중에 프레더릭 도이치라는 사람 있나?"

"누가 알고 싶어 하는 건데요?"

브라운이 상냥한 미소를 띠며 말했다. "내가 알고 싶네. 목화 따던 요 늙다리가 말이야." 그는 뒷주머니에 손을 가져가 지갑을 열고 배지를 보여 주었다. 직원은 눈을 깜빡였다. 브라운은 계속 미소 짓고 있었다.

"방 얘기는 농담이었어요. 여기 흑인 투숙객도 많아요." 접수계원이 말했다.

"흑인으로 가득 들어찬 거 내가 다 알지. 투숙객 중 도이치가 있는 건가, 없는 건가?"

"생각나는 이름은 아닌데요. 단기 투숙객이에요?"

"장기."

"장기 투숙객 중에 도이치라는 사람은 없는데."

"숙박계 좀 볼까."

"그러세요. 그래도 도이치는 없어요. 제가 속속들이 아는데."

"아무튼 좀 보자고, 응?" 브라운이 말했다.

접수계원은 한숨을 내쉬며 카운터 아래로 몸을 숙였다가 숙박계를 들고 일어섰다. 숙박계를 데스크 위에 올린 다음 브라운이 볼 수 있게 돌려놓았다. 브라운은 페이지 위에 손가락을 대고 빠르게 훑어 나갔다.

"프랭크 대런이 누구지?" 그가 물었다.

"네?"

"프랭크 대런." 브라운이 이름을 가리켰다. "이 사람."

"오." 접수계원이 어깨를 으쓱했다. "그냥 남자요. 손님 중 하납니다."

"여기 얼마나 있었지?"

"아마 몇 년 됐을걸요. 더 됐을 수도 있고."

"들어올 때 대런이라고 기록했나?"

"그렇죠."

"어떻게 생겼지?"

"키가 커요. 좀 말랐고. 눈은 파란색에 장발. 왜요?"

"지금 있나?"

"아마 그럴걸요. 왜요?"

"몇 호실이지?"

"삼백십이 호요." 접수계원이 말했다. "도이치라는 사람을 찾으시는 줄 알았는데요?"

"맞아. 삼백십이 호 열쇠 줘."

"왜요? 객실 단속하시려면 영장부터……,"

"내가 영장을 가지러 돌아가게 되면," 브라운이 차분하게 말했다. "공법 오백십사 조 위반에 관한 영장도 함께 가져올 거야. 피부색을 이유로 숙박업소의 시설을 누릴 동등한 권리를 거부한……,"

접수계원이 허둥지둥 열쇠를 건넸다. 브라운이 고개를 끄덕이고 엘리베이터로 향했다. 그는 버튼을 쿡 찌른 다음 엘리베이터가 로비까지 기어 내려오는 동안 인내심을 갖고 기다렸다. 문이 열리자 금발의 객실 담당 직원이 나오면서 엘리베이터 운전원에게 눈을 찡긋했다.

"삼 층." 브라운이 말했다.

엘리베이터 운전원이 그를 빤히 쳐다보았다. "접수계랑은 만나봤소?"

"나도 접수계원을 봤고, 접수계원도 나를 봤지. 그러니까 헛소리 집어치우고 출발이나 해요."

엘리베이터 운전원이 물러섰고, 브라운이 올라탔다. 그는 엘리베이터가 올라가는 동안 뒷벽에 등을 기댔다. 분명 대런은 대런일 거야. 도이치가 아니라. 그는 생각했다. 하지만 사람이 가명으로 숙박할 때는—특히 가방이나 셔츠나 손수건에 이니셜이 적혀 있을 경우에는— 일반적으로 진짜 이름과 같은 이니셜의 이름을 고르기 마련이라는 것은 경찰 기초 상식이었다. 프레더릭 도이치, 프랭크 대런. 시도해 볼 가치는 있었다. 더구나 거주지 확인 범죄자 카드에 따르면 여기가 도이치의 최근 주소였다. 어쩌면 카드가 틀렸을지도 모르지만. 그런데 카드가 맞다면 도이치가 어디에 사는지 알아낸 그 똑똑한 작성자는 왜 그가 가명으로 등록했다는 사실은 언급해 두지 않았을까? 브라운은 경찰 일을 엉성하게 처리하는 게 싫었다. 엉성한 것을 보면 짜증이 났다. 느린 엘리베이터에도 짜증이 났다.

3층에 이르렀을 때 그가 말했다. "이러면 고막이 아프시려나?"

"뭐가 고막을 아프게 한단 거요?" 엘리베이터 운전원이 물었다.

"이렇게 침묵을 깨는 거 말입니다." 브라운은 그렇게 말하고 복도로 나섰다. 그는 등 뒤에서 엘리베이터 문이 닫힐 때까지 기다렸다. 복도에서 가장 가까이에 있는 두 문을 살펴 번호가 어느 방향으로 이어지는지 확인한 다음 오른쪽으로 몸을 돌렸다.

302, 304, 306, 308, 310······.

그는 312호 앞에서 멈춰 선 후 코트 속으로 손을 넣었다. 어깨에 맨 총집에서 38구경을 뽑아 안전장치를 풀고 접수계원이 준 열쇠를 꺼내 왼손으로 자물쇠에 밀어 넣었다.

방 안에서 갑작스런 움직임이 들렸다. 브라운은 재빨리 열쇠를 돌리고 문을 걷어찼다. 침대 위에서 한 사내가 침실용 탁자 위에 둔 총으로 손을 뻗고 있었다.

"그대로 두는 게 좋아." 브라운이 말했다.

"대체 뭐야?" 남자가 물었다. 그는 사진보다 약간 잘생기긴 했지만 아주 잘생기지는 않았다. 사진보다는 조금 더 늙어 보였는데, 아마도 수년 전 기소인부 절차를 거치기 전, 사진을 찍고 지문을 뜨는 과정에서 찍은 사진이었기 때문일 터였다. 목 부근의 단추를 푼 흰 셔츠를 입고 있었으며, 소매는 손목 바로 위로 말아 올려서 함께 안으로 말려들어 간 커프스단추가 불거져 나왔다. 왼쪽 가슴에 달린 주머니에는 검은 다이아몬드 안에 빨간 글자로 **FD**라는 이니셜이 작게 적혀 있었다.

"코트 입어. 형사반으로 간다." 브라운이 말했다.

"뭣 때문에요?"

"사기 혐의."

"헛짓하시는 겁니다."

"그럴까?"

"그렇고말고요. 난 성모마리아만큼이나 깨끗하단 말입니다."

"그래서 총을 갖고 다니나?"

"총기 소지 허가증 있어요."

"그건 서에서 확인하지."

"체포 영장을 갖고 와요."

"영장 따위는 필요 없어!" 브라운이 쏘아붙였다. "어서 침대에서 내려와 코트 입어. 아니면 입도록 내가 도와주지. 내가 도와주는 게 달갑진 않을 거야. 내 말 믿어."

"이봐요, 대체……,"

"어서, 프리치."

남자가 날카로운 눈으로 그를 올려다보았다.

"프리치 아닌가? 아니면 더치?"

"내 이름은 프랭크 대런입니다."

"그럼 내 이름은 피터 팬이야. 코트 입어."

"당신 실수하는 겁니다. 내겐 친구들이 있어요."

"판사? 상원 의원? 누구?"

"친구들이오."

"나도 친구들이 있어. 다이아몬드백에서 병원을 운영하는 좋은 친구가 하나 있지. 그 친구도 판사만큼이나 너한테 도움이 될 거야. 자, 얼른, 시간 낭비하지 말고."

남자가 침대에서 내려왔다. "난 숨길 거 없습니다. 나한테서 아무것도 못 찾아낼 겁니다."

"그러길 바라지. 네가 결백하고, 총기 소지 허가증도 갖고 있고, 지난주에 고해성사도 했길 바라. 그러니까 서로 가자고."

"젠장, 여기서 얘기하면 안 됩니까?"

"안 돼." 브라운은 씩 웃었다. "이 호텔에선 흑인을 안 받아 준다는군."

남자의 운전면허와 자동차 등록증은 프레더릭 도이치 명의로 돼 있었다.

아서 브라운이 그것들을 살펴보고 말했다. "좋아, 왜 가명으로 투숙했지?"

"당신은 이해 못 해요."

"설명해 봐."

"뭐 하려요. 난 유죄로 판명이 될 때까지는 결백해요. 호텔에 투숙할 때 가명을 쓰면 안 된다는 법이라도 있습니까?"

"공법 구백육십사 조 위반 경범죄. 누군가를 속일 의도로 이름이나 주소를 이용한 죄지."

"난 아무도 속이려고 하지 않았다고요."

"네가 누굴 속이거나 오해하도록 했다는 증거 없이도 법원 명령을 받아 낼 수 있어."

"그럼 받아 와요."

"뭐 하러? 난 네가 평생 그 이름을 써도 상관없어. 왜 가명 뒤에 숨어야겠다고 생각했는지 알고 싶을 뿐이야."

"알고 있잖아요."

"내가 아는지 모르겠는데." 브라운이 대꾸했다. "이유가 뭐야?"

"난 손 씻었습니다."

"잠깐만. 현악 사중주 좀 불러오지. 이 얘길 들으려면 바이올린 반주가 필요하겠어."

"이해하지 못할 거라고 했잖습니까." 도이치가 고개를 가로저으며 말했다.

브라운은 잠시 그를 찬찬히 뜯어보았다. "계속해. 듣고 있어."

"1950년에 유죄판결을 받았습니다. 스물네 살이었죠. 난 열일곱 살 때부터 사기를 쳤어요. 감옥에 들어간 건 그때가 처음이었고요. 열여덟 달 후에 나왔습니다. 워커 아일랜드에서 복역했죠." 도이치가 어깨를 으쓱했다.

"그래서?"

"그래서 싫었단 겁니다. 그게 그렇게 이해하기 어려워요? 난 갇혀 있는 게 싫었어요. 열여덟 달 동안 상상할 수 있는 온갖 미친놈들과 함께 있었습니다. 호모에 주정뱅이에 약쟁이에 제 어미를 도끼로 쳐 죽인 놈들까지요. 거기서 열여덟 달을 말입니다. 나왔을 때는 진절머리가 났습니다. 겪을 만큼 겪었고 더는 싫었어요."

"그래서?"

"그래서 정직하게 살기로 했습니다. 한 번 더 유죄판결을 받으면 열여덟 달로 끝나진 않겠구나 싶었죠. 더 길어질 테죠. 세 번째엔 혹시 압니까? 무기징역일지도 모르죠. 다들 프리치 도이치도 호모며 주정뱅이며 약쟁이랑 똑같은 놈일 뿐이라고 생각하게 될지도 모르죠."

"하지만 넌 아니었군." 브라운의 입에 희미한 미소가 걸렸다.

"아니었어요. 난 사기는 많이 쳤어도 신사였어요. 못 믿겠으면 지옥에나 가든가요. 사기를 친다는 건 나한텐 식업 같은 거였어요. 그래서 그렇게 잘했던 거고요."

"돈도 많이 벌었겠군."

"아직도 잘나가던 시절에 샀던 옷을 입고 있죠." 도이치가 말했다. "하지만 이게 맞는 걸까? 몇 년 잘살고 남은 인생을 망나니들이랑 갇혀 지낸다? 그게 내가 원하는 건가? 스스로에게 그런 질문을 던져 봤죠. 그래서 바르게 살기로 했습니다."

"듣고 있으니까 계속해."

"쉽지는 않았어요." 도이치는 한숨을 내쉬었다. "전과자를 고용하고 싶어 하는 사람은 없으니까요. 더럽게 진부한 얘기라는 거 압니다. 나도 영화에서 많이 봤어요. 로버트 테일러1930~60년대에 영화 및 TV에서 활동한 미국 배우 같은 사람이 범죄자였다는 이유로 일자리 못 얻는 이야기 말예요. 물론 로버트 테일러의 경우에는 실수로 범죄자라는 누명을 쓴 거지만요. 정말 결백했는데 유죄판결을 받았다는 식이죠. 아무튼, 그런 얘긴 진짭니다. 전과가 있으면 일자리를 얻기 어려워요. 전화 몇 통 걸어 보고 프리치 도이치가 복역했다는 걸 확인하면…… 잘 가게, 프리치. '만나서 반가웠네.'가 되는 거죠."

"그래서 프랭크 대런이라는 가명을 쓰면 될 거라고 생각했단 말이지?"

"그래요."

"그래서 지금은 직업이 있나?"

"은행에서 일합니다."

"뭘 하는데?"

"경비예요." 도이치는 혹시 브라운이 웃고 있는지 슬쩍 올려다보았다. 브라운은 웃고 있지 않았다. "그래서 총기 소지 허가증이 있는 겁니다." 도이치가 덧붙였다. "둘러대는 거 아닙니다. 확인해 보시면 알잖아요."

"우린 많은 걸 확인하지. 일하는 은행은 어디야?"

"제 실명을 얘기하실 겁니까?" 도이치가 물었다. 그의 눈에 갑자기 두려움이 어리더니 브라운의 팔을 잡았다. 손가락에 힘이 들어가 있었다.

"아니." 브라운이 말했다.

"국립 제일 은행이오. 메이슨 가 지점입니다."

"확인해 보지. 총기 소지 허가증도. 그리고 한 가지 더."

"뭐죠?"

"사기 피해자들을 만나 줘야겠어."

"왜요? 진 그때 이후론 아무한테도 사기 친 적……."

"그 사람들 생각은 다를지도 모르지. 네가 깨끗하다면 피해자들 앞에 나서도 거리낄 거 없잖아."

"라인업사람들을 나란히 세워 놓고 목격자나 피해자에게 용의자를 지목하게 하는 식별법을 말하는 거예요? 맙소사, 라인업에 가야 하는 겁니까?"

"아니. 피해자들더러 이리 오라고 하지."

"난 깨끗해요. 걱정할 건 없어요. 그냥 라인업이 싫어서 그래요."

"왜?"

도이치는 눈을 크게 뜨고 진지한 눈빛으로 브라운을 올려다보았다. "건달들 천지잖아요." 그는 말을 멈추고 깊게 숨을 들이쉬었다. "전 이제 건달이 아닙니다."

살인 사건이 드러날 참이었다. 살인 사건이 드러나기에 좋은 날이었다. 소설 쓰는 것을 업으로 삼는 사기꾼에게라면 이보다 더 좋은 날도 없을 것이다. 그들이라면 딱 이런 식으로 쓸 터였다. 하브 강 전역에 이슬비가 부슬부슬 내리고, 그 너머 하늘은 불길한 회색빛으로 흐려 있다고. 강 위의 예인선이 때때로 신음을 내뱉고, 리버 고속도로 반대편의 운동장은 텅 비었으며, 비가 꾸준히 내려 검은 아스팔트가 번들번들 빛난다는 식으로 말이다. 영화를 만드는 사기꾼이라면 카메라를 돌려 조용하고 텅 빈 운동장을 내려다본 다음, 리버 고속도로의 콘크리트 위를 가로질러 강으로 이어지는 둑의 경사면을 내려갈 것이다. 사운드트랙에는 예인선의 울부짖음과 음침한 빗소리, 썩은 나무 기둥을 찰싹이는 강물의 중얼거림을 담을 것이다.

클로즈업도 있을 것이다. 클로즈업은 수면에서 갑자기 나타난 손을, 뻣뻣하게 굳은 채 활짝 펴진 손가락을 보여 줄 것이다.

그런 다음 시체가 나타날 테고, 물이 시체를 밀어 댄 끝에 생명이 떠난 그 몸뚱어리를 다른 쓰레기들과 함께 비가 줄기차게 쏟아지는 강변에 놓아둘 것이다. 사기꾼들은 미사여구를 동원하여 그 모습을 글로 옮기고 스타일을 과시하며 촬영할 것이다. 그런 솜씨를 발휘하기에 제격인 날이었다.

87분서 사람들은 사기꾼이 아니었다.

그들이 아는 건 또 다른 표류 사체를 발견했다는 것뿐이었다.

9

문신은 실수임이 분명했다.

메리 루이즈 프로섹에게도 거의 똑같은 문신이 있었다. 문신은 오른손 엄지와 검지 사이 살이 접히는 부분에 아늑하게 자리하고 있었다. 그 문신은 하트 모양이었고, MAC이라는 글자가 그 하트를 장식했다. 맥 그리고 하트. 남자 그리고 사랑. 이건 다 사기꾼들이 오랫동안 하트에 대한 전설을 쌓아 올린 탓, 근면성실한 몸의 펌프를 감정의 중심부로 만든 탓에, 사랑을 정신과 분리시킨 탓에, 근육 덩어리에 화려한 장식을 부여한 탓에 생긴 일이었다. 상황이 이보다 더 나쁠 수도 있었다. 사기꾼들이 간에 노력을 쏟아 부을 수도 있었다. 담즙이나 창자가 사랑의 성채가 될 수도 있었다. 사기꾼들은 자신들이 하는 일을 잘 알고 있었다. 심장의 모양은 상징으로 쓰기 좋았고, 알아보기도 쉬웠고, 숭배하기도 쉬웠다. 눈, 귀, 코, 정신, 다시 말해 보고 듣고 냄새 맡고 다른 인간을 이해하는 기관들, 타인을 살아 숨 쉬는 자신의 일부로 만들어 주는 기관들, 뇌만큼이나 필수적인 기관들은 모두 무시당했다. 성 밸런타인은 훌륭한 홍보 담당자였다.

두 번째 표류 사체는 여자였다.

여자의 오른손 엄지와 검지 사이에는 문신이 있었다.

문신은 하트 모양이었다.

하트 안에 단어가 적혀 있었다.

그 단어는 NAC였다.

그러니 문신은 실수임이 분명했다. 돈을 받고 피부를 장식해 준 남자 혹은 여자가 실수를 저지른 게 분명했다. 시술자는 하트 안에 MAC라는 글자를 새겨 여자의 살갗에 남자의 이름이 영원히 남도록 해 달라는 부탁을 받았음이 분명했다. 시술자는 바보 같은 실수를 저질렀다. 술에 취했거나, 피곤했거나, 아니면 그저 무신경했는지도 모른다. 그런 사람들이 있는 법이다. 자기 일에 자부심이 없는 사람들. 이유야 어찌됐든, 이름이 잘못 새겨졌다. 이번에는 MAC가 아니라 NAC였다. 여자들을 물에 던져 넣은 자는 틀림없이 화가 났으리라. 자기 이름이 잘못 적히는 것을 좋아하는 사람은 아무도 없는 법이다.

일과 여흥을 병행하자는 취지에서 나온 아이디어였다.

116

스티브 카렐라는 그 아이디어가 썩 마음에 들지 않았다. 하지만 테디에게 8시 정각에 만나자는 약속을 한 마당에 7시 45분에 문신 시술소에서 연락이 온 바람에 집에 있는 그녀에게 연락하기에는 너무 늦은 상황이었다. 어차피 카렐라의 아내는 전화기를 사용하지 못했으니 전화를 걸 수도 없었을 테지만. 그래도 다른 경우에는 무전기가 딸린 순찰차를 무단으로 자신의 집에 보내 테디에게 신속히 메시지를 전달하곤 했다. 경찰국장은 카렐라가 좋은 경찰이라는 점은 인정했지만, 그런 업무 외 활동에 순찰차를 쓰는 행위에는 얼굴을 찌푸릴지도 몰랐다. 그래서 카렐라는 허락도 받지 않고 차를 보냈고, 그에게 결코 보고하지 않았다.

카렐라는 지금 길모퉁이에 있는 은행의 커다란 시계 아래에 서 있었다. 시계는 입구 위에서 뻗어 나온 캐노피로 반쯤 가려 있었다. 그는 은행털이가 일어나지 않기를 소망했다. 그가 싫어하는 일이 있다면, 그건 바로 업무 외 시간에 세상에서 가장 아름다운 여자를 기다리다가 은행 강도를 잡는 일이었다. 물론 그는 경찰 업무에서 벗어난 적이 없었다. 경찰은 하루 24시간, 1년 365일, 윤년에는 366일 근무 중이라는 사실은 그도 잘 알고 있었다. 더구나 문신 시술소도 탐문해야 했으니, 탐문 결과를 형사반의 누군가에게 보고하기 전에는 공식적으로 퇴근했다고 말할 수도 없었다.

카렐라는 은행털이가 일어나지 않기를 소망했고, 또 가랑비가 그만 좀 내리기를 소망했다. 비가 뼛속까지 적셔 상처를 아프게 했기 때문이다. **아, 상처가 쑤시는군!**

그는 아픔에 대한 생각을 몰아내고 공상에 빠져들었다. 카렐라가 좋아하는 공상은 아내에 관한 것이었다. 그는 자신이 그녀를 사랑하는 방식에 무언가 구제불능이다 싶을 만큼 소년 같은 면이 있다는 것을 알았지만, 그게 사실이니 어쩌랴. 그렇다고 달리 태도를 바꿀 도리도 없었다. 아마 세상에는 아내보다 더 아름다운 여자도 있을 테지만, 그는 그런 여자를 알지 못했다. 아마 더 상냥하고 더 순수하고 더 따뜻하고 더 열정적인 여자도 있을 터였다. 그는 그 사실이 의심스러웠다. 매우, 몹시 의심스러웠다. 간단히 말해서 그녀는 그를 기쁘게 해 주었다. 젠장, 그녀는 자신의 낙이었다. 천의 얼굴인 그녀는 아무리 보아도 질리지 않았고, 그 얼굴들은 가느다란 미의 사슬로 섬세하게 연결되어 있었다. 그중에는 완벽하게 화장을 마친 후 빛을 발하는 갈색 눈, 마스카라로 짙게 칠한 속눈썹, 깔끔하게 립스틱을 바른 입술을 지닌 사람도 있었다. 그리고 카렐라는 그 사람의 꼼꼼하게 계산된 아름다움을, 갓 머리를 빗고 갓 파우더를 바른 그 사람의 꾸밈새를 사랑했다.

아침의 그녀는 또 다른 사람이었다. 화장기 없는 얼굴에, 부푼 입술, 잡초처럼 뒤엉킨 검은 머리칼, 유연하고 탄력 있는 몸으로 따스한 잠자리에서 눈을 뜬다. 그는 그런 그녀 또한 사랑했다. 입가에 떠오른 작은 미소며 정신을 차린 순간 눈 속에 깃드는 초롱초롱함을 사랑했다.

그녀의 얼굴은 천의 얼굴이었다. 저 멀리 해변에 부딪는 파도 소리뿐인 조용한 바닷가를 둘이서 맨발로 거닐 때면, 그 파도 소리마저 들리지 않는 자기만의 고요한 세계에 잠긴 그녀의 얼굴은 자기 성찰적이었다. 분노가 들끓을 때면 얼굴이 즉각 변해서 검은 눈썹이 불현듯 타오르는 두 눈 위로 치솟았고, 말려 올라간 입술은 하얀 이를 드러냈고, 몸은 내뱉을 수 없는 욕설로 팽팽해졌으며, 두 주먹이 쥐어졌다. 눈물을 흘릴 때 또한 다른 얼굴이었다. 그녀는 자주 우는 편은 아니었지만, 한 번 울 때면 완전히 자신을 놓은 채 비통함에 휩싸였다. 마치 자신이 어떤 모습을 보여도 아름답다는 사실을 알기에 얼굴이 고통으로 찢어지도록 내버려 둘 수 있는 듯했다.

많은 남자들이 자신들의 배가 들어올 날을 기다린다.

카렐라의 배는 이미 들어왔고, 그 배는 천의 얼굴을 띄웠다.

물론 지금처럼 그 배가 15노트 이상으로 달려 주기를 바라게 되는 때도 있었다. 8시 정각에 오겠다고 했는데 8시 20분이었다. 머릿속에 떠올린 그녀의 모습에 싫증이 난 적은 절대 없었지만, 그는 그녀의 실물을 훨씬 더 좋아했다.

자! 사상 최초로! 라이브로! 저희 무대에서! 몸소! 파리 서크 디베르서커스, 콘서트, 패션쇼 등이 열리는 파리의 유명 원형극장에서 건너온……

나한테 뭔가 문제가 있는 거야. 카렐라는 생각했다. 난 실제로 여기에 있는 게 아니야. 나는 항상……

그는 그녀를 즉각 알아보았다. 이즈음 그는 그녀의 모습이 자신에게 미치는 영향에 대해 놀라지 않게 되었다. 심장이 즉각 빨라지고 얼굴에 자동적으로 미소가 떠오르는 것을 받아들이게 되었다. 그녀는 아직 그를 보지 못한 상태였고, 그는 은밀한 자리에서 그녀를 지켜보았다. 좀 엉큼하다는 기분도 들었지만, 아무렴 어떤가!

테디는 검은 스커트에 빨간 스웨터를 입었고, 그 위에 빨간 가두리 장식이 달린 검은 카디건을 걸쳤다. 카디건은 활짝 열린 채 엉덩이 바로 위까지 내려왔다. 여성스러운 걸음걸이는 완전히 무의식적이며 조금도 계산적이지 않았다. 약속에 늦은 터라 빠르게 걷는 통에 검은 펌프스가 인도와 맞닿으며 또각거리는 소리가 들려왔다. 카렐라는 자신의 아내를 돌아보는 다른 남자들을 즐거운 마음으로 지켜보았다.

테디는 카렐라를 발견하고 뛰기 시작했다. 둘 사이의 무엇이 그들로 하여금 잠깐만 떨어져 있어도 알카트라즈_{샌프란시스코의 작은 섬으로 교도소가 있었다}에서 10년은 보낸 것 같은 기분을 느끼도록 하는 것인지 알 수 없었다. 그게 무엇이든 간에, 두 사람에게는 그 무언가가 있었다. 그녀는 그의 품 안으로 들어왔고, 그는 그녀에게 소리 나게 입을 맞추었다. 이십세기폭스에서 이 모든 장면을 촬영하여 〈번식기 정글_{에드 맥베인의 베스트셀러 『Blackboard Jungle』에 빗댄 농담으로, 이 작품은 영화화되었다}〉이라는 영화에 쓴다 한들 그는 신경 쓰지 않을 것이었다.

"늦었네." 카렐라가 말했다. "사과는 됐어. 당신 멋진데. 가는 길에 어디 좀 들러야 해. 괜찮지?"

테디의 눈이 질문을 던졌다.

"시내 문신 시술소에. 메리 루이즈 프로섹을 기억할지도 모른다는 사람이 있어서. 운이 좋았어. 공무라서 세단을 끌고 나올 수 있었거든. 그 말인즉 밤에 집으로 돌아갈 때 기차를 안 타도 된다는 애기지. 당신 남편 수완 좋지?"

테디가 활짝 웃으며 그의 팔을 꼭 쥐었다.

"차는 모퉁이에 세워 뒀어. 당신 근사해. 냄새도 좋고. 뭘 뿌린 거야?"

테디는 손을 씻는 시늉을 해 보였다.

"그냥 비누랑 물만? 굉장한데! 당신은 비누 냄새도 좋게 할 수 있군. 일은 몇 분이면 끝나, 여보. 차에 있는 프로섹의 사진을 보여주면 그 친구가 신원을 확인해 줄지도 몰라. 그런 다음엔 당신 먹고싶은 거 먹자고. 난 한잔 걸쳐도 좋겠는데, 당신은 어때?"

테디는 고개를 끄덕였다.

"사람들은 왜 항상 한잔 '걸친다'는 표현을 쓰는 걸까? 아니, 까놓고 말해서 어디다 걸친다는 거야?" 그는 그녀의 반응을 살피고 덧붙였다. "오늘 밤엔 말이 많아지네. 내가 좀 신났나 봐. 밤에 같이 외출하는 거 오랜만이잖아. 당신 정말 아름다워. 내가 이 말 하는 거 안 지겹지?"

테디는 고개를 가로저었다. 그 움직임에는 묘한 부드러움이 담겨 있었다. 그가 그녀의 눈에 익숙해진 탓에 어쩌면 그 눈이 지금 자신에게 거듭 반복해서 하는 말을 놓쳤는지도 몰랐다. 테디 카렐라에게는 혀가 필요하지 않았다.

둘은 차로 걸어갔고, 카렐라는 테디에게 문을 열어 준 다음 반대편으로 돌아가 차에 올라 시동을 걸었다. 닫힌 차 안에서 경찰 라디오가 소리를 쏟아 냈다.

"이십일 호 차, 이십일 호 차, 일 번 상황이다. 북 사십 번 가와 실버마인가 교차로에서……."

"이건 양심상 켜 둘게. 예쁜 빨강 머리 아가씨가 나를 찾을 수도 있으니까." 카렐라가 말했다.

테디의 눈썹이 위협적으로 내려갔다.

"물론 사건과 관계해서 말이야." 카렐라가 설명했다.

당연히 그래야지. 그녀가 장난스럽게 고개를 끄덕였다.

"아, 정말 사랑해." 그는 손을 그녀의 허벅지로 옮겼다. 그는 재빨리 그녀의 허벅지를 쥐었다. 거의 무의식적인 행동이었다. 그런 다음 다시 운전대를 잡았다.

그들은 도심 교통의 미로 속을 착실히 뚫고 나아갔다. 한 신호등에서 카렐라가 초록 불이 빨간 불로 바뀌기도 전에 앞으로 나가는 바람에 교통경찰이 고함을 질렀다. 그 경찰의 비옷은 빗물로 번들거렸다. 카렐라는 문득 배신자가 된 기분이었다.

앞 유리 와이퍼가 끊임없이 내리는 가랑비를 베어 내었다. 타이어는 도시의 아스팔트를 험담했다. 사람들은 건물 출입구 창문에서 몸을 내밀고 서 있었다. 도시에 회색빛 침묵이 드리웠다. 마치 비가 모든 활동을 중단시키고 삶이라는 게임을 취소시키기라도 한 것 같았다. 도시에서는 비 냄새도 났다. 낮의 모든 냄새가 끊임없이 내리는 비에 붙잡혀 깨끗이 씻겨 나갔다. 그리고 이 도시로서는 낯설게도 묘한 평온함마저 느껴졌다.

"나는 비 오는 날의 파리가 좋아." 카렐라가 갑자기 말했다. 그는 자신의 말이 뜻하는 바를 설명할 필요가 없었다. 테디는 그가 무슨 말을 하는지 즉각 알아차렸다. 그녀는 그가 파리나 위치토에 관해서 이야기하는 게 아니라는 것을, 바로 이 도시, 그의 도시에 관해 이야기하고 있다는 것을 알았으며, 그가 이 도시에서 태어나 이 도시에 속했고, 거꾸로 이 도시가 그에게서 태어났다는 것을 알았다.

고급 아파트 건물들이 뒤편으로 사라져 갔고, 줄지어 선 고급 의류점들이, 광고 대행사의 광고탑들이, 출판계의 성지들이 뒤를 이었다. 그 뒤로 천박한 빛을 뿜어 대는 유흥 지구가 지나갔고, 이어 밤이면 고요히 텅 비는 의류 지구가, 그리고 좁은 골목길이 얽히고 설킨 도심 외곽이 나왔다. 과일과 채소가 가득 실린 손수레가 거리를 따라 늘어섰고, 그 뒤로 보이는 상점 진열장에는 이탈리아 살라미와 프로볼로네 치즈와 페퍼로니가 선홍색 실에 매달려 있었다.

문신 시술소는 차이나타운 변두리의 한 골목길에 있는 바와 빨래방 사이에 자리 잡고 있었다. 문신 시술이라는 이국적인 세계에서부터 술기운 가득한 지옥을 거쳐 옷 세탁이라는 서민적인 과업까지 아우르고 있는 세 가게의 조합은 어쩐지 우스꽝스러운 데가 있었다. 아마 이 동네에도 전성기는 있었을 테지만, 이제 다 지나간 일이었다. 지나간 지도 한참은 되었다. 동네는 암에 걸린 늙은이처럼 끈질기고 고통스럽게 최후를 기다리고 있었다. 그 최후는 시영 임대 주택 단지라는 피할 길 없는 모습으로 찾아올 것이다. 그 전까지는 아무도 더러운 침대보를 갈려 들지 않았다. 어차피 죽을 텐데 뭐하러 신경을 쓰겠나?

문신 시술소를 운영하는 사람은 중국인이었다. 유리창에는 찰리 첸이라는 이름이 적혀 있었다.

"다들 나 찰리 챈미국 소설가 얼 데어 비거스가 창조한 중국인 탐정이라고 불러요." 그가 설명했다. "위대한 탐정 찰리 챈이오. 하지만 나는 첸, 첸이에요. 찰리 챈 알아요, 형사님?"

"알지요." 카렐라가 웃음을 머금으며 말했다.

"위대한 탐정이죠. 아들들은 멍청하고." 첸은 웃었다. "나한테도 멍청한 아들들 있지만 나 탐정 아니에요." 그는 둥글고 뚱뚱한 사내로, 웃을 때면 몸 전체가 출렁였다. 입술 위로 작은 콧수염을 길렀고 손가락은 두툼했으며 왼손 검지에 타원형 옥 반지를 끼고 있었다. "당신 형사님?"

"그래요." 카렐라가 말했다.

"이 숙녀분 경찰 아가씨?" 첸이 물었다.

"아뇨. 이 아가씨는 제 아내입니다."

"오. 아주 좋아요. 아주 좋아요. 아주 예뻐요. 혹시 숙녀분 문신 원해요? 어깨에 예쁜 나비 해요. 끈 없는 가운에 아주 좋아요. 아주 예뻐요. 아주 꾸며 줘요."

테디가 미소 지으며 고개를 가로저었다.

"아주 예쁜 아가씨. 당신 아주 운 좋은 형사님이에요." 첸은 테디를 돌아보았다. "예쁜 노랑 나비 어때요? 아주 예쁜데?" 그가 유혹하듯 눈을 떠 보였다. "다들 아주 예쁘다고 해요."

테디가 다시 고개를 가로저었다.

"혹시 빨강이 더 좋아요? 숙녀분 색깔 빨강? 예쁜 빨강 나비?"

테디는 웃음을 멈출 수 없었다. 그녀는 계속해서 고개를 가로저으며 웃었다. 남편의 일을 함께하는 듯한 기분이 들었다. 그가 탐문을 오게 되어 기뻤고, 자신을 데려와 줘서 기뻤다. 자기가 생각해도 신기한 일이었지만, 테디는 경찰로서의 카렐라를 알지 못했다. 그가 업무에 관한 이야기를 해 주기는 해도, 경찰로서 그의 역할은 그녀에게는 거의 철저하다시피 낯선 것이었다. 그가 범죄와 범인을 다룬다는 사실은 알았지만, 과연 근무 중의 그는 어떤 사람일지 궁금하곤 했다. 무정할까? 테디는 자신의 남자가 무정하리라고는 상상할 수 없었다. 잔인할까? 아니야. 딱딱할까? 거칠까? 어쩌면.

"이 여자 말인데, 문신하러 온 게 언젭니까?" 카렐라가 첸에게 물었다.

"아, 오래전요. 아마 다섯 달이나 여섯 달쯤. 착한 여자예요. 형사님 부인처럼 예쁘지는 않지만 아주 착해요."

"혼자였습니까?"

"아뇨. 키 큰 남자랑요." 첸은 카렐라의 얼굴을 뜯어보았다. "형사님보다 잘생겼어요."

카렐라가 씩 웃었다. "어떻게 생겼습니까?"

"커요. 영화배우 같아요. 아주 잘생겼어요. 근육 있어요."

"머리카락은 무슨 색이었죠?"

"노란색요."

"눈은?"

첸은 어깨를 으쓱했다.

"그 남자에 관해 기억나는 거 있습니까?"

"계속 미소 지었어요. 이가 크고 하얘요. 이가 아주 예뻐요. 아주 잘생긴 남자예요. 영화배우 같아요."

"무슨 일이 있었죠?"

"둘이 같이 들어와요. 여자가 남자 팔 잡아요. 여자가 남자 보는데 여자 눈에 별 있어요." 첸은 잠시 말을 멈추었다. "형사님 부인처럼. 그 정도로 예쁘진 않고요."

"결혼한 사이였나요?"

첸은 어깨를 으쓱했다.

"여자 손가락에 약혼반지나 결혼반지가 있던가요?"

"못 봐요." 첸은 테디를 향해 빙긋 웃어 보였다. 테디도 마주 웃었다. "검정 나비 좋아해요? 예쁜 검정 날개? 이리로. 보여 줄게요." 그는 두 사람을 가게 안으로 이끌었다. 구슬주렴을 지나자 뒷방이 나왔다. 가게 벽은 문신 도안으로 뒤덮여 있었다. 구슬주렴 근처의 벽에는 헐벗은 여자 사진이 있는 달력이 걸려 있었다. 누군가 장난삼아 여자의 온몸에 문신을 그려 놓았다. 여자의 통통한 가슴 위에는 가슴을 움켜쥔 한 쌍의 손이 그려져 있었다. 첸은 한쪽 벽에 있는 나비 도안을 가리켰다.

"이 나비요. 마음에 들어요? 색깔 골라요. 아무 색이나. 내가 해요. 어깨 위에 해 줄게요. 아주 예뻐요."

"그 여자에게 무슨 일이 있었는지 말해 주시죠." 카렐라가 부드럽게 재촉했다.

테디가 호기심 어린 눈길로 그를 바라보았다. 남편은 자신과 첸 사이에서 벌어지는 여흥을 즐기고 있었지만, 목적을 잊고 있지는 않았다. 그는 이 가게에 메리 루이즈 프로섹을 죽인 남자에 관한 단서를 찾기 위해 왔다. 문득, 여흥이 지나칠 경우 남편이 그만하라고 소리를 지를 것 같다는 기분이 들었다.

"두 사람 가게 들어와요. 여자 문신 원한다고 남자 말해요. 두 사람한테 벽에 있는 도안 보여 줘요. 나 여자에게 나비 팔려고 해요. 아무도 나비 안 좋아해요. 나비 내 도안이에요. 아주 예뻐요. 어깨에 어울려요. 나 한 아가씨 등에, 엉덩이 위에 나비 해요. 아주 예쁜데 아무도 못 봐요. 어깨에 좋아요. 나 여자에게 나비 팔려고 하지만 남자 하트 원해요. 여자 자기도 하트 원해요. 눈에 별, 알죠? 큰 사랑, 큰 거, 사방에 반짝반짝. 둘한테 큰 하트들 보여 줘요. 아주 예쁜 하트들, 아주 복잡하고, 많은 색깔."

"두 사람은 큰 하트는 원하지 않았습니까?"

"남자가 작은 하트 원해요. 나한테 어딘지 보여 줘요." 첸은 엄지와 검지 사이를 펴 보였다. "여기요. 아주 어려워요. 살 얇아요. 바늘 통과해요. 아주 아파요. 아주 어려워요. 남자가 거기 원해요. 자기가 거기 원하면 여자도 거기 원한다고 말해요. 미쳤어요."

"하트에 넣을 글자는 누가 제안한 겁니까?"

"남자요. 남자가 말해요. '하트에 M-A-C를 넣어 줘'."

"그 하트에 **맥**이라는 이름을 넣어 달라고 했습니까?"

"남자 **맥**이라는 이름 말 안 해요. 남자 M-A-C 넣으라고 해요."

"그랬더니 여자가 뭐랬죠?"

"여자 말해요. '그래요, M-A-C'."

"계속하세요."

"나 해요. 아주 아파요. 여자 비명 질러요. 남자 여자 어깨 잡아요. 아주 아파요. 부드러운 부위예요." 첸은 어깨를 으쓱했다. "어깨에 나비 나와요."

"여자가 여기 있는 동안 남자 이름을 말했습니까?"

"아니요."

"여자가 남자를 맥이라고 불렀나요?"

"여자 남자 안 불러요." 첸은 잠시 생각에 잠겼다. "맞아요. 여자 남자한테 달링, 당신, 자기야 불러요. 사랑하는 말. 이름 말고."

카렐라는 한숨을 내쉬었다. 그는 들고 있던 마닐라 봉투 입구를 열고 안에 든 사진들을 꺼냈다. "이 사람이 그 여자 맞습니까?"

첸은 사진을 바라보았다. "그 여자예요. 여자 죽어요?"

"그래요, 죽었죠."

"남자가 여자 죽여요?"

"모릅니다."

"여자가 남자 사랑해요." 첸은 고개를 절레절레 내저었다. "사랑 아주 특별해요. 아무도 사랑 죽이면 안 돼요."

테디는 작고 둥근 중국인을 바라보았다. 문득 그가 아끼는 나비 도안을 어깨에 새겨 달라고 하고 싶다는 기분이 강하게 들었다. 카렐라가 사진을 받아 도로 봉투에 넣었다.

"그 남자가 다시 가게에 온 적 있습니까? 혹시 다른 여자랑?" 카렐라가 물었다.

"아뇨. 절대로." 첸이 말했다.

"그렇군요. 여러모로 고맙습니다, 첸 선생님. 혹시 남자에 대해 뭐든 더 기억나시는 게 있거든 전화 주세요." 그가 지갑을 열었다. "여기 제 명함입니다. 카렐라 형사를 찾으시면 됩니다."

"다시 와요. 찰리 챈 찾아요. 위대한 탐정, 아들들 멍청하고. 아내 데려와요. 어깨에 예쁜 나비 해 줘요." 카렐라는 첸이 내민 손을 잡았다. 잠시 첸의 눈빛이 진지해졌다. "형사님, 운 좋아요. 형사님 별로 안 예뻐도 아주 예쁜 아내 있어요. 사랑 아주 특별해요." 그가 테디를 돌아보았다. "언젠가 나비 원하면 다시 와요. 아주 예쁘게 해 줘요." 그가 윙크를 던졌다. "형사 남편 좋아해요. 나 약속해요. 아무 색이나. 찰리 챈 찾아요. 그게 나예요."

그가 활짝 웃어 보이고 고개를 흔들었다. 카렐라와 테디는 가게를 나와 길에 세워 둔 경찰차로 향했다.

10

"좋은 사람이지?" 카렐라가 말했다.

테디가 고개를 끄덕였다.

"사람들이 다 그 사람 같으면 좋겠어. 많이들 안 그렇거든. 많은 사람들이 경찰을 보면 자동적으로 죄책감을 느끼지. 그게 진실이야, 테디. 다들 경찰을 보는 순간 자기가 의심받는다고 느끼고 무슨 얘기를 하든 방어적으로 해. 가장 깨끗한 벽장 속에도 해골은 있기 때문이겠지. 배 많이 고파?"

테디는 배고파 죽을 지경이라는 표정을 지어 보였다.

"이 동네에서 식당을 찾아볼까, 아니면 외곽으로 나갈 때까지 참을래?"

테디가 땅을 가리켰다.

"여기?"

응. 그녀는 고개를 끄덕였다.

"중국 음식?"

아니.

"이탈리아 음식?"

응.

"당신은 이탈리아 혈통 남자랑 결혼하지 말았어야 해. 그런 남자는 이탈리아 식당에 갈 때마다 자기가 먹는 스파게티를 어머니가 해 주시던 것과 비교하게 되거든. 그리고 자기가 먹는 음식에 불만을 표하고, 그 불만이 아내에게까지 퍼지지. 그러다 정신을 차려 보면 이혼 소속을 밟고 있다고."

테디는 양손 검지를 두 눈 위에 올린 다음 피부를 당겨 눈이 가늘어지게 했다.

"맞아. 당신은 중국인이랑 결혼했어야 해. 하지만 물론 그러면 중국 식당에 못 갔겠지." 그가 말을 끊고 씩 웃었다. "먹는 얘기하니까 나도 배고픈데. 길 저쪽에 있는 저긴 어때?"

둘은 서둘러 식당으로 향했고, 카렐라가 유리창 너머를 들여다보았다.

"많이 붐비진 않네. 깨끗해 보이고. 어때?"

테디가 팔을 붙잡자 카렐라가 그녀를 이끌고 안으로 들어섰다.

아마 세상에서 가장 깨끗한 식당은 아닌 모양이었다. 카렐라의 눈이 날카롭기는 했지만, 유리창 너머로 슬쩍 본 정도만으로는 청

결함을 제대로 판단하기 어려운 법이다. 또 어쩌면 식당이 많이 붐비지 않는 것은 음식이 썩 좋지 않기 때문일 수도 있었다. 그렇다고 그게 심각한 문제는 아니었다. 카렐라와 테디는 몹시 배가 고파서 메뚜기볶음이 나오더라도 먹을 지경이었다.

그래도 근사한 체크무늬 식탁보에다 오래된 와인 병에 꽂은 양초, 그리고 유리잔에 넣어 굳힌 밀랍 초는 갖추고 있었다. 식당 벽을 따라 길게 뻗은 바가 있었고, 호박색 조명이 그 뒤에 쌓인 술병을 비추고 있었다. 전화 부스도 있었는데, 카렐라에겐 아직 형사반에 걸어야 할 전화가 남아 있었다.

두 사람이 앉은 테이블로 다가온 웨이터는 둘을 만나 기쁘다는 표정이었다.

"주문하시기 전에 마실 게 필요하신가요?" 웨이터가 물었다.

"마티니 두 잔. 올리브 넣어서." 카렐라가 말했다.

"메뉴는 지금 보시겠습니까, 아니면 나중에?"

"지금 봐도 상관없겠죠." 카렐라가 말했다. 웨이터는 메뉴판 두 개를 가져다주었다. 카렐라는 자기 메뉴판을 슬쩍 본 다음 내려놓았다. "나 이혼하고 싶어 죽겠어. 스파게티 먹을래."

테디가 메뉴판을 살피는 동안 카렐라는 식당 안을 둘러보았다. 전화 부스 근처 테이블에서 나이 지긋한 커플이 조용히 식사 중이었다. 다이닝 룸에는 아무도 없었다. 바에는 가죽 재킷을 입은 남자가 작은 유리잔과 물 잔을 앞에 둔 채 앉아 있었다. 남자는 바의 거울을 들여다보고 있었다. 남자의 눈은 테디를 향해 있었다. 바 안에서는 바텐더가 카렐라가 주문한 마티니를 섞고 있었다.

"배고파 죽을 지경이라 바텐더라도 먹을 수 있을 것 같아." 카렐라가 말했다.

웨이터가 술을 가지고 오자 카렐라는 자기 몫으로 스파게티를 주문한 다음 테디에게 무엇을 먹겠느냐고 물었다. 테디는 메뉴판의 라자냐를 가리켰고, 카렐라가 이를 전달했다. 웨이터가 가고 나자 둘은 잔을 들었다.

"들어온 배들에 건배." 카렐라가 말했다.

테디가 어리둥절해하며 그를 쳐다보았다.

"모두 동방의 보물로 가득하나니," 카렐라가 말을 이어 나갔다. "황금 돛을 달고 풍부한 향신료 냄새를 풍기고 있구나."

그녀가 여전히 어리둥절한 채로 계속해서 그를 쳐다보았다.

"자기에게 건배하는 거야." 카렐라는 테디의 입이 미소를 띠는 모습을 바라보았다. "이 도시에는 시적인 경찰은 없어도 되리니." 그는 마티니를 홀짝인 다음 잔을 내려놓았다. "형사반에 전화 좀 할게, 여보. 곧 올 거야." 그는 슬쩍 그녀의 손을 만지고 테이블을 떠나 전화 부스로 가면서 주머니에 손을 넣어 잔돈을 찾았다.

테디는 카렐라가 걸어가는 모습을 지켜보았다. 운동선수처럼 성큼성큼 걷는 모습이 보기 좋았고, 주머니 속에서 뒤적뒤적 잔돈을 찾는 손이 보기 좋았고, 당당하게 고개를 쳐든 모습이 보기 좋았다. 문득 처음 카렐라에게 매력을 느꼈던 이유 중 하나가 그가 몸을 움직이는 방식이었다는 것을 자각했다. 군더더기 없이 간결한 그의 움직임은 단순명료해 보였다. 어디로 갈지, 무슨 일을 할지 정확히 의식하기도 전에 몸이 먼저 움직이는 듯했다. 그래서 카렐라와 함께 있을 때면 놀라우리만치 안정감이 느껴졌다.

테디는 마티니를 홀짝이다가 쭉 들이켰다. 정오 이후로 아무것도 먹지 않은 터라 마티니의 빠른 술기운이 놀랍지 않았다. 그녀는 남편이 전화 부스로 들어가 재빨리 다이얼을 돌리는 모습을 지켜보았다. 내근 경사에게는 어떻게 이야기할지, 또 형사실에서 전화를 받을 형사에게는 어떤 식으로 이야기할지 궁금했다. 그 사람들은 저이가 조금 전까지만 해도 보물선 이야기를 하고 있었다는 걸 알까? 저이는 어떤 유형의 경찰일까? 다른 경찰들은 저이를 어떻게 생각할까? 갑자기 소외감이 찾아왔다. 남자들의 직장 생활이라는, 자신은 들여다볼 수 없는 사생활을 마주하고 있노라니 홀로 남겨진 기분이 들었다. 그녀는 서둘러 마티니 잔을 비웠다.

테이블 위로 그림자가 드리웠다.

테디는 처음에 착시 현상인 줄 알았다가 이윽고 고개를 들었다. 가죽 재킷을 입고 바에 앉아 있던 남자가 테이블 곁에 서서 빙긋이 웃고 있었다.

"안녕." 남자가 말했다.

테디는 황급히 전화 부스 쪽을 살폈다. 카렐라는 등을 돌리고 있었다.

"저런 못난이하고 뭐 해?" 남자가 말했다.

테디는 남자에게서 고개를 돌리고 무릎 위의 냅킨에 시선을 고정했다.

"여태껏 이 쓰레기장에 들어온 아가씨 중에 자기가 제일 귀여운데." 가죽 재킷을 입은 남자가 말했다. "저 못난이는 차 버리고 나중에 나랑 보자고. 어때?"

남자의 숨결에서 위스키 냄새가 났다. 눈빛이 어딘가 무서웠다. 대놓고 몸을 훑는 눈길에는 모욕적인 데가 있었다. 테디는 자신이 스웨터를 입고 있지 않았더라면 좋았겠다고 생각했다. 무의식적으로 카디건을 끌어당겨 튀어나온 가슴을 가렸다.

"왜 그래. 가릴 것 없잖아."

테디는 남자를 올려다보며 고개를 흔들었다. 두 눈으로 가 달라고 호소했다. 그녀는 다시 전화 부스를 살폈다. 카렐라는 열심히 이야기하고 있었다.

"난 데이브야. 괜찮은 이름이지? 데이브. 자긴 이름이 뭐야?"

테디는 대답할 수 없었다. 대답할 수 있었더라도 대답하지 않았을 것이다.

"거, 긴장 풀라고." 그녀를 지그시 응시하던 데이브의 눈빛이 바뀌더니 그가 입을 뗐다. "맙소사, 정말 아름답군. 그거 알아? 저 자식은 차 버리라고. 응? 차 버리고 나랑 만나자고."

테디가 고개를 흔들었다.

"목소리 좀 들려줘."

테디가 다시, 이번에는 간청하듯 고개를 흔들었다.

"목소리를 듣고 싶다고. 세상에서 제일로 섹시한 목소리일 테지.

어서 들려줘."

테디는 눈을 질끈 감았다. 무릎 위의 손이 떨렸다. 그녀는 남자가
가 주기를, 자신을 내버려 두기를, 스티브가 부스에서 나오기 전에,
스티브가 테이블로 돌아오기 전에 가 주기를 바랐다. 마티니 때문
에 살짝 어지러웠고, 그녀가 생각할 수 있는 것이라고는 스티브가
이 상황을 좋아하지 않을 거라는 것, 스티브가 자신이 이 상황을 자
초했다고 생각할지도 모른다는 것뿐이었다.

"이봐, 그렇게 쌀쌀맞게 굴 필요 없잖아, 응? 딱 보니까 자긴 쌀
쌀맞은 여자가 아니야. 꽤 따뜻한 여자일 거야. 목소리 좀 들려 달
라고."

테디는 다시 고개를 흔들었고, 카렐라가 전화를 끊고 부스 문을
여는 모습을 보았다. 활짝 웃으며 나오던 카렐라의 눈길이 테이블
에 닿는 순간 입에서 웃음기가 걷혔고, 테디의 배 속에는 갑자기 메
스꺼운 공포가 들어앉았다. 카렐라는 서둘러 부스에서 나왔다. 그
의 눈이 가죽 재킷을 입은 남자에게서 떨어지지 않았다.

"자," 데이브가 말했다. "그렇게 굴 거야? 난 그냥……"

"무슨 일입니까?" 카렐라가 불쑥 말을 건넸다. 테디는 남편을 올
려다보며 자신이 이 상황을 자초한 게 아님을 그가 알아주기를, 그
런 마음이 눈빛을 통해 전해지기를 기원했다. 카렐라는 그녀를 돌
아보지 않았다. 그의 눈은 데이브의 얼굴에 못 박혀 있었다.

"아무 일 없지." 데이브는 오만한 미소를 띤 채 몸을 틀어 카렐라
를 마주 보았다.

"내 아내를 귀찮게 하고 있는 것 같은데." 카렐라가 말했다. "꺼지게."

"오, 내가 귀찮게 하고 있었나? 이 귀여운 아가씨가 당신 아내라고?" 데이브가 다리를 넓게 벌리고 두 팔을 옆구리 근처에 늘어뜨렸다. 그 순간 카렐라는 그가 말썽을 원하고 있으며, 말썽이 벌어지기 전에는 만족하지 않으리란 사실을 깨달았다.

"귀찮게 했지. 내 아내고." 카렐라가 말했다. "바로 다시 기어가시지. 만나서 반가웠네."

데이브는 미소를 거두지 않았다. "어디로든 기어갈 생각은 없는데. 여긴 자유 국가야. 난 여기 있을 거야."

카렐라는 어깨를 으쓱하고 의자를 당겼다. 데이브는 여전히 테이블 곁에 서 있었다. 카렐라가 테디의 손을 잡았다.

"당신 괜찮아?" 그가 물었다.

테디가 고개를 끄덕였다.

"다정도 하셔라." 데이브가 말했다. "덩치 크고 잘생긴 남편이 와서……."

카렐라가 아내의 손을 놓고 불쑥 일어섰다. 식당 저편에서 나이든 커플이 식사를 하다 말고 이쪽을 바라보았다.

"이봐." 카렐라가 천천히 말했다. "자네 때문에 성가셔 죽겠군. 이만……."

"나 때문에 성가시다고?" 데이브가 말했다. "난 그저 우리 상큼한……." 그리고 카렐라가 그를 쳤다.

카렐라가 갑자기 날린 주먹에는 팔과 어깨의 힘이 잔뜩 실려 있었다. 갑자기 날아든 카렐라의 주먹은 데이브의 입을 정통으로 쳤고, 그가 비틀비틀 테이블에서 물러나 옆 테이블에 부딪치자 양초를 꽂은 와인 병이 바닥으로 떨어졌다. 잠시 테이블에 기대어 있다 고개를 든 데이브의 입가에 피가 흘러내렸지만, 그는 여전히 미소 짓고 있었다.

"그렇게 나오기를 바랐지, 이 자식아." 그는 잠시 카렐라를 뜯어 보고는 달려들었다.

테디는 창백한 얼굴로 꽉 쥔 손을 무릎 위에 놓고 앉아 있었다. 그녀가 본 남편의 얼굴은 자신이 알고 사랑하던 남자의 얼굴이 아니었다. 그 얼굴은 철저히 무표정했다. 앙다문 입은 가로로 단단한 선을 남겼고, 가늘게 뜬 눈은 거의 눈동자가 보이지 않았으며, 콧구멍은 분노로 벌름거렸다. 다리를 벌리고 선 카렐라는 주먹을 말아 쥐었다. 테디가 바라본 그 주먹은 어느 때보다도 커 보였다. 그 크고 강력하고 치명적인 무기가 옆구리에 걸린 채로 때를 기다리고 있었다. 카렐라의 온몸이 때를 기다리고 있는 듯했다. 테디는 데이브의 돌진을 기다리는 카렐라에게서 용수철과 같은 팽팽함을 느꼈고, 순간 그의 모습이 부드럽게 작동하는 능률적인 기계, 버튼을 누르거나 레버를 밀면 자동으로 반응하는 기계처럼 보였다. 그 기계에는 인간다운 구석이 조금도 없었다. 데이브에게 주먹을 날린 순간, 스티브 카렐라에게서 모든 인간성이 사라졌다. 지금 테디는 고도로 훈련받은 능숙한 기술자가 버튼이 눌리기만을 기다리며 막 작업에 나서려는 모습을 보고 있었다.

데이브는 자신이 기계와 싸우고 있다는 사실을 몰랐다. 그 사실을 모른 채로, 그는 버튼을 눌렀다.

카렐라의 왼 주먹이 배를 치자 데이브는 고통에 몸을 수그렸다. 카렐라는 이어 쏜살같이 턱에 어퍼컷을 날렸고, 데이브는 뒤로 나뒹굴며 다시 테이블에 부딪혔다. 카렐라의 몸은 마치 당구 선수가 친 공이 다른 공을 맞혀 그 공을 구멍에 넣은 뒤 다음 공을 치기 좋은 자리로 굴러가는 과정처럼 신속하고 자연스럽게 움직였다. 카렐라는 데이브가 테이블을 붙잡고 일어서기도 전에 이미 자리를 잡고 기다리고 있었다.

데이브가 와인 병을 집어 드는 모습을 보고 테디는 깜짝 놀라 입을 딱 벌렸다. 하지만 어째서인지 그녀는 그의 행동이 남편을 놀라게 하지 못하리라는 사실을 알고 있었다. 그의 눈과 얼굴에는 변화가 없었다. 그는 데이브가 병을 테이블에 쳐 깨는 모습을 냉정하게 지켜보았다. 병목이 깨져 생긴 날카로운 파편이 데이브의 주먹에 박히자 테디는 겁에 질려 비명을 지르고 싶은 심정이었다. 목소리를 낼 수 있다면 목이 아플 때까지 비명을 내지르고 싶었다. 그녀는 자신의 남편이 베이리라는 것을, 데이브가 그를 벨 정도로 취해 있다는 것을 알았다. 데이브가 깨진 병을 들고 달려드는 모습이 눈에 들어왔지만, 카렐라는 조금도 움직이지 않았다. 그는 그렇게 가만히 발에 무게를 실어 균형을 잡고 서서 오른손은 손가락을 활짝 펴 벌린 상태였고, 옆구리께에 있는 왼손으로는 날을 만들어 힘을 실은 상태였다.

데이브가 깨진 병을 들고 돌진했다. 그는 자세를 낮추고 카렐라의 사타구니를 노리며 달려들었다. 카렐라의 오른손이 그의 손목을 움켜쥐자 그의 얼굴에 놀란 기색이 스쳤다. 카렐라가 오른발을 가볍게 물리며 끌어당기자 데이브의 몸이 갑자기 앞으로 쏠렸고, 그러는 사이 카렐라는 여전히 힘이 실린 왼손을 머리 위로 높이 들어 올렸다.

이윽고 카렐라의 왼손이 떨어져 내렸다. 날카로운 도끼날처럼 곧게 뻗은 손은 놀랄 만큼 신속하게 내리꽂혔다. 데이브는 타격을 느꼈다. 단단하게 굳은살이 박인 카렐라의 손날이 목 한쪽을 치자 데이브가 울부짖었다. 카렐라는 왼손을 끌어당겨 이번에는 다시 반대쪽 목을 내리쳤다. 데이브는 바닥에 쓰러졌고, 양팔이 잠시 마비되어 움직이지 않았다.

카렐라는 그의 곁에 선 채 기다렸다.

"그만…… 그만." 데이브가 말했다.

웨이터가 다이닝 룸 입구에 서서 눈을 휘둥그렇게 뜨고 있었다.

"경찰을 불러요." 카렐라의 목소리는 이상하리만치 단조로웠다.

"하지만……," 웨이터가 입을 열었다.

"난 형사요. 순찰 중인 경관을 불러와요. 어서!"

"네. 알겠습니다."

카렐라는 데이브 곁에 선 채 움직이지 않았다. 테디 쪽으로는 한 번도 시선을 주지 않았다. 순찰 경관이 도착하자 그는 배지를 보여 준 다음 데이브를 경범죄로 입건하라고 말했다. 관대하게도 폭행죄는 거론하지 않았다. 그는 순찰 경관에게 필요한 모든 정보를 일러준 다음 함께 경찰차로 향하더니 5분가량 나가 있었다. 그가 테이블로 돌아왔을 때는 나이 든 커플은 가고 없었다. 테디는 앉아서 냅킨을 뚫어져라 바라보고 있었다.

"안녕." 카렐라가 그렇게 말하며 씩 웃었다.

그녀가 테이블 너머로 그를 바라보았다.

"미안해. 말썽을 원하진 않았는데."

그녀가 고개를 흔들었다.

"오늘 밤엔 유치장에 가둬 두는 편이 나을 거야. 놔줘 봐야 또 다른 사람에게 시비를 걸 테니까. 그는 싸울 핑계를 찾고 있었어." 그는 잠시 말을 멈췄다. "다음 사람은 정말로 베였을지도 모르지."

테디 카렐라는 고개를 끄덕인 다음 깊은 한숨을 내쉬었다. 그녀는 방금 남편의 사무실을 방문하여 그가 일하는 모습을 본 셈이었다. 그의 손이 끔찍하리만치 날렵하게 움직이던 모습을 지금도 떠올릴 수 있었다. 이전까지는 부드럽다고만 알던 손이었다.

그렇게 세상에는 놀이를 즐기는 착한 소년들만 사는 게 아니라는 사실을 이제 막 깨닫게 된 테디는 깊은 한숨을 내쉬었다.

그런 다음 그녀는 테이블 너머로 손을 뻗어 그의 오른손을 잡고 자신의 입으로 가져와 손마디에, 다시 손바닥에 키스했다. 카렐라는 살에 그녀의 눈물이 닿는 것을 느끼고 놀랐다.

11

어쩌면 아서 브라운이 사기꾼 추적에 그토록 열을 올렸던 게 불행이었는지도 모른다. 그처럼 열성적으로 달려들지 않았더라면, 카렐라가 그 주의 라인업에 참석할 차례가 됐을 때 자신이 대신 가겠다고 청하지 않아도 되었으리라. 라인업에 참석한다는 건 도심 중심가에 있는 경찰 본부까지 가서 도시 곳곳에서 우르르 몰려든 다른 형사들과 한 방에 앉아 중죄인들의 행렬을 지켜봐야 한다는 뜻이었다. 라인업은 때로는 흥미진진했다. 보통은 따분했다.

마침 브라운은 87분서 형사실에서 베티 프레스콧이라는 이름의 흑인 아가씨와 엘리엇 제이미슨이라는 거물 사업가에게 프레더릭 '프리치' 도이치를 보여 주며 자기만의 라인업을 가진 참이었다. 두 피해자는 즉각 도이치의 혐의를 벗겨 주었다. 도이치는 그들에게 사기를 친 남자가 (제이미슨의 경우에는 두 남자 중 어느 쪽도) 아니었다. 브라운은 내심 기뻤다. 그는 프레스콧 양과 제이미슨 씨에게 감사를 표한 후 도이치의 등을 탁 치면서 퉁명스레 말했다. "착하게 살아."

그런 다음 브라운은 카렐라에게 다음 날 있을 라인업에 자신이 대신 참석해도 되겠느냐고 물었다. 카렐라는 라인업이 필요악이라고 여기고 있었기 때문에─한 집에 사는 장모와 같은 존재라고나 할까─ 기꺼이 업무를 내어 주었다. 카렐라가 라인업을 좋아하는 부류의 경찰이었더라면, 카렐라가 좀 더 양심적이고 좀 더 일에 꼼꼼히 매달리는 성격이었더라면, 카렐라에게 그날 수요일 본부에 간 김에 처리할 만한 다른 용건이 있었더라면, 상황은 다른 방식으로 흘러갈 수도 있었을 것이다.

사실, 카렐라는 양심적이었고 일에 꼼꼼히 매달리는 성격이었다. 하지만 표류 사체 문제로 눈코 뜰 새 없기도 하거니와, 라인업에서는 쓸 만한 살인 사건 용의자가 나오는 경우가 극히 드물었다. 카렐라가 생각하기에는 두 번째 표류 사체의 손 문신에 있는 NAC를 추적하기 위해 시내 문신 시술소를 이 잡듯이 뒤지는 편이 자신의 시간을 더 제대로 쓰는 길이었다.

그래서 카렐라는 브라운에게 자기 대신 가도록 허락했고, 그것은 참으로 불행한 일이었다.

그 주 수요일 라인업에 잘생긴 금발 머리 사내가 둘 있었기 때문에 불행한 일이었다.

그중 하나가 메리 루이즈 프로섹과 신원 불명의 미확인 사망자를 죽인 인물이었다.

그때 브라운은 살인자가 아닌 사기꾼에 관심이 있었다.

카렐라는 문신 시술소에 관심을 두었다.

클링은 신참이었다.

클링은 그 수요일에 브라운과 함께 경찰 본부에 갔다. 도시는 다시 음울한 빗줄기로 뒤덮였고, 둘은 차를 타고 시내로 향하는 내내 별다른 말을 하지 않았다. 클링은 주로 클레어와의 휴가 계획을 깨게 되면 그녀가 어떻게 반응할 것인지 생각하고 있었다. 브라운은 처음에는 혼자였다가 두 번째에는 다른 사람과 함께 행동한 사기꾼에 관해 생각하면서 과연 라인업에서 쓸 만한 게 나올 것인지 회의했다. 도로가 젖어 있는 탓에 브라운은 차를 천천히 몰았다. 그들은 9시 5분에야 본부에 도착했다. 엘리베이터가 둘을 9층까지 실어 날랐을 때는 라인업이 10분가량 진행된 다음이었다. 둘은 배지를 재킷에 꽂고, 바깥쪽 복도에서 책상을 지키고 있는 순찰 경관 곁을 지나쳤다. 순찰 경관은 아무 말도 하지 않았다. 자신이 찬 손목시계를 비난하듯 바라볼 뿐이었다.

커다란 체육관처럼 생긴 방에는 불이 꺼져 있었다. 불빛이 있는 곳은 방 저편, 휘황찬란하게 빛나는 단상뿐이었다.

"……1949년에 세 번째 강도," 시내 모든 분서에서 온 형사들이 앉아 있는 접이식 의자 행렬 뒤편에 마련된 연단에서 형사과장이 말했다. "지난번에 우리가 알폰스 자네 버릇을 고쳐 줬다고 생각했는데, 보아하니 배운 게 없는 모양이로군. 어젯밤 주유소 건은 어떻게 된 거지?"

단상 위의 사내는 침묵을 지켰다. 얼굴 앞에는 강철봉 끝에 매달린 마이크가 있었고, 뒤쪽으로는 벽에 층층이 표시된 눈금이 자리에 모인 형사들에게 사내의 키가 172센티미터임을 알려 주었다.

클링과 브라운은 눈에 띄지 않게 연단과 발언대를 지나쳐 줄 속으로 섞여 든 다음 가능한 한 빠르고 조용하게 앉았다.

"알폰스, 너한테 말하는 거야." 형사과장이 말했다. "지각자들은 신경 쓰지 마." 비꼬듯 덧붙이는 말에 클링은 얼굴이 뜨겁게 달아오르는 것을 느꼈다.

"듣고 있어요." 알폰스가 말했다.

"그래서 어떻게 된 거지?"

"라인업에서는 아무 말도 할 필요 없잖아요. 알면서 그러시네."

"라인업은 많이 와 보셨다?"

"두어 번요."

"다른 강도질로?"

"네."

"강도질로 다시 여기 서게 될 줄 몰랐던 모양이지?"

"난 할 말 없어요." 알폰스가 말했다. "강도 사건이 있었다는 거랑 그게 내가 한 짓이라는 걸 증명해야 할걸요."

"그야 어려울 것 없지. 그래도 우리가 알고 싶어 하는 걸 말해 주는 편이 너한테 더 유리할 텐데."

"이렇게 이른 아침부터 사탕발림할 겁니까. 속셈 다 압니다. 묻지 마요. 대답 안 해도 되는 거 아니까."

"좋아." 형사과장이 마지못해 인정했다. "다음 사건."

알폰스가 단상에서 내려왔다. 방 안의 모든 눈이 그의 움직임을 주시했다. 월요일부터 목요일까지 아침 일찍 열리는 이 퍼레이드의 목적은 결국 도시의 모든 형사들이 자기네 도시에서 범죄를 저지르고 있는 자들을 숙지하도록 하는 데에 있었다. 때로는 피해자가 라인업에 찾아와서 용의자를 식별하는 경우도 있었지만, 그런 일은 드물었고 대체로 소득도 없었다. 그런 일이 드문 까닭은 일반적으로 피해자에게는 라인업에 오고 싶지 않을 만한 이유가 수천 가지쯤 있기 때문이었다. 대체로 소득이 없는 까닭은 일반적으로 피해자에게는 용의자를 식별하고 싶어 하지 않을 만한 이유가 수천 가지쯤 있기 때문이었다. 이 이유들 중에서 가장 흔하지만 가장 타당하지 않은 이유는 보복에 대한 두려움이었다. 어쨌거나, 피해자가 용의자를 식별해 내는 경우는 많지 않았다. 만약 그것이 라인업의 유일한 목적이라고 한다면, 라인업은 허사에 불과할 것이다. 하지만 매주 월요일에서 목요일 아침에 본부에 모이는 형사들은—그 일을 싫어하기는 했지만— 전날 중죄를 저지른 이들을 자세히 살펴보았다. 담당 중인 사건과 관련된 단서를 언제 얻게 될지 알 수 없는 일이었다. 또한 거리에서 도둑을 알아보는 것이 언제 긴요해질지 알 수 없는 일이었다. 드문 일이긴 하지만, 그런 눈썰미 덕분에 목숨을 구할 수도 있었다.

그래서 형사과장은 정해진 의식을 거행했고, 형사들은 의식을 귀로 들고 눈으로 지켜보았다.

"리버헤드, 일 번." 형사과장이 체포가 이루어진 지역과 그날 그 지역에서 있었던 사건의 번호를 불렀다. "리버헤드, 일 번. 헌터, 커트. 서른다섯. 셸터 플레이스의 한 바에서 폭음. 바텐더와 말다툼을 벌이고 바의 거울에 의자를 집어던짐. 진술 없음. 어떻게 된 건가, 커트?"

헌터는 자신을 체포한 건장한 순찰 경관에게 이끌려 단상 옆에 있는 계단으로 갔다. 헌터를 체포하자면 건장해야 했을 터였다. 눈금에 따르면 헌터의 키는 187센티미터가 넘었고, 90킬로그램은 족히 나가 보였기 때문이다. 넓은 어깨와 가는 허리의 그가 마이크가 걸려 있는 곳을 향해 성큼성큼 공격적으로 다가섰다. 금발 머리카락은 넓은 이마 뒤로 딱 달라붙게 빗어 넘겼다. 코는 곧았고 눈은 청회색이었다. 광대가 높았고 입은 억세 보였으며 턱에는 홈이 패여 있었다. 형사과장이 내뿜는 불길을 마주하러 간다기보다는 무대 감독의 지시를 받기 위해 무대에 오르는 듯한 태도였다.

"뭐가 어떻다고?" 헌터가 물었다.

"뭣 때문에 다퉜지?" 형사과장이 말했다.

헌터는 마이크에 바짝 붙어 섰다. "어젯밤에 묵은 유치장은 돼지우리가 따로 없었어. 누가 바닥에 온통 토해 놨더라고."

"지금 그 얘기를 하자는 게……."

"난 빌어먹을 범죄자가 아냐!" 헌터가 소리쳤다. "뭐, 조금 싸운 건 사실이야. 그렇다고 어떤 자식이 토한 냄새가 나는 감방에 처넣을 것까진 없잖아!"

"중죄를 범하기 전에 그 생각부터 했어야지."

"중죄?" 헌터가 소리쳤다. "취하는 게 중죄야?"

"아니, 하지만 폭행은 그렇지. 바텐더를 치지 않았나?"

"그래, 내가 쳤지."

"그건 폭행이야."

"뭘 들고 때린 것도 아니고 그냥 주먹으로 쳤다고!"

"그건 이급 폭행죄야."

"날마다 사람 때리는 게 일인 놈들도 있어. 그런 놈들이 일급이든 이급이든 아니면 삼급으로라도 폭행죄로 걸리는 건 못 봤는데."

"초범인가?"

"뭐, 그런 셈이지."

"진정해. 그냥 벌금으로 끝날 수도 있으니까. 자, 이야기를 들어 볼까."

"바텐더가 날 '이쁜이'라고 불렀어."

"그래서 친 건가?"

"아냐, 그땐 안 쳤어. 나중에 쳤지."

"왜?"

"그 자식이 나처럼 덩치 크고 잘생긴 남자들은 여자한테 잘하는 법이 없다고 그랬어. 겉모습으로는 사람을 판단할 수 없다고 말이야. 그때 친 거야."

"바 거울에 의자는 왜 던졌나?"

"그게, 내가 때렸더니 나더러 뭐라고 하잖아."

"뭐라고 하던가?"

"그냥 뭐."

"어차피 여기 있는 사람들 다 들었어. 그냥 말해."

"그런 말은 비정상인 사람한테나 쓰는 거야. 그래서 의자를 던졌지. 거울을 노리고 던진 건 아냐. 그 자식을 노렸지. 그 개자식! 난 내가 원하는 여자는 누구든 가질 수 있다고!"

"늘 그렇게 쉽게 이성을 잃나?"

"보통은 안 그래."

"어젯밤에는 왜 그렇게 예민했던 건가?"

"그냥 예민했어."

"자넬 체포한 경관이 자네 주머니에서 소액권으로 천 달러를 발견했는데. 그건 뭐지?"

"그게 뭐 어쨌다고?" 헌터가 소리쳤다. "그거 언제 줄 거야? 사람하나 쳤다고 순식간에 돈 털리고 토 냄새 나는 감방에 처넣다니."

"그 천 달러는 어디서 났지?"

"은행에서."

"어느 은행?"

"내 은행. 내가 저축하는 은행."

"언제 찾은 건가?"

"어제 오후에."

"왜?"

헌터는 망설였다.

"왜였지?"

"잠깐 여행을 갈까 했어." 헌터의 목소리가 갑자기 가라앉았다. 그는 심문자의 얼굴을 읽어 내기라도 하려는 듯 눈을 가늘게 뜨고 빛 속을 들여다보았다.

"무슨 여행?"

"놀러."

"어디로?"

"북부로."

"혼자?"

헌터는 다시 망설였다.

"어떤 계획이었지, 커트? 혼자 갈 거였나, 누구랑 같이 갈 생각이었나?"

"누구랑 같이." 헌터가 말했다.

"누구?"

"여자."

"**누구?**"

"그건 내 일이고."

"일이 아니라 놀이겠지." 형사과장이 정정하자 브라운과 클링을 포함한 모든 형사가 웃음을 터뜨렸다. "무슨 일 때문에 계획을 바꾼 거지?"

"뭐, 없는데." 웃음소리에 신경질이 난 헌터가 이제 방어적인 태도로 다음 질문을 기다렸다.

"어제 오후에 은행에서 천 달러를 찾았다고 했지?"

"그래."

"여자랑 같이 짧은 여행을 다녀올 수도 있겠다고 생각했기 때문이었겠지. 어젯밤에 넌 바에서 혼자 술을 마시고 있었고, 천 달러는 주머니에 있었어. 바텐더가 너더러 여자를 기쁘게 해 주지 못한다는 이야기를 하자 네가 그를 끌어내 후려쳤고. 내 말 맞나?"

"그래, 맞아."

"좋아. 무슨 일이 있었던 건가? 여자가 계획을 취소했나?"

"그건 내 일이야." 헌터가 다시 말했다.

"여자 좋아하나?" 형사과장이 물었다.

헌터는 눈을 가늘게 뜨고 불빛 속을 의심스럽다는 듯 들여다보았다. "당신은 싫어?"

"좋아 죽지. 하지만 너한테 물었어."

"좋아하지, 뭐."

"같이 여행가기로 했다던 여자 말인데, 특별한 친구인가?"

"인형이 따로 없지." 헌터가 멍한 얼굴로 말했다.

"하지만 친구고?"

"인형이 따로 없어." 헌터가 반복했다. 형사과장은 헌터에게서 알아낼 수 있는 건 여기까지임을 깨달았다. 키가 크고 잘생긴 금발 사내가 기다리고 있었다.

클링은 그를 바라보았지만, 그가 메리 루이즈 프로섹을 찰리 첸의 문신 시술소로 끌고 간 것으로 추정되는 금발 사내일지도 모른 다는 생각은 전혀 떠오르지 않았다. 카렐라의 보고서는 읽었지만, 클링의 정신은 어떤 연관성도 떠올리지 못했다.

"다음 사건." 형사과장이 말하자 헌터가 단상을 가로질러 갔다.

계단에 이르러 그가 몸을 돌리고 소리쳤다. "이놈의 도시에는 그 빌어먹을 토 냄새 나는 감옥이 아직도 있나!" 그런 다음 그는 계단 을 내려갔다.

"리버헤드, 이 번." 형사과장이 말했다. "도널드슨, 크리스. 서른 다섯. 지하철에서 절도 미수. 지하철 경찰이 체포. 도널드슨은 실수 라고 진술. 어때요, 크리스?"

크리스 도널드슨은 커트 헌터의 대역이라고 해도 좋을 정도였다. 그가 단상 위를 가로지르는 모습을 보고 형사과장은 이렇게 중얼거 리기까지 했다. "이게 뭐야? 쌍둥이 쇼인가?" 도널드슨은 키가 크 고 금발 머리에 잘생긴 사내였다. 지켜보던 형사들 중 외모에 콤플 렉스를 느끼는 이가 있었더라면, 헌터와 도널드슨의 조합은 그들을 정신병에 걸리게 할 만했다. 라인업이 도입된 이래 이처럼 남성미 를 연달아 과시한 적이 있었을까 싶을 정도였다. 도널드슨은 헌터 처럼 침착해 보였다. 그는 마이크에 다가섰다. 머리가 뒤쪽 하얀 벽 에 새겨진 190센티미터 선을 넘어갔다.

"오해입니다." 도널드슨이 말했다.

"그래요?"

"네." 도널드슨의 목소리는 차분했다. "누구의 주머니를 턴 적도 없고, 털려고 한 적도 없습니다. 저는 벌이가 괜찮은 직장에 다니는 평범한 시민입니다. 소매치기당한 사람이 엉뚱한 사람을 고소한 겁니다."

"그럼 왜 그 사람 지갑이 당신 주머니에서 발견된 겁니까?"

"모르겠습니다. 진짜 소매치기가 들통 나기 전에 거기다 넣었던 모양입니다."

"무슨 일이 있었는지 설명해 봐요." 형사과장은 그렇게 말한 다음 모여 있는 형사들에게 덧붙였다. "이 사람은 전과가 없네."

"퇴근해서 지하철을 타고 집으로 가는 중이었습니다." 도널드슨이 말했다. "직장은 아이솔라에 있고, 집은 리버헤드에 있습니다. 전 신문을 읽고 있었죠. 제 앞에 서 있던 사람이 갑자기 주변을 홱 돌아보더니 말했습니다. '내 지갑이 어딨지? 누가 내 지갑을 훔쳐 갔어!'"

"그러고요?"

"지하철 안은 붐볐습니다. 우리 곁에 서 있던 사람이 자기가 지하철 경찰이라고 밝히더니, 뭐라 말할 틈도 주지 않고 저랑 다른 사람을 붙잡는 겁니다. 경찰이 저희를 수색했고 제 주머니에서 지갑을 찾아냈습니다."

"그 다른 사람은 어디로 갔죠?"

"모르겠습니다. 지하철 경찰은 제게서 지갑을 찾은 다음에는 그 사람에게 더 이상 신경을 쓰지 않았습니다."

"그리고 당신 얘기는 그 다른 사람이 소매치기였다는 거군요."

"누가 소매치기였는지는 모릅니다. 그저 저는 아니라는 거죠. 이미 얘기했지만 전 직장이 있는 몸입니다."

"무슨 일을 하죠?"

"회계사입니다."

"어디서요?"

"빙크스 앤드 레더리에서요. 이 도시에서 가장 오래된 회계 법인 중 하납니다. 저는 거기서 오랫동안 일했습니다."

"그래요, 크리스." 형사과장이 말했다. "그럴듯하군요. 하지만 판단은 판사가 할 겁니다."

"아시겠지만 잘못 체포돼서 시를 고소하는 사람들도 있습니다."

"잘못 체포한 건지는 아직 모르는 일이지요."

"저는 확실하다고 보는데요. 전 정직하게 살아왔고, 경찰과 엮이고 싶은 마음은 없습니다."

"다들 그렇지요." 형사과장이 말했다. "다음 사건."

도널드슨은 단상을 내려갔다. 클링은 그를 지켜보면서 과연 그의 이야기가 진실일까 생각해 보았다. 이번에도 그는 소매치기라는 누명을 썼다고 주장하는 남자를 메리 루이즈 프로섹과 함께 다녔다는 금발 사내와 연결 짓지 못했다.

"다이아몬드백, 일 번." 형사과장이 말했다. "페레이라, 주느비에브. 마흔일곱. 빵 자르는 칼로 남편 상해. 진술 없음. 어떻게 된 거죠, 제니?"

주느비에브 페레이라는 키가 작았고 파란 눈은 명민해 보였다.

그녀는 입술을 오므리고 손을 꽉 쥔 채 서 있었다. 깔끔하고 수수한 옷차림을 하고 있었는데 드레스 앞자락에 묻은 피 얼룩이 도드라져 보였다.

"언급하신 사항 중에 오류를 발견했는데요." 그녀가 말했다.

"그래요?"

"제 연령을 이 년 잘못 거론하셨네요. 제 나이는 마흔다섯밖에 안 돼요."

"미안하군요, 제니."

"그리고 그처럼 친근한 태도를 취하시는 것도 부적절하다고 느낍니다. 저와 정말 가까운 지인들만 저를 제니라고 부르지요. 형사님께는 특별히 예외적으로 주느비에브라고 부르도록 해 드릴게요."

"고마워요." 형사과장의 목소리에서 웃음기가 묻어났다. "그럼 그렇게 불러도 되겠죠?"

"정 그렇게 불러야만 할 필요성을 느끼신다면요."

"왜 남편을 찔렀죠, 주느비에브?"

"저는 찌르지 않았어요." 주느비에브가 대답했다. "기껏해야 피부가 좀 긁힌 정도의 상해를 입었을 뿐입니다. 금세 회복할 거라고 확신합니다."

"영어 실력이 훌륭하군요."

"그런 찬사는 청한 적 없지만, 그래도 감사드려요. 저는 늘 진부한 표현과 뻔한 반복을 피하려 노력한답니다."

"정말 훌륭하게 말씀하고 계십니다." 클링은 형사과장의 말에 빈정거림이 섞이기 시작했음을 감지했다.

"누구나 불요불굴의 인내심만 갖춘다면 영어를 숙달할 수 있지요. 전심전력을 다하기만 하면 충분하답니다. 더불어 상당량의 타고난 지성도 필요하고요. 그리고 명백한 표현에 대한 혐오도요."

"예를 들면요?"

"당장 떠오르는 예시가 있는 것 같지는 않네요." 그녀는 잠시 말을 멈추었다. "그 점에 관해서라면 잠시 동안 숙고해 봐야 할 것 같습니다. 그보다는 저에게 도움이 된 다양한 문학 작품을 읽어 보시는 편을 권하고 싶네요."

"예를 들면 어떤 책이죠?" 이제 형사과장은 노골적으로 빈정거렸다. "『화성인을 위한 영어』? 아니면 『치명적인 무기로서의 영어』?"

"비아냥거리는 남성은 저속하다고 생각해요."

"남편을 칼로 찌르는 것도 저속하다고 생각하나요?"

"찌르지 않았어요. 칼로 살짝 그었을 뿐이에요. 이 사건을 연방법 차원으로까지 끌어올려 다루어야 할 이유는 없다고 봅니다."

"왜 남편을 찔렀죠?"

"또한 제가 보기에는," 주느비에브는 꿋꿋했다. "야만인 집단을 앞에 둔 채로 제 결혼 생활과 관련된 일을 계속 논의해야 할 어떤 적절한 이유도 없는 것 같군요." 그녀는 잠시 말을 멈추고 목을 가다듬었다. "저에 대한 체포를 철회하신다면, 별다른 항의 없이 떠나 드릴 것을 약속드리⋯⋯,"

"그러시겠죠." 형사과장이 말했다. "다음 사건."

그런 식이었다.

라인업이 전부 끝나고, 클링과 브라운은 계단을 내려와 담배에 불을 붙였다.

"사기꾼은 없군." 브라운이 말했다.

"라인업은 시간 낭비예요." 클링이 자신의 생각을 말하고 담배 연기를 뿜어냈다. "그 잘생긴 두 녀석 어떻게 생각해요?"

브라운은 어깨를 으쓱했다. "됐어. 그만 형사실로 돌아가자고."

잘생긴 두 녀석은, 그중 한 녀석이 살인자라는 사실을 고려하면, 가벼운 대가만을 치른 채 풀려났다.

커트 헌터는 유죄 선고를 받고 벌금 5백 달러와 손해배상금을 지불하게 되었다.

크리스 도널드슨은 무죄로 판명되었다.

둘은 다시금 자유로이 도시를 떠돌게 되었다.

12

버트 클링은 말썽을 예상했고, 그것을 맞이하는 중이었다.

평소 그와 클레어 타운센드는 더없이 잘 어울렸다. 물론 싸울 때도 있긴 했지만 진정한 사랑으로 가는 길이 매끄럽기만 하다고 주장할 사람이 누가 있으랴? 사실 시작이 좋지 않았던 것 치고 둘의 사랑은 놀라우리만치 안정적으로 진행되고 있었다. 처음에 클링은 클레어가 꽉 쥐고 있는 횃불실연. 짝사랑 등을 읊은 감상적인 블루스 곡을 뜻하는 torch song을 빗댄 말을 손에서 떼어 내기 위해 갖은 애를 써야 했다. 그는 성공했다. 두 사람은 서로를 알아 가는 단계를 거쳤고, 사기꾼이 만들어 낸 안정적인 관계라는 전설을 빠르게 통과했으며, 이후 사기꾼이 만들어 낸 약혼이라는 의식도 치렀고, 이제 조심하지 않는다면 사기꾼이 만들어 낸 결혼이라는 제도에 들어선 다음 사기꾼이 만들어 낸 육아라는 악몽에 이를 터였다.

수요일 이날 밤 두 사람이 직면하게 된 특별한 장애물을 뛰어넘을 수만 있다면 말이다.

장애물은 무척이나 높았다.

클링은, 어쩌면 뭔가 손을 써 보기에는 다소 뒤늦은 배움이었는지도 모르겠지만, 모멸감을 느낀 여자의 분노만큼 지옥 같은 것이 없다는 사실을 배우는 중이었다.

모멸감을 느낀 당사자는 미국 표준 체형을 기준으로 키가 큰 편이었다. 클링의 취향으로 보자면 너무 큰 편은 아니었지만, 데이트 때 플랫슈즈를 신지 않을 경우 미국 남성이 겪곤 하는 진부하고 소심한 문제를 야기할 정도는 되었다. 모멸감을 느낀 여자의 머리카락은 검은 단발이었고, 갈색 눈은 내면의 분노로 형형했으며, 보기 좋은 입매는 냉소적인 웃음으로 뒤틀려 있었다. 모멸감을 느낀 여자는 날씬하되 마르지 않았고, 가슴은 풍만하되 부담스럽지 않았으며, 다리는 늘씬하되 껑충하지 않았다. 사실, 모멸감을 느낀 여자는 분노를 토해 내는 순간에조차 엄청나게 예뻤다.

"자기도 알지?" 그녀가 말했다. "이러면 아마 휴가를 못 갈 거라는 거?"

"전혀 모르겠는데. 그렇게 생각할 이유는 없어." 클링이 말했다.

"지적해서 미안한데, 자기 지금 교통 위반 딱지 끊고 있는 거 아니거든."

"그렇게 들리라고 한 말도 아니었어." 클링은 실로 수준 높은 말다툼을 벌이게 된 이 상황에 놀라는 한편, 화를 내는 클레어가 사랑스러워 보여, 그녀에게 입을 맞추어 분노가 사그라지게 하고 싶다고 생각했다.

"갓 승진한 멍청한 신참보다야 팔십칠 분서에 가득 들어찬 귀하신 고참들께서 모든 면에서 우선권을 누린다는 건 나도 알고 있어. 하지만 버트, 도대체……."

"클레어……."

"자긴 살인 사건을 해결했어! 경찰청장이 직접 칭찬도 했고, 직접 승진도 시켜 줬어! 약혼자랑 휴가 일정을 맞추려면 뭘 더 해야 돼? 동족상잔이라도 막아야 돼? 감기 치료법이라도 발견해야 돼?"

"클레어, 이건 그런 문제가……."

"뭘 해야 됐든 간에, 그걸 했어야지!" 클레어가 딱 잘라 말했다. "하고많은 날 중에서도 유월 십일이면 휴가 가기엔 최악이야! 온갖 터무니없고 말도 안 되는 날 중에서도……."

"내 잘못이 아니야, 클레어. 클레어, 휴가 일정은 반장님이……."

"……온갖 터무니없고 말도 안 되는 날 중에서도 유월 십일은 단연 대상감이라고!"

"그래 맞아." 클링이 말했다.

"그래 맞아?" 클레어가 되물었다. "맞긴 뭐가 맞아? 이딴 게 어디 있어! 이건 관료제의 농간이야! 전체주의의 폐해라고!"

"더럽게 나쁜 일이지, 맞아." 클링이 동의했다. "그럼 내가 경찰을 그만둘까? 구두장이나 정육점 주인처럼 민주적인 자리를 한 번 알아볼……."

"집어치워."

"내가 난쟁이였으면 아마 비엔나소시지 속을 채우는 일도 얻을 수 있을 텐데 말야. 문제는 내가……."

"그만하라고." 클레어가 다시 말했지만 입가에는 웃음기를 머금고 있었다.

"좀 괜찮아졌어?" 클링이 희망을 품고 물었다.

"속이 메슥거려."

"운이 나빴어."

"뭐 좀 마시자."

"위스키, 스트레이트로."

클레어는 클링을 바라보았다. "망연자실할 거 없어요, 경관님. 세상 끝난 거 아니니까. 최악의 경우에는 다른 여자랑 휴가 가면 되지 뭐."

"그거 괜찮은 생각인데." 클링이 손가락으로 딱 소리를 냈다.

"그러면 자기 두 팔만 부러뜨릴게." 클레어는 위스키를 두 잔 따른 다음 한 잔을 클링에게 건넸다. "해결책에 건배."

"자기가 방금 해결책을 찾았어." 클링이 그렇게 말하고 잔을 입으로 가져갔다. "다른 여자라."

"거기에 대고 건배만 해 봐!"

"십칠일 전에는 기말고사가 시작되지 않는 것 확실해?"

"확실해."

"자기가 어떻게 할 수 없을까?"

"뭘 어떻게 해?"

"나도 몰라." 클링은 잔 한가운데를 들여다보았다. "아, 젠장. 해결책에 건배." 클링은 술을 입에 털어 넣었다.

클레어도 눈 하나 깜빡 않고 자기 몫을 넘겼다. "생각해 봐."

"시험이 몇 개지?" 클링이 물었다.

"다섯 개."

"학기는 언제 끝나?"

"수업은 유월 칠일에 끝나. 그다음 주는 시험 준비 기간이고. 기말고사는 십칠일에 시작해."

"기말고사는 언제 끝나?"

"이 주 후에. 공식적으로 학기가 끝나는 건 그때야."

"유월 이십팔일?"

"응."

"멋지군. 한 잔 더 마셔야겠어."

"그만 마셔. 맑은 정신으로 생각해 봐야지."

"수업이 있는 마지막 주에 시험을 치를 순 없어?"

"불가능해."

"왜?"

"나도 몰라. 그냥 안 돼."

"전례가 없나?"

"없을 거라고 봐."

"젠장, 이건 비상사태잖아."

"그럴까? 버트, 여자 대학교는 여자들만 있는 학교란 말이야. 내가 학장한테 가서 그다음 주에 남자 친구랑 휴가 가기로 했으니까 삼 주 차에 기말고사를 치르고 싶다고 말할 수 있을 것 같아?"

"왜 안 돼?"

"아마 퇴학당할걸. 여자들은 그보다 덜한 일로도 퇴학당한단 말이야."

"나 참, 안 될 게 뭐가 있다는 건지." 클링은 잠시 자기 말을 곱씹어 보다가 다시금 고개를 끄덕였다. "약혼자랑—자기도 그래. 남자 친구가 아니라 약혼자란 말이야— 휴가 가는 게 뭐가 나빠. 더구나 곧 결혼 계획까지 세워 둔 판국에."

"내가 학장에게 하려는 말보다 더 나쁘게 들려."

"그건 자기 마음이 학장 마음만큼이나 사악해서 그런 거야."

"물론 자기 마음은 순진무구하시겠지."

클링은 씩 웃었다. "아무렴."

"그래도 안 될걸."

"그럼 한 잔 더 줘. 온갖 속임수를 짜내 보자고."

클레어는 두 잔을 더 따랐다. "온갖 속임수에 건배." 그녀가 건배했다. 두 사람은 잔을 비웠고, 클레어는 다시 잔을 채웠다.

"물론, 자기가 아이를 가졌다고 말할 수도 있지."

"그게 말이 돼?"

"돼. 그래서 기말고사 기간에 병원에 입원해야 하기 때문에 제발 시험을 조금만 일찍 치르게 해 달라고 하는 거야. 어떨 것 같아?"

"참 그럴듯하네. 학장이 좋아하겠다." 클레어는 잔을 비우고 새로 따랐다.

"천천히 마셔." 클링이 충고했다. 그는 위스키를 비우고 한 잔 더 청했다. "맑은 정신으로 생각해야지. 우리 둘 다."

"만약에……." 클레어가 생각에 잠긴 채 말했다.

"음?"

"아니, 그건 안 되겠다."

"말이나 해 봐."

"아냐, 그건 안 될 거야."

"뭐가?"

"그게, 우리가 결혼해서 기말고사를 못 친다고 하는 거야. 신혼여행을 가야 하니까. 어떻게 생각해?"

"날 겁주려고 하는 이야기라면, 나 겁 안 났어."

"내가 졸업할 때까지 기다리고 싶어 했잖아."

"나야 그렇지. 유혹하지 마."

"알았어. 우으으, 술기운 올라온다."

"정신 놓지 말라고." 클링은 그렇게 말하고는 잠시 생각에 잠겼다. "펜이랑 종이 좀 줘 볼래?"

"뭐하게?"

"학장한테 편지 쓰려고."

"알았어."

클레어가 방을 가로질러 문구류가 놓인 곳으로 다가가는 모습을 보고 클링이 말했다. "엉덩이 씰룩이는 게 아주 멋진데."

"자기 일이나 신경 쓰셔." 클레어가 대꾸했다.

"자기가 내 일이야. 내 필생의 과업이지."

클레어가 킥킥거리며 가다 말고 클링에게로 돌아왔다. 그녀는 그의 어깨에 손을 올리고 상체를 굽혀 클링에게 격정적으로 입을 맞추었다.

"펜이랑 종이 갖다 달라니까."

"갖다 드립죠." 클레어는 다시 걸어갔고, 클링은 다시 그녀를 지켜보았다. 이번에는 만년필 한 자루와 편지지 두 장을 가지고 돌아왔다. 클링은 종이를 커피 테이블 위에 놓고 펜 뚜껑을 연 다음 물었다. "학장 이름이 뭐야?"

"어느 학장? 학장이 여럿인데."

"방학 담당 학장."

"그런 학장은 없어."

"허락은 누구한테 받는데?"

"애나 케일."

"미스야, 미시즈야?"

"미스. 세상에 결혼한 학장 같은 건 없어."

"친애하는 미스 케일." 클링은 편지를 쓰면서 큰 소리로 읽었다. "도입부로 어때?"

"근사해."

"친애하는 미스 케일. 저는 제 딸 클레어 타운센드를 대신하여 이 편지를 쓰고 있습니다……."

"위조죄 아냐?"

"쉬잇. 제 딸 클레어 타운센드를 대신하여 이 편지를 쓰고 있습니다. 클레어가 정해진 시험 기간 대신 유월 셋째 주에 기말고사를 치를 수 있도록 부탁드리는 바입니다."

"작가 해도 되겠는데. 글이 술술 나오네."

"아시다시피," 클링은 계속해서 편지를 써 내려갔다. "클레어는 우수한 학생이며……." 클링은 잠시 펜을 멈추었다. "우수한 학생이야?"

"이 학년 때 우등상 받았어."

"천재가 따로 없네." 클링은 다시 편지로 돌아갔다. "클레어는 우수한 학생이며, 먼저 시험을 치르더라도 추후 시험을 치르게 될 다른 학생들에게 시험 내용을 알리지 않으리라 믿을 수 있는 아이입니다. 저도 이렇게 긴급한 청을 드리고 싶지는 않으나, 제 여동생이 유월 십일에 서부 순회 여행을 떠나게 되었습니다……."

"서부 순회 여행이라고!" 클레어가 말했다.

"유월 십일에 서부 순회 여행을 떠나게 되었으며," 클링은 계속했다. "조카와 함께 가겠노라고 제안해 왔습니다. 이는 지나칠 수 없는 기회이며, 제가 생각하기에는 학사 일정을 엄격하게 따르는 것보다 이편이 젊은 여성의 교육에 더 많은 것을 제공할 수 있으리라 봅니다. 학장님께서도 그러한 경험이 값진 것이라는 점에 동의해 주시리라 여기며, 틀림없이 학생의 정신을 풍요롭게 해 줄 여행에 반대하지 않으실 줄로 압니다. 학장님께서 옳은 판단을 내리시리라 믿습니다. 존경심을 담아, 랠프 타운센드." 클링이 편지를 쭉 내밀었다. "어때?"

"검사 측 증거물 제 일 호로 딱 좋겠네."

"검사는 됐고. 편지 어때?"

"우리 아버지는 여동생이 없어."

"그런 건 사소한 거야. 극적인 호소력은?"

"훌륭해."

"먹힐 것 같아?"

"딱히 잃을 것도 없잖아?"

"없지. 봉투가 필요한데." 클레어가 자리에서 일어나 문구류가 있는 곳으로 향했다.

"그만 좀 씰룩거려." 클링이 뒤에서 말했다.

"이게 자연스러운 걸음걸이야." 클레어가 대꾸했다.

"너무 자연스럽잖아. 그게 문제라고."

클레어가 봉투를 찾는 동안 클링은 뭔가를 끼적이기 시작했다. 그녀는 봉투를 찾은 다음 엉덩이의 본능적인 흔들림을 자제하면서 가능한 한 뻣뻣한 태도로 방을 가로질러 자리로 돌아왔다.

"좀 낫네." 클링이 말했다.

"로봇이 된 기분이야."

클레어가 봉투를 건네자 클링은 재빨리 앞면에 미스 애나 케일이라고 갈겨썼다. 그는 편지를 접어 봉투에 넣고 봉한 다음 클레어에게 건넸다. "내일 이걸 전달하게. 실수가 있어서는 안 되네. 국가의 명운이 자네의 임무에 달려 있네."

"그보다는 자기가 끼적인 낙서에 더 관심이 가는데." 클레어는 클링이 편지지에 그린 것을 내려다보며 말했다.

"아, 이거." 클링이 가슴을 활짝 펴며 말했다. "내가 미술에 조예가 깊잖아."

그가 편지지에 그린 것은 하트였다. 하트 안에 글자도 적어 넣었다. 그렇게 완성된 걸작의 풍모는 다음과 같았다.

"이 정도면 키스 받을 만한데." 클레어는 클링에게 입을 맞추었다. 하트가 있든 없든 어차피 입을 맞추었으리라. 그럼에도 클링은 놀랍고 기뻤다. 그는 클레어의 입맞춤을 받아들였고, 그녀의 입술은 그의 마음속에서 자신의 예술적 성취와 87분서의 표류 사체에서 발견된 문신 사이의 연관성에 관해 떠올릴 수도 있었을 생각을 완전히 날려 버리고 말았다.

클링은 자신이 적어도 한 가지 수수께끼를 푸는 데에 얼마나 근접했었는지 결코 알지 못했다.

13

두 번째 표류 사체의 이름은 낸시 모티머였다.

경찰의 요청에 따라 오하이오에서 온 부모가 시신을 확인했다. 서른셋에 평범한 취향을 가진 평범한 여자였다. 아이슬라로 간다며 두 달 전에 집을 떠났다. 집을 나설 때 현금 2천 달러를 소지하고 있었다. 부모에게는 친구를 만날 거라고 말했다. 일이 잘 되면 연락하겠다고, 친구를 데려와 소개하겠다고 말했다.

보다시피 일은 잘 풀리지 않았다.

부검 보고서에 따르면, 그 여자는 하브 강 속에 최소 한 달은 있었다.

역시 같은 보고서에 따르면, 그 여자는 비소 중독으로 사망했다.

옛 아랍 속담에 이런 말이 있다.

사실, 요즘 아랍 젊은이들도 하는 말이다. 아마 다양한 경우에 들어맞는 말이라 꾸준히 쓰이는 모양이다. 다음과 같은 말이다.

죽음을 보여 주면 열병쯤은 받아들이기 마련이다.

아랍인들의 이 보석 같은 지혜 속에서 숨은 의미를 찾아내려고 애쓸 필요는 없다. 아마 프로이트 학파의 사기꾼들이라면 이 뻔한 옛 속담에다 죽음에 관한 고찰이라는 가치를 덧붙이려 들 것이다. 우리는 그럴 필요 없다. 우리는 그냥 그것을 있는 그대로 보고 말하는 그대로 받아들이면 된다.

그것은 이런 말이다.

자갈을 먹이면 건빵만 줘도 고마워하기 마련이다.

그것은 이런 말이다.

쭈그렁 노파와 자게 하면 중년 마작쟁이랑만 자도 고마워하기 마련이다.

그것은 이런 말이다.

죽음을 보여 주면 열병쯤은 받아들이기 마련이다.

프리실라 에임스는 죽음을 보았고, 그래서 열병을 받아들일 준비가 돼 있었다. 고향인 피닉스에 살던 시절 프리실라 에임스가 어울렸던 많은 남자들은 남성에 대한 그녀의 평가를 상당히 낮춰 놓았다. 그렇게 그녀는 죽음을 보았고, 펜팔 잡지를 통해 주소를 알게 된 남자와 상당히 긴 편지를 주고받은 끝에, 이제 열병을 받아들일 준비가 돼 있었다.

기쁘고 놀랍게도, 열병인 줄 알았던 것이 환희로 밝혀졌다.

블라인드 데이트라는 건 아무래도 약간의 주의를 요하기 마련이다. 멀리 피닉스에서부터 남자를 만나러 길을 떠날 때라면—이미 남자의 사진을 보았고, 사진으로는 괜찮아 보였지만, 그녀 자신도 사진을 교환할 때는 좀 색다른 포즈를 취해 가며 약간의 사기를 쳤으니만큼— 빛나는 갑옷을 입은 기사를 만나리라고 기대하지는 않는 법이다.

특히 프리실라 에임스라면. 이미 오래전에 그런 기사 따위는 공상의 산물에 불과하다고 일축해 버린 그녀라면.

그런데, 세상에나, 빛나는 갑옷을 입은 기사가 와 있었다.

바로 여기, 성스러운 손길이 인도하사, 눈부시게 빛나는 남자 중의 남자, 하얀 이를 활짝 드러내는 미소와 웃음기 어린 눈과 부드러운 목소리와 아폴로 같은 육체의 금발 거인이 우뚝 서 있었다!

바로 여기, 성자들께서 보우하사, 모든 젊은 아가씨들의 기도에 대한 응답이, 절실히 갈구했던 응답이, 세상의 전부이자 궁극인 존재가 와 있었다!

여기에, 한 남자가 있었다!

프리실라는 화물 트럭에 치인 기분이었다. 비행기에서 내리자 그 남자가 기다리고 있었다. 남자는 활짝 웃으며 프리실라에게 다가왔고, 그녀는 심장이 빨라지는 것을 느끼며 즉시 이렇게 생각했다. **아냐, 뭔가 착오가 있을 거야. 이 사람이 아닐 거야.** 그런 다음 그녀는 그 남자가 맞다는 사실을, 그 남자가 바로 자신이 평생 기다려 왔던 남자임을 깨달았다.

처음 만난 그날은 근사했다. 정말로 근사했다. 이 마법처럼 멋진 도시에 와서 관광 명소를 구경하고, 주변의 떠들썩한 소리를 듣고, 다시금 놀랍도록 살아 있다는 기분을 느끼고, 무엇보다도 곁에 있는 그의 존재감을, 주저하듯 자신의 팔 위에 얹은 손가락을, 강하지만 부드러운 그 손가락을 느낀다는 건 근사한 일이었다. 함께 점심을 먹고 호텔로 온 이후, 남자는 한시도 프리실라 곁을 떠나지 않았다. 이제 두 주가 지났는데도 여전히 그라는 기적에 적응할 수 없었다. 황홀경에 빠진 그녀는 이 남자와 함께하는 인생은 앞으로도 쭉 이런 식일지, 늘 정신없는 흥분과 함께하게 될 것인지 궁금해했다. 맙소사, 그녀는 그에게 취해 있었다!

지금 프리실라는 호텔 침실의 거울 앞에 서서 그를 기다리고 있었다. 자신이 전보다 예뻐진 것 같았다. 머리카락의 갈색도 더 진해지고, 눈도 더 빛났고, 가슴도 더 풍만해 보였고, 엉덩이도 더 여성스러워 보였다. 이게 다 그 덕분이었다. 그가 자신에게 해 준 일 덕분이었다. 그녀는 그의 사랑을 하얗게 빛나는 갑옷처럼 두르고 있었다.

노크 소리가 들리자 프리실라는 문으로 달려갔다. 그는 짙은 청색 트렌치코트를 입고 있었고, 비를 맞아 헝클어진 금발 머리 한 가닥이 이마에 걸려 소년 같은 분위기를 자아냈다. 그녀는 즉각 그의 품에 안겼고, 입은 그의 입을 찾았다.

"달링, 달링." 그녀가 그렇게 말하자 그가 프리실라를 꼭 끌어안았다. 그녀는 그에게서 담배와 애프터셰이브 로션 냄새를 맡았고,

빗물이 스민 옷 냄새 또한 맡을 수 있었다.

"프리스." 그의 말은 애무와도 같았다. 그 누구도 그처럼 그녀의 이름을 불러 준 적은 없었다. 그 누구도 그 이름을 중요한 이름으로, 오직 그녀만의 이름으로 불러 준 적은 없었다. 그가 그녀를 떼어 낸 다음 바라보았다. "아름다워. 난 정말 운이 좋은 사람이야."

프리실라는 칭찬에 대답할 말을 찾을 수 없었다. 처음에는 그저 사탕발림이라고만 생각했다. 하지만 이 남자에게서는 진실함과 정직함이 묻어났고, 눈에서 진심을 읽을 수 있었다. 자신의 단점이 무엇이든 간에, 이 남자는 진심으로 자신이 아름답고 재치가 넘치고 명랑하다고 믿는다는 기분이 들었다.

"우산 가져올게." 프리실라가 말했다.

"필요 없어." 그가 대답했다. "따뜻하고 좋은 비야, 프리스. 우산 안 쓰면 안 돼? 난 비를 맞으며 걷는 걸 좋아하거든. 당신과 함께 빗속을 걷고 싶어."

"당신이 좋다면야." 프리실라는 그를 올려다보았다. 나, 완벽한 바보처럼 보일 거야. 그녀는 생각했다. 분명히 내 눈에 담긴 애정을 알아차릴 거야. 분명히 내가 다 큰 여자가 아니라 멍청한 애라고 생각할 거야. "어디로…… 오늘 밤엔 어디로 갈 거야?"

"멋진 저녁 식사가 있는 곳." 그가 말했다. "할 얘기가 꽤 많아."

"얘기?"

"그래." 그는 눈살을 찌푸리고 있는 프리실라의 얼굴을 보고 눈을 반짝였다. 그의 손가락이 그녀의 이마를 어루만지며 주름을 펴

주었다. "심각한 표정 지을 거 없잖아." 그가 탓하듯 말했다. "내가 당신 사랑한다는 거 몰라?"

"정말?" 그렇게 묻는 그녀의 눈에 잠시 두려움이 어렸다.

그가 그녀를 끌어당기며 말했다. "당연히 사랑하지, 프리스. 프리스, 난 당신을 사랑해." 그러자 두려움은 사라졌다.

프리실라는 그의 어깨에 이마를 묻었다. 입에는 작고 만족스러운 미소가 걸렸다.

두 사람은 빗속을 걸었다.

그가 말했던 것처럼 따뜻한 비였다. 비는 도시를 부드럽게 어루만졌다. 비는 잃어버린 연인을 찾는 회한에 찬 처녀처럼 콘크리트 협곡 사이를 두리번거렸다. 비는 속삭이는 목소리로 건물과 배수구와 홀로 남겨진 공원 벤치에 말을 걸었고, 새로 돋은 나뭇잎과 따뜻하고 촉촉한 흙을 밀고 나와 하늘을 향해 자라는 새순에게도 말을 걸었다. 비는 아주 오래전부터 존재했던 음절로 말을 걸었고, 팔짱을 낀 채 비의 노래가 주는 온기에 안겨 도시를 가로지르며 나아가는 두 연인 프리실라와 그녀의 남자에게 말을 걸었다.

그는 식당에 도착해서 트렌치코트를 털었다. 물품 보관소의 예쁜 빨강 머리 아가씨는 그가 코트를 맡기자 그의 멋진 외모에 넋을 잃고 미소를 보냈다. 하지만 그는 미소를 받아 주지 않은 채 돌아서서 프리실라가 코트를 벗도록 도와 준 다음 코트를 팔에 걸치고는 수석 웨이터를 찾았다.

웨이터는 커플을 식당 구석 자리로 안내했다. 바닥에는 커다란 흑백 체크무늬 타일이 깔려 있었다. 벽은 화려한 이탈리아식 모자이크로 되어 있었고, 높이 달린 창을 통해 황혼 녘의 얼룩덜룩한 빛이 실내로 쏟아졌다. 대리석 테이블 한가운데에는 초가 밝게 타오르고 있었다. 프리실라의 귀에 바 근처 어딘가에서 나는 앵무새의 울음소리가 들려왔다. 그녀는 목을 길게 빼고 보라색과 빨간색과 오렌지색과 노란색과 밝고, 선명하고, 생생한 녹색 등 색색의 술이 담긴 커다란 술 단지들이 늘어선 곳 너머를 바라보았다.

"지금 주문하시겠습니까?" 수석 웨이터가 물었다.

"일단 술부터." 그가 대답했다. "레미 마르탱으로. 프리스?"

그녀는 그가 적절한 프랑스어 억양을 섞어 술 이름을 발음하는데에 넋을 놓고 있었다. "왜?"

"뭔가 마시겠어?" 그가 웃으며 말했다.

"위스키 사워로요." 그녀가 말했다.

"알겠습니다. 숙녀분께는 위스키 사워, 실례지만 신사분께서는 뭐라고 하셨지요?"

그는 수석 웨이터를 쳐다보았다. 순간 눈에 감출 수 없는 짜증이 스쳤다. 그는 거의 잔인하다 싶을 정도의 통렬함을 담아 말했다. "레에에에미 마르탱." 마치 거리의 부랑아 같은 발음이었다.

"네, 선생님. 알겠습니다, 선생님." 수석 웨이터는 고개를 숙여 보이고 테이블에서 물러났다.

프리실라는 그의 담대함과 민첩함과 확신에 매료되어 자신의 남자를 바라보았다.

"무슨 이야기를 하려는 건데?" 그녀가 물었다.

"일단 술부터 마시고." 그가 웃으며 말했다. "여기 마음에 들어?"

"응, 근사해. 너무나 색달라. 피닉스에는 이런 곳이 없거든."

"여긴 세상에서 가장 경이로운 도시지. 정말로 살아 있는 도시는 여기뿐이야. 사랑에 빠졌을 때는 여기만 한 곳이 없어. 심지어 파리도 못 따라와. 파리가 연인들을 위한 곳이라지만 이 도시에는 상대가 안 돼."

"파리에 가 본 적 있어?"

"전쟁 때 거기 있었어. 특공대였지."

"그거 무척 위험한 거 아니야?" 프리실라는 이미 오래전에 지나간 위험을 두려워하는 건 바보 같은 일이라는 사실을 알면서도 바보 같은 두려움을 느꼈다.

그는 어깨를 으쓱했다. "술이 왔네."

수석 웨이터는 술잔을 조심스럽게 내려놓았다. "이제 메뉴를 보시겠습니까?"

"그러죠."

수석 웨이터가 메뉴를 놓고 발끝으로 조심조심 물러갔다.

프리실라가 자기 잔을 들었다. 그도 자기 잔을 들었다.

"우리를 위하여." 그가 말했다.

"그게 다야?"

"그게 전부야, 프리스." 그렇게 말하는 그의 눈에는 다시금 진심이 빛났다. "내가 원하는 것 전부지. 우리." 그는 술을 마셨다. "좋은데."

프리실라도 그를 따라 술을 마시면서 바보처럼 그를 바라보았다. "얘기…… 얘기할 거라는 건 뭔데?"

"날짜." 그가 간단히 대답했다.

"날…… 날짜?"

"당신과 결혼하고 싶어." 그가 갑자기 테이블 너머로 손을 뻗어 그녀의 손을 붙잡으며 말했다. "프리스, 당신은 내 글을 보았고 내 글에 응답했어. 오, 프리스, 응답한 사람은 여럿 있었어. 정말이지 당신은 이 세상에 외로운 여…… 외로운 사람이 얼마나 많은지 모를 거야. 하지만 그 많은 사람 중에, 이 지구 표면 위에 있는 수백 명, 수천 명, 수백만 명의 사람 중에, 하필이면 우리가 함께하게 된 거야. 우주에서 충돌하는 두 개의 별처럼. 프리스, 각자의 길을 가다가 이렇게 쾅!" 그가 갑자기 손을 들더니 손바닥을 펴서 테이블을 세게 내리쳤다.

프리실라는 갑작스러운 소리에 겁을 먹었지만, 한편으로 흥분도 됐다. 그는 역동적이고 예측불허였으며, 텔레비전에 나오는 사람들이 말하듯 극적인 방면에 있어 재주를 타고난 사람이었다.

"이렇게 말이야. 그리고 갑자기 불꽃이 쏟아졌지. 그렇게 순식간에 당신은 항상 내 삶의 일부였던 것만 같은 존재가 되었어. 순식간에, 난 당신과 떨어진다는 걸 견딜 수 없게 됐어. 순식간에, 난 당신이 영원히 내 것이길 바라게 됐어. 당신도 알지만 난 직업도 있어. 좋은 직업이야. 내가 세상에서 가장 잘생긴 남자는 아니지만……,"

"오, 제발······,"

"······하지만 난 근면성실한 사람이고 당신을 언제까지나 아낄 거야, 프리스. 그래서 당신은 여기 내가 사는 도시에 와서 날 찾게 된 거야. 우리는 서로를 찾았어, 프리스. 난 더는 기다리고 싶지 않아. 조금도."

"무슨······ 무슨 뜻이야?"

"나와 결혼하겠다는 말을 듣고 싶어."

"그럴 거라는 거 알잖아." 프리실라가 그의 손을 찾아 테이블 너머로 손을 뻗으며 대답했다.

"내일."

"무슨······,"

"내일."

프리실라는 테이블 너머로 그를 지그시 바라보았다. 그의 눈이 타오르고 있었다. 그의 입은 상냥하고 부드러워 보였다.

"좋아." 프리실라가 작은 목소리로 말했다.

"좋았어." 그가 활짝 웃었다. "젠장, 키스하지 않고는 못 참겠어." 그는 벌떡 일어나 테이블을 돌아 그녀에게 키스했다. 때마침 웨이터가 주문을 받으러 다가왔다.

웨이터는 헛기침을 하지 않았다. 단지 서서 두 사람이 키스하는 모습을 지켜볼 따름이었다. 키스가 끝나자 웨이터가 말했다. "더······ 어······ 뭐 더 필요하신 건 없으십니까?"

둘은 웃음을 터뜨리고 웨이터에게 주문했다.

"정말 기분 좋아." 프리실라가 말했다.

"끝내줘. 맨손으로 이 도시도 박살 낼 수 있을 것만 같은 기분이야. 프리스, 당신만 내 곁에 있으면 나는 뭐든지 할 수 있어. 그거 알아? 뭐든지 말이야!"

"난…… 당신이 그렇다니 기뻐."

"왜인 줄 알아? 당신의 사랑을 차지했으니까. 당신의 사랑이 날 강하게 해."

"나도…… 나도 강해진 기분이 들어."

"날 얼마나 사랑해?"

"내가 얼마나 사랑하는지 몰라?"

"얼마나?" 그가 재촉했다.

"당신은…… 내게 소중한 건 당신뿐이야."

"프리스." 이제 그의 눈은 환한 빛을 뿜어내고 있었다. "은행에만 달러 정도 있어. 휴가를 가야겠어! 한 달 휴가를 낸 다음 둘이 버뮤다든 어디든 가는 거야, 어때? 유럽도 괜찮고. 어떻게 생각해, 프리스?"

"그럴 순 없어." 그녀가 대답했다.

"어째서?"

"당신 돈을 그렇게 헛되이 쓰게 할 순 없어."

"내 돈?" 그가 무슨 소리냐는 듯 얼굴을 찌푸렸다. "내 돈? 프리스, 달링, 우리가 결혼하면 내가 가진 모든 게 당신 거야. 모든 게."

"그래도……,"

"당신은 그런 식으로 생각하지 않는 거야? 우리가 모든 걸 함께 나눈다고 생각하지 않아?"

"물론 그래. 하지만……"

"그럼 더 말할 필요 없어. 정해진 거야. 버뮤다로 가자고."

"그보다는…… 그보다는 집도 알아보고…… 그리고…… 가구도 들이는 게 더 좋을 것 같아. 신혼여행은 짧아도 돼, 달링. 일단……"

"아, 그렇지, 내가 바보 같았군! 물론 함께 살 집을 알아봐야지. 내 아파트는 너무 작으니까. 특히 나중에 꾸릴 가족까지 생각하면 말이야." 그는 말실수를 했다는 듯 그녀를 바라보았다. "참…… 당신이 쓴 편지가 생각나…… 처음에 쓴 거 말이야. 아이를 좋아하지 않는다는."

"오, 당신 아이라면 갖고 싶어." 프리실라가 말했다.

그가 소심한 미소를 지었다. "그게, 난…… 확신이 없었어. 난……" 그는 감정을 주체하기 버겁다는 듯, 파도에 휩쓸리는 부표처럼 감정의 무게가 머리의 움직임을 좌우한다는 듯 머리를 한쪽으로 기울였다. "어쨌거나 나한테 만 달러가 있어. 그거면 아파트에 가구까지 들일 수 있을 거야."

"그리고 내 돈도." 프리실라가 조용히 말했다.

"당신 뭐?"

"내가 가져온 돈 말이야."

"아, 그래. 그건 까맣게 잊고 있었네." 그가 어디 말해 보라는 듯이 미소를 흘렸다. "얼마나 되는데, 달링? 한 오백 달러 정도 돼?"

놀라움으로 그녀의 눈이 커졌다. "오천 달러 가까이 있다는 거 당신도 잘 알잖아."

"설마!"

"정말이야. 난 진지하다고." 그녀가 활짝 웃었다. 그가 소년처럼 놀라는 모습이 즐거웠고, 그에게 예기치 못한 선물을 안겨 준 것만 같았다.

"그렇게…… 그렇게 많은 현금을 갖고 다닌다고?"

"물론 아니지. 기억 안 나, 달링? 내가 쓴 편지 중에 은행 계좌를 닫을 계획이라고 했더니 당신이 여행자 수표로 바꿔서 갖고 다니랬잖아."

"그랬지. 하지만 난 몰랐어…… 오천 달러나 되는 줄은."

"정확히는 사천칠백 정도야."

"그래도…… 자기, 그거 당장 은행에 넣어 둬."

"왜?"

"그래야 이자가 붙지. 세상에, 뭐 하러 사천칠백 달러를 여행자 수표로 놔둬?"

"그러네."

"내일 아침 일찍, 결혼하기 전에 은행에 당신 계좌를 열자고."

"계좌를 따로 쓰자는 얘기야?"

"당연하지. 그건 당신 돈이잖아?"

"조금 전에 당신이…… 결혼하면 당신이 가진 모든 건 내 거라고 말했잖아."

"물론 그렇지. 그렇고말고, 달링. 전부 진심으로 한 말이야."

"그럼 좀 불공평한 거 아니야?"

"불공평하다니? 뭐가?" 그는 무척 당황스러워 보였다. "내가 뭘 어쨌는데, 프리스? 내가 뭘 잘못 말했어?"

"계좌를 따로 쓰자며."

"무슨 말인지 이해가 안 되는데."

프리실라는 테이블에 몸을 기대면서 그의 눈을 똑바로 바라보았다. "내일, 우리는 결혼할 거야. 나는 당신이 가고 싶어 하는 곳은 어디든 갈 테고, 당신이 하고 싶어 하는 일은 뭐든 할 거야. 나는 당신 거야. 영원히. 완전히 그렇단 말이야. 무슨 게임을 벌이는 것도 아니고, 장난으로 하는 얘기도 아니야. 영원히 그렇다고. 나는 오랫동안 당신을 기다렸고, 이제 계속해서 당신과 함께하길 바라. 내일 아침, 우리는 당신 은행에 갈 거야. 나는 여행자 수표를 찾은 다음 사천칠백 달러를 당신 계좌에 넣을 거야."

그는 이미 고개를 가로젓고 있었다.

"그럴 거야." 프리실라가 말했다. "그럴 거라고."

"그렇게 할 수는 없어. 미안해, 프리스. 난 당신을 원하는 거지 지참금을 원하는 게 아냐." 그가 말했다.

"지참금이 아니야. 우리가 함께할 미래를 위한 자금일 뿐이야. 나도 우리의 미래에 투자할 권리가 있다고 생각하지 않아?"

"그건……,"

"제발 이 문제 가지고 고집 부리지 마, 달링. 그게 내가 줄 수 있는 최소한이야. 게다가 저축하며 살아왔던 외로운 시간들이 아주 헛되지는 않았다는 기분도 느낄 수 있을 테고. 그 시간들에도 가치가 생기는 거야. 당신을 위해 쌓아 올린 시간이 되는 거야…… 그리고 나를 위해서도."

"내일 아침에 이야기하기로 해."

"나한텐 끝난 이야기야. 다른 일 전에 그것부터 해치울 거야."

그는 무언가 몹시 걱정하는 듯했다.

프리실라가 그의 손을 쥐며 말했다. "왜 그래, 달링?"

"내가 꼭 무슨…… 뭐랄까…… 어…… 대금업자 같은 게 된 기분이야!" 그가 격렬하게 말했다.

"바보 같은 소리." 그녀가 다정하게 말했다.

"당신과 은행에 가서 당신이 이서한 수표를 내 계좌에 입금하는 걸 옆에서 지켜보고 있으라니." 그가 머리를 흔들었다. "그건 마치…… 제비가 된 기분일 거야! 안 돼. 그럴 순 없어, 프리스."

"그게 부끄러울 것 같아?"

"그래."

"그럼 호텔에서 현금으로 바꿀게."

"내 심정 같아서는 아예 찾지 않았으면 좋겠어." 그가 말했다. "하지만 호텔에서 찾는다면 그래도 한결 나을 것 같아."

"알았어, 그럼 호텔에서 찾을게. 얌전히 미국 통화로 마련해 놓고 있을 테니까 찾아와서 날 결혼식장으로 데려가 줘."

그가 활짝 웃었다. "나도 참 바보 같지. 알았어, 호텔에서 수표를 찾아 둬. 그런 다음 은행에 가서 예금하고 떠나자. 결혼하러."

"이 주^州에는 대기 기간_{결혼 허가 후 실제 결혼 전까지의 대기 기간}이 있지 않아?"

"응. 다른 주로 갈 거야. 그럼 정리해 볼까. 내가 열 시쯤 갈게. 그때쯤이면 수표를 현금으로 바꿔 놓을 수 있겠지?"

"응."

"좋아. 은행에 가서 당신이 원한다면 내 계좌에 입금하고, 그런 다음 멋진 하루를 보내는 거야. 점심은 시내 어디서 먹고—내가 근사한 곳을 여럿 알아— 주 밖으로 나가는 거야. 아예 그대로 신혼여행을 가 버리면 어때? 아무 데서나 멈추고 싶은 곳에서 멈추고."

"멋지겠다."

"좋아. 그럼 이 계획에 한 번 더 건배할까?"

그가 손가락으로 딱 소리를 내서 웨이터를 불렀다. 웨이터가 테이블로 오기를 기다리는 동안, 프리실라는 테이블 쪽으로 몸을 기대며 가장 값진 영어 세 단어를 속삭였다.

"나는 당신을 사랑해."

그도 간교한 부드러움을 담아 그녀를 바라보며 가장 값싼 영어 세 단어를 속삭였다.

"나도 당신을 사랑해."

테디 카렐라의 내면에는 자신이 남편에게 충분하지 않을지도 모른다는 끊임없는 두려움이 있었다.

어쩌면 말하는 능력이 없기 때문인지도 몰랐다. 테디는 값진 말도, 값싼 말도, 그 어떤 말도 속삭일 수 없었다. 할 수 있는 일이라고는 그저 자신이 그를 얼마나 사랑하는지 보여 주는 것과, 자신이 그의 것임을 보여 주는 무수한 방법을 고안해 내는 것뿐이었다. 그녀는 자신이 결국에는 그를 지겹게 하고야 말리라고 느꼈다. 그가 결국에는 귀로 듣기를 바라마지 않던 말들을 들려줄 다른 여자를 찾아가리라고 느꼈다. 완전히 틀린 생각이었다. 그녀의 얼굴은 그가 알고 싶어 하는 모든 것을 말해 주었다.

하지만 새로운 방법을 고안하고자 하는 헌신 덕분에 그녀는 훌륭한 아내, 그를 항상 놀라게 하는 아내, 카렐라에게 끊임없이 기쁨을 안겨 주고 그의 삶을 매일 생일 파티로 만들어 주는 아내가 되었다. 정말이지, 설령 말을 할 수 있었다고 하더라도 테디 카렐라는 그런 아내가 되었을 것이다. 그녀는 본래가 그런 사람이었다. 그녀의 조상 반은 아일랜드계고 반은 스코틀랜드계였지만, 남편을 향한 태도에는 일종의 동양적인 철학이 깃들어 있었다. 그녀는 그를 기쁘게 해 주고 싶었다. 그가 기쁘다면 자신도 기쁠 것이었다. 그녀는 사랑이 찬란한 것이라는 사실을 알기 위해 책을 읽을 필요가 없는 사람이었다.

그리고 태도가 그처럼 동양적이었기 때문에, 그녀의 마음이 거듭해서 명랑한 찰리 첸과 그의 가게 벽을 장식하고 있던 소중한 나비 도안으로 향하곤 한다는 것도 놀랄 만한 일은 아니었다.

어느 날 밤 스티브가 다가와 얇은 나이트가운을 입은 내 모습을 보고, 어깨에 입을 맞추기 위해 가느다란 한쪽 끝을 내리다가 레이스 같은 검은 나비를 발견하게 되면 그는 어떻게 반응할까?

기대감에 상상력이 부풀었다.

생각하면 생각할수록 좋은 아이디어 같았다. 스티브가 기뻐하리라는 확신이 있었다. 그리고 찰리 첸이 기뻐하리라는 확신도 있었다. 그리고 당연한 얘기지만, 자신도 기뻐할 터였다. 어깨에 나비 문신을 새긴다는 행위에는 무언가 꽤 모험적이고 우스꽝스러운 구석이 있었다. 흥분되는 아이디어였다. 생각하는 것만으로도 흥분을 주체할 수 없을 정도였다.

하지만 많이 아플까? 그녀는 생각했다.

그래, 아마 많이 아플 거야. 그렇지만 첸은 믿을 수 있는 사람 같아 보였다. 첸은 그녀를 아프게 하지 않을 사람 같았다. 그리고 첸은 자신이 남편을 얼마나 사랑하는지 알았다. 왜인지 몰라도 그 점이 중요했다. 나비는 스티브를 위한 선물이었고, 자신의 남자를 향한 여자의 사랑을 알고 이해하는 사람이 새겨야 마땅했다.

아플 테면 아프라지. 하고 말거야!

당장!

그녀는 시계를 흘끗 보았다. 아니, 당장은 아니었다. 스티브가 곧 저녁을 먹으러 올 테니 당장은 아니었다. 그녀는 탁상용 달력으로 다가가 달력을 넘겼다. 모레는 치과 약속이 있었지만 내일은 종일 아무 일도 없었다.

어깨끈 없는 가운을 입으면 문신이 정말 매력적으로 보일까?

그래, 작은 검정 나비가 날아다니는 모양이 되도록 첸이 신경 써서 새겨 주기만 한다면.

그녀는 마음을 굳게 다졌다. 내일, 점심을 먹은 후, 찰리 첸을 만나리라.

그런 다음, 그녀는 스티브를 기다리면서 날아다니는 검정 나비처럼 집 안을 분주히 돌아다니며 마음속으로 콧노래를 불렀다.

14

젊은이에게는 자신만의 골칫거리가 있었다.

그는 도시의 거리를 걸어가면서 자신의 골칫거리에 관해 골똘히 생각하던 중이었으며, 이후 자신에게 일어난 일이 더없이 큰 행운이었다고 생각했다.

젊은이의 옷차림은 깔끔하고 보수적이었다. 은행에 돈깨나 있을지도 모르겠다 싶은 모습이었다. 지나치게 밝아 보이지는 않았다. 그는 도시의 거리를 걷고 있었다. 이제 비가 그친 터라 걷기에 썩 나쁘지 않았다. 사람들이 거리에 하나둘 나타나는 모습이 흡사 포격으로 포위 상태에 있던 이들이 포격이 끝난 후 밖으로 나오는 듯했다. 하늘은 아직 회색이었지만 구름이 얇은 면직물처럼 군데군데 찢기고 있었고, 태양이 이를 뚫고 나오려고 안간힘을 쓰고 있었다.

배수구로 밀려든 물이 하수관으로 쏟아져 들어가면서 낮이 남긴 잡다한 쓰레기들을 실어 날랐다. 아이들은 바지 자락을 말아 올리고 발을 구르며 물을 튀겨 댔다. 상점 주인들은 인도로 나와 엉덩이에 손을 대고 서서 하늘을 올려다보다가 차양을 말아 올렸다. 비가 그치기를 기다리며 어두운 통로로 들어갔던 연인 한 쌍이 다시 나타났다. 여자의 입은 진한 키스에 짓눌렸고, 남자의 입은 립스틱이 묻어 멍처럼 번져 있었다. 둘은 인도에 점점이 생겨난 큰 웅덩이를 피해 가며 씩씩하게 거리를 걸어갔다.

모든 것이 멈추지. 젊은이는 생각했다. 비가 그치고, 태양이 나오고, 다시 태양이 들어가고, 비가 내리고. 내가 겪고 있는 이 골칫거리는 언제쯤 멈출까?

자전거를 탄 소년이 그의 곁을 지나갔다. 인도를 따라 달리던 자전거의 바퀴가 쉿 소리를 내며 물의 지붕을 그려 냈다.

젊은이는 자전거를 탄 소년을 바라보았다. 그는 무거운 한숨을 내쉬었다. 인도의 모퉁이 근처에는 두 남자가 서 있었다. 한 남자는 빨강 머리였다. 다른 남자는 키가 크고 검은 머리에 짙은 청색 슈트를 입고 있었다.

젊은이는 그들에게 흘끗 시선을 던졌다. 젊은이가 다가가자, 청색 슈트를 입은 남자가 앞을 가로막았다.

"실례합니다."

젊은이가 고개를 들었다.

"난 찰리 파슨스라고 합니다. 부탁 좀 드리고 싶습니다만."

"무슨 부탁 말입니까?" 젊은이가 물었다.

"여기 이 친구가," 파슨스가 빨강 머리를 가리켰다. "금화를 하나 갖고 있는데, 내가 그걸 살까 합니다. 그런데 안경을 집에 두고 오는 바람에 동전에 적힌 날짜를 읽을 수 없지 뭡니까. 좀 도와주실 수 있을까 해서."

젊은이는 어깨를 으쓱해 보였다. "제가 좀 바쁩니다만."

"잠깐이면 됩니다. 물론 사례도 하겠습니다."

"뭐, 그렇게 하지요. 동전은 어디 있습니까?"

빨강 머리가 커다란 금화를 보여 주었다. "일본에서 주운 거예요. 막 거기서 돌아왔거든요. 지난주까지는 군에 있었습니다. 막 제대했죠." 빨강 머리가 순진하게 활짝 웃었다. 평범한 시골 청년처럼 보였다. "제 이름은 프랭크 오닐입니다."

젊은이가 고개를 까닥이고 동전을 받았다. "제가 뭘 보면 됩니까?" 그가 물었다.

"연도요. 아래쪽 어디 있을 겁니다." 파슨스가 말했다.

"아래쪽…… 아, 그래요. 여기 있군요. 1801년입니다."

"1801년? 확실해요?"

"그렇게 적혀 있군요. 1801년이라고."

"그거 꽤……." 파슨스가 말을 하다 말고 입을 다물었다.

오닐은 그를 지켜보고 있었다. "그만하면 꽤 오래됐죠. 그렇죠?" 그가 순진하게 물었다.

파슨스는 목청을 가다듬었다. 우연히 무언가 진짜 귀한 것을 발견하고 자신의 발견을 감추려고 하는 기색이 역력했다. "아니, 그 정도면 그리 오래됐다고 할 수 없지. 사실 꽤 평범한 동전이라고 해야겠군. 유일하게 놀라운 점이라면 러시아 동전을 일본에서 발견했다는 것 정도일까."

젊은이는 파슨스를 보고 다시 오닐을 보았다. "러시아가 일본이랑 전쟁한 적이 있었죠."

"아, 맞아요." 오닐이 말했다. "그래서 거기에 동전이 있었던 거군요. 젠장, 그놈의 나라에선 온갖 잡동사니를 손에 넣을 수 있다니까요."

"그래도 동전을 살 용의는 있네." 파슨스가 조심스레 말했다. "물론 그냥 호기심 차원에서 말이야. 아무래도 일본까지 흘러들어 간 러시아 동전이니까."

"뭐, 저도 담배 한 갑 주고 받은 거니까요." 오닐의 꾸밈없는 순박함은 놀라울 정도였다. "그거밖에 안 들었어요."

"십 달러 이상은 줄 수 없네." 파슨스가 신중하게 말했다. 그가 젊은이에게만 슬쩍 윙크를 했다.

젊은이가 얼떨떨한 표정으로 그를 쳐다보았다.

"그럼 그렇게 사신 겁니다." 오닐이 씩 웃으며 말했다.

파슨스는 서두르는 티를 내지 않으려 애쓰며 지갑을 꺼냈다. 그는 20달러짜리 한 장을 꺼내서 오닐에게 건넸다. "잔돈 있나?"

"아뇨, 없는데요. 지폐 주시면 제가 담배 가게에서 바꿔 오죠."

파슨스가 지폐를 주었고, 오닐은 모퉁이에 있는 담배 가게로 향했다. 그가 사라지자마자 파슨스가 젊은이를 돌아보았다.

"원 세상에. 저 동전에 얼마만큼의 가치가 있는지 압니까?"

"아뇨."

"최소한 이백 달럽니다! 그걸 십 달러에 넘기다니!"

"운이 좋으셨군요."

"좋다마다. 내 저 친구 보자마자 촌뜨기인 줄 알아봤지요. 또 무슨 팔 물건이 있을지 궁금하군요."

"뭐가 또 있을 것 같진 않던데요."

"있을 겁니다. 막 일본에서 왔다지 않습니까. 뭘 주워 왔을지 누가 알겠습니까? 돌아오면 캐물어 봐야겠군요."

"음, 그럼 전 이만 가 보겠습니다."

"아니, 좀 더 함께 계셔 주시면 안 될까요? 그 시력이 필요할 수도 있으니까. 하필 이럴 때 안경이 없을 게 뭐랍니까?"

오닐이 담배 가게에서 나오고 있었다. 그는 20달러짜리와 바꿔 온 10달러짜리 두 장 중 한 장과 금화를 파슨스에게 건넸다. 다른 한 장은 그의 주머니 속으로 들어갔다. "그럼, 고마웠습니다." 그가 가려 하자 파슨스가 그의 팔에 손을 올렸다.

"자네 아까…… 어…… 일본에서는 온갖 잡동사니를 손에 넣을 수 있다고 했지. 어떤 걸…… 어…… 두고 한 말이었나?"

"오, 그냥 온갖 잡동사니요."

"예를 들면?"

"뭐, 진주를 좀 갖고 왔어요. 솔직히 이젠 후회되네요."

"왜?"

"그놈의 것들 사느라 한밑천 들였거든요. 지금 당장 돈이 필요한데 말이에요."

"진주를 사는 데에는 얼마나 들었나?"

"오백 달러요." 오닐은 그게 세상에 있는 돈 전부라는 듯 말했다.

"진짜 진주인가?"

"그럼요. 흑진주예요."

"흑진주?"

"네. 자요, 보실래요?" 오닐은 주머니를 뒤져 가죽 자루를 꺼냈다. 졸라맨 끈을 풀고 내용물 일부를 손바닥 위에 쏟았다. 진주는 엄밀히 말해서 검은색은 아니었다. 회색빛이 나는 진주였다.

"이거예요." 오닐이 말했다.

"그 자루 가득 이런 게 들어 있나?" 파슨스가 진주 하나를 집어 살펴보며 물었다.

"네. 백 개쯤 있죠. 어떤 늙은 일본인에게서 샀어요."

"진짜인 거 확실한가?"

"그럼요."

"인조 아니고?"

"제가 인조 진주를 오백 달러나 주고 샀겠어요?"

"그건 그렇군. 그래, 안 그랬겠지." 파슨스는 황급히 젊은이를 보았다가 다시 오닐에게 고개를 돌렸다. "자네…… 자네…… 자네 이걸 팔고 싶다고 했나?"

"그게 말이죠, 제대는 여기서 했는데 사는 곳은 남부거든요. 돌아오는 배에서 제 돈을 전부 잃어버리는 바람에 대체 어떻게 집으로 가야 하나 막막한 참입니다."

"그렇다면…… 아…… 내 오백 달러 주고 이걸 사 줌세." 파슨스는 갑자기 입이 마르는 듯 재빨리 입술을 핥았다. "물론 진짜일 경우에 말이야."

"진짜고말고요. 하지만 오백 달러에 드릴 수는 없어요."

"오백 달러 주고 샀다고 했잖나." 파슨스가 지적했다.

"그야 그렇죠. 하지만 거래하는 데 애를 먹었던 데다 미국까지 가져오는 데에 들인 수고가 있잖아요. 천 달러 아래로는 못 드려요."

"글쎄, 그건 좀 비싼걸. 진짜 진주인지도 확실치 않잖나. 위조일 수도 있어."

"제가 설마 사기를 치겠어요?"

"전에도 사기를 당한 적이 있다네. 어쨌든 자네랑은 알지도 못하는 사이가 아닌가."

"그건 그렇죠. 하지만 제가 보석상에게 먼저 보여 주지도 않고 이 진주를 팔 거라고 생각하시는 건 아니겠죠."

파슨스가 의심스럽다는 듯 오닐을 쳐다보았다. "그 보석상이 자네 친구가 아닌 줄 내가 어찌 알겠나?"

"어느 보석상이든 직접 골라 보시죠. 함께 보석상에 들어가지도 않겠습니다. 진주를 드린 다음 밖에서 기다릴게요. 이건 진짜란 말이에요. 제가 이렇게 싸게 팔려고 하는 건 그저 여기서 빈둥거리고 싶지 않아서 그런 겁니다. 전 집에 가고 싶다고요."

"어떻게 생각하십니까?" 파슨스가 젊은이를 돌아보며 물었다.

"글쎄요."

"함께 보석상에 가 주시겠습니까?"

"왜요?"

"같이 가시죠. 부탁드리겠습니다."

젊은이는 어깨를 으쓱했다. "뭐, 그러죠."

세 사람은 거리를 걷다가 한 보석상에 당도했다. 간판에는 수리, 감정이라고 적혀 있었다.

"여기면 되겠군. 진주를 주게." 파슨스가 말했다.

오닐은 자루를 건넸다.

"같이 가시겠습니까?" 파슨스가 젊은이에게 물었다.

"그러죠." 젊은이가 말했다.

"두고 보세요. 천 달러 값어치는 된다고 말해 줄 겁니다." 오닐이 말했다.

파슨스와 젊은이는 함께 가게 안으로 들어갔다. 오닐은 바깥의 인도에서 기다렸다.

쭈글쭈글한 늙은 보석상이 몸을 수그린 채 손목시계를 들여다보고 있었다. 두 사람 쪽은 보지도 않았다. 그는 검은 접안렌즈를 댄 눈을 찌푸리고 바닷가재의 집게발에서 살점을 파내듯 손목시계를 깨작거렸다. 파슨스가 헛기침을 했다. 보석상은 고개를 들지 않았다. 두 사람은 기다렸다. 벽에 걸린 뻐꾸기시계가 시간을 지저귀었다. 오후 2시였다.

마침내 보석상이 고개를 들었다. 눈을 크게 뜨자 접안렌즈가 활짝 편 손바닥 위로 떨어졌다.

"무슨 일이시오?" 그가 물었다.

"진주를 좀 감정해 주십사 하고요." 파슨스가 말했다.

"어디 있소?"

"이겁니다." 파슨스가 자루를 내밀었다.

보석상은 자루를 졸라맨 끈을 풀었다. 그는 흐릿한 회색빛 구체 몇 개를 손바닥에 올려놓고 흔들어 보았다.

"크기가 좋군. 광택도 좋고. 평활도도 좋고. 뭘 알고 싶은 게요?"

"진품입니까?"

"위조는 아니오. 그건 바로 말해 줄 수 있지." 보석상은 고개를 주억거렸다. "하지만 엑스레이로 검사하기 전에는 양식인지 진짜 동양산인지는 모르오. 검사하고 싶다면 그런 거 하는 가게로 보내야 해."

"값이 얼마쯤 됩니까?"

보석상은 어깨를 으쓱였다. "양식이면 하나당 십에서 이십오 달러 정도 받을 수 있을 게요. 진짜 동양산이면 값이 훨씬 올라가지."

"얼마나 올라갑니까?"

"이만한 크기라면 하나당 백에서 이백은 되지. 최소한 백이오." 보석상은 잠시 말을 멈추었다. "다해서 얼마나 받고 싶은 게요?"

"천 달러요."

"내가 사리다."

"파는 게 아닙니다. 제가 사는 쪽이죠."

"그 자루 안에 얼마나 들었소? 대충 일흔다섯 개쯤?"

"백 개요."

"그럼 밑질 건 없겠구먼. 설령 양식이라고 해도 최소한 개당 십 달러는 받을 테니 천 달러는 되는 게지. 혹시 진짜 동양산이면 어마 어마한 이득을 보는 게고. 진짜 동양산이면 투자한 돈의 열 배는 벌 수 있소. 내가 당신이라면 당장 엑스레이 검사를 해 볼 거요."

파슨스가 씩 웃었다. "고맙습니다. 많은 도움이 됐습니다."

"별말씀을." 보석상은 다시 접안렌즈를 눈에 대고 손목시계를 들 여다보았다.

파슨스가 젊은이를 한쪽으로 끌고 갔다. "어떻게 생각합니까?"

"좋은 거래 같습니다만."

"그러게요. 저 촌뜨기 녀석, 그냥 가게 둬서는 안 되겠어요."

"팔겠다고 했잖습니까. 그냥 갈 리가 있겠습니까?"

"바로 그게 문제란 겁니다. 이 진주가 진짜 동양산이면 저 친구가 한밑천 잡을 테니까. 저 친구가 엑스레이 검사를 해 보기 전에 내가 사야겠어요."

"무슨 말씀이신지 알겠습니다."

"문제는, 내가 옆 주에 산다는 겁니다. 내가 거래하는 은행에 갈 때쯤이면 문을 닫을 겁니다. 이 친구가 내일까지 기다려 주진 않을 거 아닙니까."

"그렇겠지요."

"이 도시에 사십니까?"

"네."

"은행도 여기에 있고요?"

"네."

"은행에 천 달러 있습니까?"

"네."

"이러기는 싫은데."

"뭐가 싫다는 거죠?"

파슨스가 미소 지었다. "이렇게 달콤한 거래를 선생과 나누기가 싫단 얘깁니다."

"나누게요?" 젊은이의 눈에 관심이 어렸다.

"달리 수가 있겠습니까? 저 촌뜨기에게 내일까지 기다려 달라고 했다간 가 버리고 말 텐데."

"오십 대 오십?" 젊은이가 물었다.

"어허, 이거 봐요."

"왜 안 됩니까? 돈은 내가 내는 건데."

"내일이면 준다니까요. 그리고 저 촌뜨기는 내가 발견했습니다. 내가 선생을 붙잡지 않았으면 이런 일이 있는 줄은 까맣게 몰랐을 게 아닙니까."

"그야 그렇지만 내가 은행에 가지 않으면 당신은 저 진주를 못 살 텐데요."

"그건 맞는 말이지만." 파슨스는 눈살을 찌푸렸다. "선생이 진주를 가져간 다음 내일 내게 절반을 팔지 않을지도 모르는데?"

"나는 그런 짓 안 합니다."

"선생 주소랑 전화번호를 알려 줘요."

"좋습니다." 젊은이가 주소와 전화번호를 일러 주자 파슨스가 받아 적었다.

"이게 진짜인지는 어떻게 알지요?" 파슨스가 물었다. "운전면허증도 봅시다."

"난 차가 없습니다. 전화번호부에서 확인해 보시죠." 젊은이는 보석상을 돌아보았다. "아이솔라 전화번호부 갖고 계십니까?"

"됐습니다." 파슨스가 말했다. "선생을 믿죠. 하지만 내일 아침이 되는 대로 선생 집에 가서 오백 달러를 주고 내 진주를 받아 갈 겁니다."

"알겠습니다. 기다리고 있겠습니다."

"이것 참 기가 막힌 거래 아닙니까? 진짜 진주라면 우린 부자가 될 겁니다. 양식이라고 해도 본전은 찾을 테고. 밑질 게 없어요."

"좋은 거래지요." 젊은이가 동의했다.

"저 친구 마음 바꾸기 전에 은행으로 갑시다."

오닐은 밖에서 기다리고 있었다. "뭐래요?"

"인조는 아니라는군." 파슨스가 말했다.

"그렇죠? 제가 뭐랬어요? 천 달러어치는 된대요?"

"대충 그쯤 될 거라더군."

"그래, 사실 거예요, 말 거예요?"

"통장을 가져오려면 집에 들러야 합니다." 젊은이가 말했다.

"그래요, 함께 갑시다."

세 남자는 택시를 잡아타고 시 외곽으로 향했다. 택시는 젊은이를 내려 주고 기다렸다. 그는 통장을 갖고 돌아왔다. 그가 택시 기사에게 목적지를 일러 주었고, 세 사람은 은행으로 향했다. 도착해서 내리자 파슨스가 택시비를 냈다. 젊은이가 은행에 들어갔고, 현금 1천 달러를 갖고 나왔다.

"돈 여기 있습니다."

파슨스가 행복한 웃음을 지어 보였다.

젊은이는 1천 달러를 오닐에게 건넸다.

"진주는 여기 있고요." 오닐이 주머니에서 가죽 자루를 꺼내어 젊은이에게 건넸다. "두 분 정말 고마웠어요. 이제 집에 갈 수 있겠네요."

"한동안은 못 갈 거야."

오닐이 시선을 들었다. 눈앞에 38구경 디텍티브 스페셜의 총구가 들어왔다. "뭐예요?"

젊은이가 씩 웃었다. "케케묵은 다이아몬드 바꿔치기 수법이로군. 다이아몬드를 진주로 바꾼 것뿐이지. 네놈은 내 천 달러를 받았지만 이 자루 안에 든 진주는 틀림없이 인조일 테지. 보석상이 감정했던 진짜 진주는 어디 있지?"

"이봐요." 파슨스가 말했다. "오해한 거요, 선생. 당신……."

"그럴까?" 젊은이는 이미 오닐을 뒤지고 있었다. 잠시 후 그는 진짜 진주가 든 자루를 찾아냈다. "내일 아침 나는 집에 앉아 내 파트너가 오백 달러를 갖고 오기만을 기다릴 테지. 그 파트너는 절대 나타나지 않을 테지만 말이야. 내 파트너는 내게 뜯어낸 천 달러 중에서 자기 몫을 신나게 쓰고 있을 테니까."

"저희 이런 일 해 본 거 처음이에요." 오닐이 겁에 질려 말했다.

"그래? 네놈들을 확인해 줄 만한 사람이 몇 더 있지. 자, 차에 타." 젊은이가 말했다.

"어디로 가는 겁니까?" 파슨스가 물었다.

"팔십칠 분서로." 젊은이가 말했다.

젊은이의 이름은 아서 브라운이었다.

15

그 문신 시술소는 해군 공창 근처에 있었기 때문에 닻, 인어, 물고기가 특기였다. 그 밖에 단검이나 배의 도안, 그리고 하트 안에 새긴 어머니 이름도 다루었다.

가게를 운영하는 남자는 '뽀빠이_{만화가 E. C. 세거가 창조한 선원 캐릭터로, 초기에는 한쪽 눈이 없어 얼굴을 찡그리고 있다는 설정이 있었다}'라고 불렸다. 취한 선원 하나가 문신 바늘로 왼쪽 눈을 도려낸 바람에 붙은 별명이었다. 뽀빠이의 현재 상태를 보아하니 눈을 잃을 당시 그도 취해 있었음이 분명해 보였다. 지금 그는 술에 절어 있었다. 카렐라는 그의 직업을 상기한 다음, 이 사람에게는 문신 도구로 살갗에 그림을 그리게 하는 것은 물론이고 달군 바늘로 작은 가시를 파내는 일도 맡겨서는 안 되겠다는 결론을 내렸다.

"오고 가고, 오고 가고. 항상 그렇수다. 왔다 갔다, 왔다 갔다. 온 세상에서 몰려오지. 그럼 내가 문신을 새겨 주고. 내가 말이야. 내가 살에 색을 칠해 준다고." 뽀빠이가 말했다.

카렐라는 온 세상의 오고 가는 사람들에게는 관심이 없었다. 그는 뽀빠이가 조금 전에 말했던 내용에 관심이 있었다.

"그 커플 이야기를 좀 더 해 주시죠."

"남자가 잘생겼더구먼. 아주 잘생겼어. 덩치도 크고, 키도 크고, 금발 머리였지. 걷는 모양새가 무슨 왕 같고. 부자더구먼. 부자들은 딱 눈에 들어오잖소. 돈깨나 있었어, 그 녀석."

"여자에게 문신을 새겨 주셨습니까?"

"낸시. 그런 이름이었지. 낸시."

"어떻게 아시죠?"

"남자가 그렇게 불렀거든. 부르는 걸 들었지."

"무슨 일이 있었는지 자세히 말씀해 주시겠습니까?"

"여자한테 무슨 일 났소? 낸시한테 문제가 생긴 거야?"

"최악의 문제가 생겼죠. 죽었습니다."

"오." 뽀빠이는 얼굴을 찌푸리고 성한 눈으로 카렐라를 바라보았다. "안된 일이야. 낸시가 죽다니. 교통사고였소?"

"아뇨. 비소로요."

"그게 뭐요?"

"치명적인 독입니다."

"그럴 수가 있나. 낸시가 독을 먹다니. 걘 울었어, 그거 아시오?

내가 문신을 새길 때 말이오. 애처럼 고래고래 소리를 질렀지. 크고 잘생긴 개자식은 그냥 저기 서서 웃고만 있었어. 내가 제 놈을 위해 낙인이라도 찍고 있다는 것처럼 말이야. 내가 여자한테 무슨 상표라도 새기고 있다는 것처럼 말이오. 불쌍한 낸시, 개처럼 앓았지."

"앓다니, 무슨 말입니까?"

"앓았다는 얘기야."

"어떻게요?"

"토했어."

"여자가 구토했단 말입니까?"

"바로 이 가게 안에서. 깡통 한가득 토했지."

"그때가 언제였습니까?"

"막 점심을 먹고 왔댔소. 가게에 들어올 때 여자가 그 얘길 하고 있었지. 자기네 고향에는 중국 음식점이 없다고 말이야."

"이 동네에 중국 음식점이 있습니까?"

"모퉁이 돌아가면. 꼴은 엉망이지만 음식은 정말 괜찮소. 광둥 음식이지. 광둥 음식 좋아하시오?"

"또 무슨 얘기를 하던가요?"

"음식이 맵다고 하더군. 당연한 얘기 아니오?"

"계속하시죠."

"잘생긴 놈이 아가씨 손에다 문신을 해 달랬소. 하트랑 N—A—C."

"그렇게 말했습니까?"

"그래요."

"왜 N-A-C죠?"

뽀빠이가 고개를 틀자 죽은 눈이 카렐라를 정면으로 바라보았다. "그야, 그게 걔들 이름이니까."

"이름이라니, 무슨 말입니까?"

"이니셜. N이 여자 이니셜이잖소. 낸시의 N."

카렐라는 벼락에 맞은 기분이었다.

"A는 그냥 앤드의 A. 낸시 앤드 크리스. 남자놈 이름이 그거였지. 크리스. N. A. C."

"빌어먹을! 그럼 프로젝의 문신은 메리와 크리스라는 뜻이었군! 이런 멍청할 데가!" 카렐라가 말했다.

"뭐요?" 뽀빠이가 말했다.

"남자 이름이 크리스라는 건 어떻게 아십니까?"

"여자가 그랬거든. 남자가 'N-A-C'라고 하니까 여자가 물었소. '왜 낸시와 크리스라고 이름을 전부 새기지 않는 거야?' 여자가 그렇게 말했지."

"남자가 뭐라던가요?"

"공간이 부족하다는 거야. 하트가 작다고 말이야. 나 원, 그 아가씨 그놈한테 넋이 나가 있었지. 그놈이 아가씨한테 드러누워 바지를 벗으라고 했어도 이 자리에서 바로 그렇게 했을 거요."

"문신을 새기시는 동안 여자가 울었다고요?"

"그래요. 애처럼 난리였지. 그게 더럽게 아프거든."

"술에 취해 계셨습니까?"

"내가? 취해? 그럴 리가. 왜 내가 취해 있었을 거라고 생각하는 거요?"

"아무것도 아닙니다. 그래서 어떻게 됐죠?"

"여자는 울고, 나는 일하고. 그러다 여자가 갑자기 속이 안 좋다는 거야. 미남 녀석은 걱정하는 눈치더구먼. 자꾸 여자더러 얼른 가게에서 나가자고 보챘지만, 불쌍한 아가씨는 토해야 했어. 알겠소? 그래서 내가 아가씨를 안쪽으로 데려갔지. 깡통 한가득 토했다고."

"그런 다음에는요?"

"남자가 여자를 데려가고 싶어 했어. 계속 그랬지. '제발, 낸시. 내 집으로 가자고. 어서.' 여자는 같이 가려고 하질 않았어. 나더러 문신을 마저 끝내 달라는 거야. 참 용감한 아가씨 아니오?"

"그래서 끝내셨나요?"

"끝냈지. 작업하는 내내 여자는 속이 더럽게 안 좋았어. 다시 토하지 않으려고 애쓰는 게 보이더구먼." 뽀빠이는 말을 잠시 멈추었다. "하지만 난 문신을 끝냈소. 문신도 괜찮게 나왔지. 미남 녀석이 돈을 내고 나서 둘은 떠났소."

"차로요?"

"그래요."

"무슨 차였죠?"

"그건 못 봤소."

"빌어먹을."

"미안하군. 난 못 봤소."

"여자가 남자의 성을 말했습니까? 크리스라는 녀석 말입니다."

뽀빠이는 잠시 생각했다. "그래, 그래. 말했어. 미래의 뭐시기 부인이 어떻다는 식으로 얘기했지."

"뭐라던가요?"

"기억이 안 나."

"빌어먹을." 카렐라는 다시 욕을 했다. 그는 크게 콧김을 내쉬고 아랫입술을 깨물었다. "남자의 인상착의를 말씀해 주시겠습니까?"

"기억나는 한에서라면야." 뽀빠이가 말했다.

"금발이었습니까?"

"그렇소."

"머리는 길던가요, 짧던가요?"

"보통이었어."

"스포츠머리라든가?"

"안 그랬어."

"그렇군요. 눈은 어떻던가요? 색깔은요?"

"파란색이었던 것 같소. 아니면 회색. 둘 중 하나야."

"코는 어떻게 생겼죠?"

"잘생겼어. 너무 길지도 않고 짧지도 않고. 잘생긴 코야. 잘생긴 녀석이었지."

"입은요?"

"입도 잘생겼어."

"담배를 피우던가요?"

"아니."

"얼굴에 흉터나 모반은요?"

"없었어."

"신체 다른 부위에는 없던가요?"

"내가 그 녀석 옷을 벗겨 본 건 아니니까."

"눈에 보이는 곳에 말입니다. 혹시 손에는 없었나요? 문신은요? 손에 문신은 없었습니까?"

"없었소."

"뭘 입고 있었죠?"

"톱코트. 그때가 이월이었으니까. 검은색 톱코트였어. 빨간색 안감 같은 걸 댄 옷이었지. 아마 빨간 실크였을 거요. 그리고 손을 넣을 수 있게 된 띠도 있었고."

"띠라니요?"

"코트 안쪽에. 왜, 어깨에 꿸 수 있는 띠 같은 것 있잖소. 그런 거 말이야."

"슈트는 어땠죠?"

"트위드. 회색."

"셔츠는요?"

"흰색."

"타이는요?"

"검은 타이. 혹시 상중이냐고 물은 게 기억나는군. 놈은 그냥 옷기만 했지."

"그랬겠죠, 그 개자식. 놈이 몰고 간 차종을 기억 못 하시는 게 확실합니까? 기억하신다면 큰 도움이 될 텐데요."

"난 차는 잘 몰라서."

"혹시 번호판은 보셨습니까?"

"못 봤소."

"그렇지만 놈이 하고 있던 넥타이핀에 관해서는 말씀해 주실 수 있겠죠." 카렐라는 한숨을 내쉬며 말했다.

"그래요. 말머리가 달린 은색 막대형 핀이었소. 좋은 물건이었지. 난 그놈이 경마꾼인가 보다 했지."

"또 기억하시는 건 없습니까?"

"대충 그 정도요."

"어디로 간다고는 말하지 않던가요?"

"했지. 자기 집으로 간댔어. 여자를 눕히고 뭔가 시원한 걸 이마에 올려 주겠다고 하더군."

"어디로요? 어디라고 말하던가요?"

"아니. 그냥 자기 집이라고만 했소. 이 도시 어디라도 될 수 있단 얘기지."

"형사한테 할 소립니까?"

"미안하군." 뽀빠이가 말했다. "남자가 배 아픈 여자를 돌봐 주겠다고 하면 그건 그놈 일이지. 여자 머리에 뭘 올려 주든 말든 내가 상관할 바는 아니니까."

210

"머리가 아니라 발에 뭘 달아 줬죠." 카렐라가 말했다.

"응?"

"여자를 강바닥에 가라앉히기 위해 사십오 킬로그램짜리 추를 달 았습니다."

"물에 빠뜨려 죽였다고?" 뽀빠이가 물었다. "그 녀석이 그 착한 아가씨를 물에 빠뜨려 죽였단 말이오?"

"아니, 그놈은……."

"여기 온 어린것들 중에 제일 용감한 아가씨였는데. 뱃놈들도 여 기 오면 질질 짠단 말이오. 그 여잔 소리도 질렀고 속도 안 좋았지 만 다시 계속하자고 했소. 배짱이 필요한 일이지. 너무 무서워서 속 이 뒤집힐 지경인데도 계속 해 달라고 한다는 건 말이야."

"보통 배짱이 필요한 일이 아니겠죠."

"그런데 그놈이 여자를 물에 빠뜨려 죽였다고? 그럴 수가 있나?"

"물에 빠져서 죽은 게 아니……."

"죽어도 그렇게 죽나." 뽀빠이는 고개를 절레절레 흔들었다. 벌 게진 코에 혈관이 툭 불거져 있었다. 물기 어린 성한 눈은 충혈돼 있었다. 숨결에서는 싸구려 와인 냄새가 났다. "죽어도 그렇게 죽 나." 그는 되뇌었다. "물에 빠져 죽다니."

"그러게 말입니다." 카렐라가 말했다.

그는 감사를 표한 후 가게를 나섰다.

16

크리스 도널드슨이 이미 그녀에게 비소를 먹인 후였다.

비소는 여러 음식을 통해 그녀의 입으로 들어갔다. 차, 볶음밥, 차우멘 등. 그는 그녀가 화장실에 간 사이 모든 음식에 비소를 넣었다. 음식이 나오자 그는 가볍게 "손 씻으러 가자고."라고 말한 다음 프리실라의 팔꿈치를 잡고 그녀를 화장실로 이끌었다. 그는 즉시 자리로 돌아와서 일을 해치웠고, 그녀는 눈앞의 진수성찬에 섞여 든, 냄새도 없고 맛도 거의 없는 비소를 섭취했다.

둘은 은행을 나선 즉시 중국 음식점으로 향했다. 프리실라의 돈은 그의 계좌로 들어갔고, 이제 그녀는 비소를 먹었다. 남은 건 시간문제일 뿐이었다.

그는 살짝 미소를 머금은 채 파충류처럼 무심한 눈길로 그녀를 바라보았다. 그녀가 지난번 여자처럼 너무 일찍 아프지 않길 바랐다. 그때는 참 난처했었다. 아름다운 여자도 심하게 아플 때면 모든 매력이 사라지는 법이다. 게다가 그가 살해했던 여자들, 그리고 지금 살해하는 여자는 아름다움과 거리가 멀었다.

"맛있었어." 프리실라가 말했다.

"차 더 마시겠어, 달링?" 도널드슨이 물었다.

"그래." 그는 작고 둥근 주전자에서 차를 따랐다. "당신은 차 안 좋아해? 한 잔도 안 마셨네." 그녀가 물었다.

"그리 좋아하지는 않아. 나는 커피 취향이라."

그녀는 그에게서 잔을 받아 들었다. "커피에 설탕 넣어?"

"응. 뭐든 다 넣지." 그는 자신의 음산한 유머에 웃음 지었다.

"당신은 좋은 남편이 될 거야." 프리실라는 배부르고 따뜻하고 졸렸다. 이날 오후에 그녀는 결혼할 것이다. 나른함과 만족감과 평온함이 밀려왔다. "당신은 훌륭한 남편이 될 거야."

"최선을 다할 생각이야. 당신을 세상에서 가장 행복한 여자로 만들어 주겠어."

"난 지금 세상에서 가장 행복한 여자인걸."

"당신이 내 여자라는 걸 모두가 알면 좋겠어. 모두가. 모두에게 소리치고 싶어. 모두에게 보여 줄 커다란 간판이 있으면 좋겠어." 도널드슨이 말했다.

프리실라가 빙긋이 웃었다.

그는 그녀의 웃음을 보며 생각했다. **당신, 중독됐다는 사실 알아?**

금속 중독이라는 게 뭔지 알아? 그는 그녀를 바라보며 동정심도 연민도 느끼지 않았다. 이제 머지않았다. 길어 봐야 몇 시간일 것이다. 오늘 밤 그는 다른 여자들을 처리했듯 그녀를 처리할 것이다. 딱 하나, 그의 자아를 충족시키기 위한 일만 남았다. 위대한 화가가 그러하듯, 그도 작품에 서명을 남겨야 했다. 그녀가 서명을 돕도록 이끌어야 했다.

"난 가끔씩 미친 아이디어를 떠올리곤 해." 도널드슨이 말했다.

"아하. 이제야 집안에 정신병력이 있다는 걸 고백하시네. 결혼하기 몇 시간 전에야 비밀을 꺼내 놓으시겠다?" 그녀가 대꾸했다.

"정말이지 미친 아이디어를 떠올리곤 해." 그는 마치 미리 연설을 준비하기라도 한 듯, 이전에도 먹힌 연설이 지금도 틀림없이 먹히리라고 확신하는 듯 고집스럽게 말을 이어나가면서도, 매끄럽게 준비해 둔 그 연설을 그녀의 멍청한 재치가 가로막았다는 사실에 짜증이 났다. "가령 난…… 당신에게 낙인을 찍고 싶어. 당신에게 내 이름을 새겨서 당신이 내 것인 줄 사람들이 알게 하고 싶어."

"어차피 다들 알걸. 내 눈에 다 나타날 테니까."

"그래, 하지만……. 뭐, 바보 같은 얘기인 줄은 알아. 미친 소리지. 내가 미친 소리라고 했지? 미리 경고했잖아?"

"내가 소였다면, 달링," 그녀가 말했다. "기꺼이 낙인을 찍었을 거야."

"뭔가 방법이 있을 거야." 도널드슨이 고심 중이라는 듯 말했다. 그는 테이블 너머로 손을 뻗어 프리실라의 손가락을 어루만졌다.

214

"오, 빨갛게 달군 쇠로 어떻게 하겠다는 건 아니야. 프리스, 그랬다가는 난 죽고 말 거야. 당신이 고통스러워하면 난 죽고 말 거야. 하지만……." 그는 말을 멈추고 그녀의 손을 물끄러미 바라보았다. "저기, 저기 말이야……."

"뭔데?"

"문신. 문신은 어때?"

프리실라가 미소 지었다. "뭐?"

"문신."

"글쎄……." 프리실라는 어리둥절한 표정이었다. "문신이 뭐?"

"문신해 보지 않겠어?"

"안 할래." 그녀가 단호하게 말했다.

"오." 그의 목소리가 가라앉았다.

"도대체 내가 왜 문신을 원하겠어?"

"아냐. 신경 쓰지 마."

그녀가 혼란스러운 눈길로 그를 바라보았다. "왜 그래, 달링?"

"아무것도 아냐."

"당신, 화났어?"

"아니."

"화났잖아. 다 보이는걸. 당신…… 당신 내가…… 문신을 하길 바라는 거야?"

"응."

"내가 당신 말을 제대로 이해한 건지 모르겠어."

"작은 걸로. 당신 손에다가." 그는 다시 그녀의 손을 잡았다. "여기는 어떨까. 엄지와 검지 사이에."

"난…… 주삿바늘이 무서워." 프리실라가 말했다.

"그럼 관둬." 그는 식탁보를 노려보았다. "차 마저 마셔, 달링." 그는 그렇게 말하고는 웃으며 고개를 들어 그녀를 보았다. 패배한 소년 같은 웃음이었다.

"혹시 내가……." 그녀는 말을 끊고 잠시 생각에 잠겼다. "그냥 주삿바늘이 무서워서 그래."

"전혀 아프지 않아. 난 작은 하트면 어떨까 생각했어. 안에 우리 이니셜을 넣어서. 프리실라와 크리스. P-A-C. 그러면 모두가 알 수 있을 거야. 모두들 당신이 내 여자라는 걸 알게 될 거야."

"난 주삿바늘이 무서워."

"아프지 않다니까." 그가 장담했다.

"크리스, 난…… 그것 말고 당신이 원하는 건 뭐든 할 거야. 정말로 뭐든지 말이야. 다만 난 항상 주삿바늘이 무서웠어. 병원에서 주사 맞는 것도 무서워했어."

"그럼 잊어버려." 그가 상냥하게 말했다.

그녀는 그의 눈을 들여다보았다. "당신 화났지, 그렇지?"

"아냐. 화는 무슨."

"화났잖아."

"프리스, 정말 화 안 났어. 그냥 살짝…… 실망했을 뿐이야."

"나한테?"

216

"아니, 당신한테 실망할 리가 있나. 내가 어떻게 당신에게 실망하겠어?"

"그럼 뭐에 실망한 건데?"

"그냥, 내 아이디어가 당신 마음에 들 줄 알았거든."

"마음에 들어, 크리스. 나도 내가 당신 여자라는 걸 사람들이 알았으면 해. 하지만……."

"그래, 나도 알아."

"내가 어린애가 된 것만 같아."

"아냐, 정말 괜찮아. 주삿바늘이 무섭다면야……."

"크리스, 제발. 내가 바보가 된 기분이야. 어쩌면……." 그녀는 입술을 깨물었다. "어쩌면 아프지 않을지도 몰라."

"전혀 안 아파."

"난…… 난 애처럼 굴고 있어."

"됐어." 그는 그렇게 말했지만, 그에게서 느껴지는 냉담함이 그녀를 오싹하게 했다. 다시 그에게 다가가고 싶은 마음이, 그의 존중이 가져다주는 온기 속에 안락하게 묻히고 싶은 마음이 간절했다.

"뭐…… 뭐든 당신이 말하는 대로 할게." 프리실라가 말했다.

"아냐, 그런 소리 할 거 없어." 도널드슨이 손가락으로 딱 소리를 내며 웨이터를 부르고 그녀에게 말했다. "여기서 나가자."

"할게, 크리스. 나…… 그거 할게. 문신. 당신이 원하는 건 뭐든."

그의 눈빛이 부드러워졌다. 그가 그녀의 손을 잡고 말했다. "그래 주겠어, 프리스? 그래 준다면 정말 행복할 거야."

"난 당신을 행복하게 해 주고 싶어."

"좋았어. 바로 차이나타운 변두리에 문신 시술소가 하나 있어. 아프지 않을 거야, 프리스. 내가 장담할게."

그녀는 고개를 끄덕였다. "나 겁먹었어."

"그럴 거 없어. 내가 바로 옆에 있을 텐데."

그녀는 손으로 입을 가리고 크게 트림이 나오려는 것을 삼켰다. "여기 음식은 너무 기름지네." 그녀가 미안하다는 듯이 웃어 보였다. "정말 맛있지만 기름겨. 속이 약간 불편해."

그녀를 바라보는 그의 눈에 걱정이 어렸다. 웨이터가 테이블로 다가와 조용히 계산서를 앞면이 밑으로 가게 놓았다. 도널드슨은 계산서를 집어 흘끗 보고는 테이블 위에 팁을 올려 둔 다음 프리실라의 팔을 잡고 계산대에 가서 계산을 마쳤다.

음식점을 나서면서, 그가 말했다. "중국 사창가에 간 남자 이야기 알아?"

"오, 크리스."

"남자가 사창가에 갔다가 오 분만에 나오자 마담이 보고 깜짝 놀랐어. 마담이 그랬지. '손님은 오 분 전에 밍 토이랑 들어가셨잖아요. 그 애가 우리 가게에서 가장 아름다운 아이인데.' 그러자 남자가 마담을 보고 말했어. '뭐, 중국 음식이란 게 그런 거잖아요.'"

프리실라는 웃음을 터뜨리고 나니 잠시 정신이 드는 듯했다. "아직도 속이 불편해."

그는 그녀의 팔꿈치를 잡으며 재빨리 안색을 살폈다. 그런 다음 발걸음을 재촉하며 말했다. "서두르는 게 좋겠어."

찰리 첸이 테디 카렐라를 보고 놀랐다고 말하는 것은 지나치게 얌전한 표현이 될 것이다.

가게 문은 닫혀 있었다. 문이 열리며 종소리가 작게 딸랑이자 그는 흘긋 고개를 들어 시선을 던졌다가 다음 순간 담배를 피우며 앉아 있던 의자를 박차고 육중한 몸을 일으켜 가게 앞쪽으로 나갔다.

"오!" 둥근 얼굴이 기쁨 가득한 미소로 활짝 펴졌다. "형사님 예쁜 부인 다시 왔어요. 찰리 첸 큰 영광입니다. 찰리 첸 기분 우쭐합니다. 어서, 앉아요, 부인……." 그는 잠시 머뭇거렸다. "찰리 첸 이름 잊었어요."

테디는 손끝을 입술에 댄 다음 고개를 저었다. 첸은 이해하지 못한 눈빛으로 그녀를 쳐다보았다. 그녀가 같은 동작을 반복했다.

"말 못 해요, 혹시? 후두염?" 첸이 물었다.

테디는 웃으며 고개를 가로젓고 손을 입에서 귀로 가볍게 움직였다. 첸은 그제야 이해했다.

"오." 첸이 말했다. "오." 첸의 눈이 흐려졌다. "정말 미안해요, 정말 미안해요."

테디는 고개를 살짝 가로저으며 어깨를 살짝 들고 손을 살짝 틀어 보여 첸에게 미안해할 것 없다고 설명했다.

"그래도 나 이해해요? 내가 하는 말 알아요?" 첸이 물었다.

네. 그녀가 고개를 끄덕였다.

"좋아요. 부인, 찰리 첸의 누추한 가게에 들어온 가장 아름다운 숙녀분이에요. 심장에서 우러나온 말이에요. 요즘 세상에 아름다움 많지 않아요. 아름다움 별로 없어요. 진짜 아름다움 보는 거, 나 기쁘게 해요. 아주 행복해져요. 아주 행복해요. 내 말 너무 빨라요?"

테디는 고개를 흔들었다.

"내 입술 읽어요?" 첸이 감탄하며 고개를 끄덕였다. "아주 똑똑해요. 아주 똑똑해요. 왜 찰리 첸 만나러 왔어요?"

테디는 양손 엄지를 교차시킨 다음 손이 나는 것처럼 움직였다.

"나비?" 첸이 경악하며 물었다. "나비 원해요?"

네. 테디가 그의 반응에 기뻐하며 고개를 끄덕였다.

"오." 첸이 말했다. "오오오오오." 마치 그녀의 답이 자신의 가장 과격한 꿈을 이루어 주기라도 한 모습이었다. "나 아주 예쁘게 새겨요. 아주 큰 나비 새겨요."

테디가 고개를 가로저었다.

"큰 나비 아니에요? 작은 나비?"

네.

"아, 아주 똑똑해요. 아주 똑똑해요. 예쁜 아가씨께는 섬세한 나비. 큰 나비 좋지 않아요. 작고, 조그맣고, 예쁜 나비 더 나아요. 부인 아주 영리해요. 부인 아주 아름답고, 부인 아주 영리해요. 나 해요. 와요. 들어와요. 어서. 들어와요."

첸은 가게 뒤편으로 이어지는 주렴을 걷으며 화려하게 절을 해보이고는 테디가 지나가도록 옆으로 비켜섰다. 그녀는 곧장 벽에 박혀 있는 나비 도안으로 다가갔다. 미소를 짓던 첸은 다른 쪽 벽에 벌거벗은 여자의 사진이 담긴 달력이 있다는 사실을 처음으로 깨달은 듯했다.

"예쁜 아가씨들을 용서해 주세요. 멍청한 아들들이 걸어요." 첸이 말했다.

테디가 달력을 슬쩍 보고 웃었다.

"색깔 정해요?" 첸이 물었다.

그녀가 고개를 끄덕였다.

"어느 색?"

테디가 자기 머리카락을 만졌다.

"검정색? 아, 좋아요. 검정 아주 좋아요. 작은 검정 나비. 와요. 앉아요. 나 해요. 아픔 없어요. 찰리 첸 아주 조심해요."

그는 그녀를 앉혔고, 그녀는 그를 지켜보았다. 살짝 겁이 나기 시작했다. 어깨에 문신을 새기기로 결심하는 건 괜찮았지만, 그걸 실천에 옮기는 것은 또 다른 문제였다. 그녀는 그가 가게 여기저기를 돌아다니며 도구를 준비하는 모습을 지켜보았다. 그녀의 눈이 쟁반처럼 휘둥그레졌다.

"겁나요?" 첸이 물었다.

테디는 아주 살짝 고개를 끄덕였다.

"그럴 거 없어요. 전부 다 잘 굴러가요. 나 약속해요. 아주 깨끗하고, 아주 위생적이고, 아주 해 없어요." 그가 웃어 보였다. "아주 안 아프고요."

테디는 계속 그를 바라보았다. 심장이 입으로 튀어나올 것만 같았다.

"아주 진한 검정 써요. 진짜 검정 아니면 검정 좋지 않아요. 안 그러면 회색 돼요. 삶은 회색으로 가득해요, 예쁜 숙녀분. 진한 흰색 없고 진한 검정색 없어요. 다 회색이에요. 아주 슬퍼요, 인생은." 첸은 연필과 종이 한 장을 테이블에 올려놓았다. 그는 종이 위에 여러 개의 원을 그렸다. 하나는 10센트 크기, 하나는 5센트 크기, 또 하나는 25센트 크기, 그리고 마지막으로 50센트 크기였다.

"나비 크기 어떤 거 원해요?" 그가 물었다.

테디는 원들을 살펴보았다.

"가장 큰 거 너무 커요, 안 그래요?"

테디가 고개를 끄덕였다.

"좋아요. 없애요." 첸은 50센트 크기 원에 크게 가위표를 했다.

"가장 작은 거 너무 작아요, 그래요?" 그가 물었다.

테디는 다시 고개를 끄덕였다.

"푸!" 첸은 10센트 크기 원에 가위표를 했다. "둘 중 어떤 거요?" 그는 5센트 크기 원과 25센트 크기 원을 가리키며 물었다.

테디가 어깨를 으쓱했다.

"내 생각은 더 큰 거예요, 아니에요? 그거면 찰리가 날개에 멋진 레이스 그릴 수 있어요. 너무 작으면 어려워요. 할 수 있지만 어려워요. 더 큰 건 효과 좋아요. 온통 레이스 같아요. 아주 예뻐요." 그가 고개를 한쪽으로 기울이며 검지를 세웠다. "하지만 너무 크면 안 돼요. 너무 크면 안 좋아요." 그가 고개를 끄덕였다. "인생 속 대부분 너무 커요. 회색이고 너무 커요. 사람들 검정색과 흰색 잊어버려요. 사람들 작은 거 잊어버려요. 내가 뭐 얘기해 줄게요."

테디는 첸을 바라보았다. 그가 자신의 마음을 편하게 해 주려고 이러는 건가 싶었고, 동시에 실제로 마음을 편하게 해 주고 있다는 사실을 깨달았다. 조금 전까지만 해도 느끼고 있던 공포가 빠르게 잦아들고 있었다.

"듣고 싶어요?" 첸이 물었다.

테디는 고개를 끄덕였다.

"나 아주 예쁜 여자와 결혼했어요. 상하이에서. 상하이 알아요?"

테디는 고개를 끄덕였다.

"상하이 아주 멋진 도시예요. 나 거기서도 문신했어요. 문신, 중국에서 아주 솜씨 필요한 기술이에요. 나 많은 사람에게 문신해요. 그러다 아주 예쁜 아가씨랑 결혼해요. 상하이 전체에서 가장 예쁜 아가씨예요. 중국 전체에서 가장 예쁜 아가씨예요! 내게 세 아들 낳아 줘요. 나 아주 행복하게 해 줘요. 그 사람과 살면 검고 하얘요. 대조 날카롭고 선명해요. 모든 게 맑고 밝아요. 모든 게 깨끗해요. 회색 없어요. 작은 일에 큰 관심 가져요. 아주 기뻐요, 아주 행복해요." 첸이 추억에 잠긴 채 고개를 끄덕이고 있었다. 그의 눈이 살짝 게슴츠레해졌고, 그런 그를 보는 테디는 다음 말이 이어지기도 전에 슬픔을 느꼈다.

"그녀 죽어요." 그가 말했다. "인생 아주 웃겨요. 좋은 거 일찍 죽

어요. 나쁜 거 절대 안 죽어요. 그녀 죽어요. 인생 다시 회색이에
요. 세 아들 있지만 웃음 없어요. 더는 상하이에 빛 없어요. 더는 사
람들 말하지 않아요. 더는 행복 없어요. 텅 빈 찰리 첸뿐이에요. 텅
비어요."

그가 말을 멈추었고, 그녀는 손을 뻗어 그의 손을 잡고 위로해 주
고 싶었다.

"여기 미국에 와요. 아주 좋은 나라예요. 나 직업 가져요. 문신
해요." 그는 머리를 흔들었다. "그럭저럭 먹고 살아요. 맏아들 대
학 보내요. 내가 말하는 것처럼 그렇게 멍청하지 않아요. 어린 애들
도 학교에서 잘해요. 나 사는 법 배워요. 딱 하나만 없어요. 아름다
움. 아름다움 찾기 아주 힘들어요." 첸은 미소를 지었다. "부인 내
가게에 아름다움 가져와요. 나 아주 고마워요. 나 아름다운 나비 해
요. 나 아름다운 나비 하지 않으면 내 손가락 시들고 말아요. 이거
나 장담해요. 또 하나, 안 아픈 거 장담해요. 이것도 나 장담해요.
긴장 풀어요. 알았죠? 블라우스 버튼 살짝 풀고 어깨 꺼내요." 그는
잠시 머뭇거렸다. "어느 어깨? 왼쪽? 오른쪽? 결정하는 거 아주 중
요해요."

테디는 왼쪽 어깨를 만졌다.

"아, 안 돼요. 왼쪽 어깨에 나비 나쁜 징조예요. 오른쪽 해요. 알
았어요? 괜찮아요? 예쁘고 작고 검고 레이스 같은 나비 오른쪽 어
깨에 해요. 알았지요?"

테디는 고개를 끄덕였다. 그녀는 맨 위 단추를 푼 다음 블라우스

를 어깨 밑으로 내렸다.

바늘을 보던 첸이 갑자기 고개를 들었다.

문에 달린 종이 울렸다.

누군가가 가게로 들어왔다.

17

테디 카렐라가 가게 안쪽에서 문신을 하기 위해 기다리고 있지 않았더라면, 첸은 그 키가 큰 금발 남자를 알아보지 못했을지도 모른다.

금발 남자의 훤칠한 외모가 인상적이기는 했지만 첸이 그를 본 것은 한 번뿐이었으며 그나마도 오래전 일이었기 때문이다. 하지만 지금, 가게 안쪽에 테디가 있었고, 테디의 남편이 경찰이라는 사실을 또렷하게 상기하고 있었기 때문에 첸은 주렴을 걷으며 밖으로 나온 순간 자신과 마주하고 있는 금발 남자를 알아보았다.

"무슨 일이죠?" 첸은 남자의 얼굴을 보았고, 흥미롭게도 그 순간 자신도 모르게 중국어로 생각하기 시작했다. 이 남자가 바로 그 형사가 찾던 남자야. 지금 문신을 하기 위해 기다리고 있는 아름다운 부인의 남편. 이 남자가 그 남자야.

"안녕하십니까. 맡길 일이 있어서." 도널드슨이 말했다.

첸은 도널드슨 곁에 있는 여자에게 눈길을 돌렸다. 그녀는 예쁘지 않았다. 머리카락은 칙칙한 갈색에 눈은 빛바랜 갈색이고 안경을 썼으며 안경을 통해 주시하는 모습이 전혀 예쁘지 않았다. 게다가 그녀는 약간 아파 보였다. 얼굴에는 긴장한 기색이 역력했고, 피부는 창백했다. 전혀 좋아 보이지 않았다.

"어떤 종류 일이지요?" 첸이 물었다.

"문신이오." 도널드슨이 웃으며 대답했다.

첸이 고개를 끄덕였다. "신사분께 문신, 알았습니다."

"아니요." 도널드슨이 정정했다. "여기 숙녀분께." 이제 의심의 여지가 없었다. 이 남자였다. 여자가 죽었고, 어쩌면 이 남자가 죽였을지도 모른다. 첸은 눈을 가늘게 뜨고 남자를 바라보았다. 이 남자는 위험했다.

"자리 앉으시겠습니까? 곧 다시 옵니다."

"서둘러요. 우리 바쁘니까."

"눈 깜빡하면 옵니다." 첸은 주렴을 걷으며 서둘러 가게 안쪽으로 들어갔다. 그는 곧장 테디에게 다가갔다. 그녀는 그의 얼굴에 어린 불안을 바로 알아보고는 즉시 관심을 집중했다. 무슨 일이 일어났고, 첸이 큰 곤경에 처했다.

첸이 속삭였다. "남자 여기. 당신 남편 원하는 남자. 이해해요?"

테디는 잠시 이해하지 못했다. 남자가 있다? 내 남편이 원하는……. 의미가 분명해진 순간, 등골에 전율이 흐르고 머리카락이 곤두섰다.

"남자 여기 여자랑." 첸이 말했다. "문신 원해요. 이해해요?"

그녀는 침을 꿀꺽 삼키고 고개를 끄덕였다.

"어떻게 해야 하지요?" 첸이 물었다.

"나…… 몸이 좋지 않아." 프리실라 에임스가 말했다.

"금방 끝날 거야." 도널드슨이 그녀를 안심시켰다.

"크리스, 나 몸이 정말 안 좋아. 속이……." 그녀는 고개를 흔들었다. "거기 음식 괜찮았던 걸까?"

"괜찮았고말고, 달링. 문신 끝난 다음에 어디 들러서 두통약 같은 걸 사자, 알았지? 갈 길도 먼데 당신이 아프면 안 되지."

"크리스, 우리…… 꼭 문신을 해야 해? 나 몸이 너무 안 좋아. 내 평생 이렇게 안 좋았던 적이 없는데."

"괜찮아질 거야, 달링. 음식이 너무 기름졌나 봐."

"응, 뭔가 안 맞았나 봐. 크리스, 너무 힘들어."

카렐라는 아파트 현관문을 열었다.

"테디?" 그는 그렇게 부른 다음에야 그녀가 자신의 입술을 보지 못하는 이상 이름을 불러 봐야 소용없다는 사실을 깨달았다. 그는 문을 닫고 거실로 들어갔다. 재킷을 벗어 안락의자에 던진 후 부엌으로 갔다.

부엌은 비어 있었다.

카렐라는 어깨를 으쓱하고 거실로 돌아가 침실 문을 열어 보았다. 테디는 침실에도 없었다.

그는 선 채로 한동안 침실을 바라보았다. 그런 다음 한숨을 내쉬고는 다시 거실로 가서 창문을 활짝 열었다. 신문을 집어 들고, 신발을 차서 벗고, 타이를 느슨하게 푼 다음 앉아서 신문을 읽으며 집 나간 아내를 기다렸다.

피곤해 죽을 지경이었다.

10분 후, 그는 안락의자 위에서 곤히 잠들었다.

버트 클링은 근무 시간 중에 전화를 걸고 있었다.

"어떻게 됐어?" 그가 클레어에게 물었다.

"아직 어떻다 말하긴 일러." 그녀가 말했다.

"학장이 읽어 봤어?"

"응, 그런 것 같아."

"그래서?"

"아무 말 없던걸."

"전혀?"

"전혀. 읽어 보더니 아버지께 알려 드리겠대. 그걸로 끝이었어."

"어떤 것 같아?"

"내가 당신을 사랑하는 것 같아." 클레어가 말했다.

"딴소리 말고." 클링이 말했다. "먹힐 것 같아?"

"시간이 말해 주겠지." 클레어가 말했다. "나 자길 정말 사랑해."

"나 자길 정말 사랑해, 크리스." 프리실라가 말했다. "그리고 당신을 위해서 문신도 하고 싶고. 하지만 나…… 몸이…… 안 좋아."

"잠시 후면 괜찮아질 거야." 도널드슨이 말을 멈추고 미소를 지었다. "껌 좀 씹을래?" 그가 상냥하게 말했다.

"그 사람 불러 줄래, 크리스? 어서 불러 줘. 빨리 끝내 버리자."

그이를 불러요. 테디 카렐라는 첸이 원을 그렸던 종이에 그렇게 썼다. **남편. 카렐라 형사. 전화해요. 프레더릭 7-8024. 그이에게 말해요.**

"지금요?" 첸이 속삭였다.

테디가 급히 고개를 끄덕였다. 그녀는 종이에 이렇게 썼다. **남자를 여기 잡아 둬야 해요. 가게를 나가게 해서는 안 돼요.**

"전화." 첸이 말했다. "전화가 밖에 있어요. 어떻게 전화해요?"

"어이 거기! 나오기는 하는 겁니까?" 도널드슨이 말했다.

주렴이 걷히며 첸이 걸어 나왔다. "죄송합니다. 살짝 지체했어요. 잠깐 앉아요. 친구에게 전화해야 합니다."

"나중에 하면 안 됩니까? 우리 바쁘단 말입니다."

"나중에 안 돼요. 미안합니다. 곧 해 드려요. 친한 친구에게 전화 약속했어요. 꼭 해야 합니다." 첸은 서둘러 전화로 다가갔다. 서둘러 다이얼을 돌렸다. FR 7-8024. 기다렸다. 신호가 가는 소리가 들렸다. 그리고…….

"팔십칠 분서 머치슨 경사입니다."

"카렐라 씨 바꿔 주겠어요?" 첸이 말했다.

도널드슨이 그와 1미터도 떨어지지 않은 곳에서 조바심을 내며 발끝으로 바닥을 툭툭 치고 있었다. 전화기 맞은편 의자에 앉은 여자는 두 손으로 머리를 감싸고 있었다.

"잠시만 기다려요. 형사반과 연결해 드리겠습니다." 내근 경사가 말했다.

첸은 딸각 소리를 들었다.

목소리가 말했다. "팔십칠 분서 하빌랜드입니다."

"카렐라 씨 부탁해요." 첸이 말했다.

"카렐라는 지금 없는데요. 무슨 일입니까?"

첸은 도널드슨을 바라보았다.

도널드슨은 손목시계를 보고 있었다.

"저…… 아…… 카렐라 씨 찾던 문신 도안." 첸이 말했다. "지금 가게에 들어왔어요."

"잠깐만요. 좀 적읍시다. 카렐라가 찾던 문신 도안, 가게에 들어왔다. 좋아요. 전화 거신 분은 누구시죠?"

"찰리 첸이오."

"찰리 챈? 지금 농담하는 거요?"

"아뇨, 아뇨. 카렐라 씨에게 말해요. 들어오는 즉시 전화 달라고. 도안 잡아 놓고 있겠다고."

"형사반으로 안 돌아올지도 모르는데. 그 친구……."

"전해 줘요. 부탁해요." 첸이 말했다.

"그럽시다." 하빌랜드는 한숨을 내쉬었다. "전해 주겠소."

"고마워요." 첸은 그렇게 말하고 전화를 끊었다.

버트 클링이 하빌랜드의 책상으로 다가왔다.

"누구였어요?" 클링이 물었다.

"찰리 챈." 하빌랜드가 말했다. "미친놈이야."

"오." 둘이 대화한 지 5분도 채 지나지 않았건만, 클링은 내심 그게 클레어의 전화였길 바랐다.

"경찰서에 장난질하는 거 말고는 할 일이 없는 모양이야. 이런 전화는 못하게 막는 법이 있어야 한다니까!" 하빌랜드가 말했다.

"친구가 자리에 없는 모양이죠?" 도널드슨이 물었다.

"네. 다시 전화한대요. 어떤 문신 원해요?"

"이니셜을 넣은 작은 하트로."

"어떤 이니셜요?"

"P-A-C."

"하트는 어디다 원해요?"

"아가씨 손에." 도널드슨이 미소 지었다. "엄지랑 검지 사이에."

"아주 어려워요. 아가씨 아파요." 첸이 말했다.

프리실라 에임스가 고개를 들었다. "크리스, 나…… 몸이 좋지 않아…… 정말 안 좋아. 우리…… 우리 이거 다음에 하면 안 될까?"

도널드슨은 프리실라를 슬쩍 바라보았다. 그의 얼굴이 갑자기 딱

딱해졌다. "그래. 다음에 해도 되겠지. 다음번에 말이야. 가자, 프리스." 그는 그녀의 팔꿈치를 붙들고 일으켜 세운 다음 팔을 꽉 잡았다. 그는 첸을 돌아보았다. "고마워요. 이만 가 봐야겠군요."

"지금 할 수 있어요." 첸이 다급하게 말했다. "숙녀분 앞이면 내가 문신 해 줘요. 아주 예쁜 하트에 이니셜 넣어서. 아주 예뻐요."

"아니. 지금은 됐습니다."

첸이 도널드슨의 팔을 잡았다. "아주 빨리. 나 문신 잘해요."

"팔 치워요." 도널드슨이 문을 열었다. 딸랑거리는 종소리가 작은 가게 안을 울렸다. 문이 쾅 닫혔다.

첸은 뒷방으로 달려갔다. "두 사람 가요! 못 잡아요! 둘이 가요!"

테디는 블라우스 단추를 채우고 있었다. 그녀는 테이블 위에서 연필과 종이를 낚아채어 가방에 쑤셔 넣었다.

"이름 크리스." 첸이 말했다. "여자가 남자 크리스라고 불러요."

테디는 고개를 끄덕이고 문으로 향했다.

"어디 가요? 어디 가요?" 첸이 소리쳤다.

그녀는 고개를 돌리고 그를 향해 순간 웃어 보였다. 그런 다음 다시 문이 쾅 하고 닫혔고, 그녀는 가 버렸다.

첸은 가게 한가운데에 우두커니 서서 종이 딸랑거리는 소리를 들었다.

"이제 어떡하지?" 그가 큰 소리로 말했다.

그녀는 그들을 바짝 뒤쫓았다. 놓치려야 놓칠 수 없는 상대였다.

남자는 거인처럼 키가 큰 데다 오후의 햇빛을 받아 금발이 빛나고 있었다. 여자는 걸음이 불안정했고, 남자가 여자의 허리에 팔을 둘러 부축해 주고 있었다. 그녀는 두 사람을 바짝 따라갔다. 심장이 흉곽 안에서 쿵쾅거리는 게 느껴졌다.

내가 지금 뭘 하는 거지? 그녀는 그렇게 자문하면서도 계속 그들을 쫓았다. 이 남자가 남편이 찾던 남자이기 때문이었다.

두 사람이 차 곁에 멈춰 서는 모습을 보자 심장이 철렁했다. 헛된 추격으로 끝날 모양이었다. 남자가 문을 열고 여자가 타는 것을 도운 다음 차 반대편으로 돌아가는 모습이 테디의 눈에 들어왔다. 그때 택시가 나타났고, 그녀는 추격이 끝난 것이 아니라 이제 막 시작됐을 뿐임을 깨달았다. 손을 흔들자 택시가 모퉁이 옆에 멈춰 섰다. 기사가 뒷문을 열었고 테디가 올라탔다. 기사가 자신을 돌아보자 그녀는 재빨리 귀와 입을 가리켜 보였다. 기적적으로, 기사는 단숨에 그녀의 손짓을 이해했다. 그녀는 앞 유리 너머로 도널드슨이 막 차에 오르고 있는 모습을 가리켰다. 눈으로는 차의 꽁무니를 강하게 노려보았다.

"뭐요, 아가씨?" 택시 기사가 물었다.

그녀는 다시 가리켰다.

"저 사람을 따라가 달라고?" 택시 기사는 테디가 고개를 끄덕이는 모습을 보았고, 도널드슨이 탄 차의 문이 쾅 닫히는 것을 보았고, 세단이 모퉁이를 빠져나가는 것을 보았다. 농담 한마디 던지지 않을 수 없었다.

"무슨 일이오, 아가씨? 저 남자가 목소리를 훔쳐간 게요?"

그는 잽싸게 커브를 돌아 도널드슨을 쫓아가면서 어깨 너머로 자기 유머가 테디에게 통했는지 살펴보았다.

테디는 기사에게 눈길도 주지 않았다.

그녀는 첸의 연필과 종이를 가방에서 꺼내어 뭔가를 미친 듯이 갈겨썼다.

그는 그녀가 차 안에서 죽지 않기를 바랐다.

그럴 것 같아 보인다는 건 아니었지만, 혹시 만일의 사태가 일어나더라도 당황하지 않을 수 있도록 계획은 미리 세워 두고 있었다. 그녀를 차 밖으로 끌어내기는 어려우리라. 그런 일이 일어난 적은 한 번도 없었다. 오후의 교통 흐름을 뚫고 나아가는 동안, 운전대를 쥔 손에서 긴장이 느껴졌다. 겁에 질려서는 안 된다. 어떤 일이 있더라도 겁에 질려서는 안 된다. 지금까지는 일이 지나칠 정도로 잘 풀려 왔다. 겁에 질렸다간 만사가 어그러지고 만다. 무슨 일이 일어나더라도 정신 똑바로 차려야 한다. 무슨 일이 일어나든 걸려 있는 것도, 잃을 것도 너무 많았다. 맑은 정신으로 침착하게 생각해야 했다. 매 상황을 있는 그대로 받아들여야 했다. 받아들이고 해결해야 했다.

"나 아파, 크리스. 무척 아파." 프리실라가 말했다.

정확히 얼마나 아픈 건지는 모를 테지. 그는 눈을 도로에서 떼지 않았고, 손은 운전대에서 떼지 않았다. 그는 그녀의 말에 대답하지 않았다.

"크리스, 나…… 나 토할 것 같아."

"좀 참을 수……."

"제발, 차를 세워 줘, 크리스. 토할 것 같아."

"차를 세울 수는 없어." 곁눈질로 그녀를 보자 하얗게 질린 얼굴과 물기 어린 눈이 들어왔다. 그는 가슴에 달린 주머니에서 깔끔하게 접힌 하얀 손수건을 거칠게 꺼내 그녀에게 던졌다. "이걸 써."

"크리스, 차 세우면 안 돼? 제발……."

"손수건을 써." 그의 목소리에서 낯설고 새로운 무언가가 느껴지자 그녀는 불현듯 두려움을 느꼈다. 그러나 두려움에 관해 생각할 겨를이 없었다. 다음 순간, 그녀는 극심한 아픔을 느꼈고, 자신이 아프다는 사실이 몹시 부끄러웠다.

"저 친구 리버헤드로 가는데." 택시 기사가 테디를 돌아보며 말했다.

"봐요, 다리를 건너잖소. 정말 저 친구 계속 따라갈 거요?"

테디가 고개를 끄덕였다. 리버헤드. 그녀는 리버헤드에 살았다. 그녀와 스티브는 리버헤드에 살았다. 하지만 리버헤드는 넓은 지역이었다. 저 남자는 리버헤드 어디로 여자를 데려가는 걸까? 그리고 스티브는 어디에 있는 걸까? 형사실에 있을까? 집에 있을까? 아직도 문신 시술소를 조사 중일까? 그가 다시 찰리 첸의 가게를 방문했을 수도 있을까? 그녀는 궁금했다. 그녀는 종잇조각을 찢어 낸 다음 옆자리에 쌓아 둔 종이 더미 위에 올렸다. 그러고는 다시 글을 쓰기 시작했다.

그러다 자신이 처음에 보았던 것이 정확한지 확인하기라도 하듯 그녀는 다시 도널드슨의 차 꽁무니를 바라보았다.

"아가씨 뭐 작가 같은 거요?" 택시 기사가 물었다.

클링은 신경이 쓰였다.

그는 자리에서 일어나 책상 위에 발을 올린 채 『트루 디텍티브실제 범죄 및 범죄자를 다룬 미국 잡지』를 읽고 있는 하빌랜드에게 다가갔다.

"그 사람 이름이 뭐라고 했죠?"

"응?" 하빌랜드가 잡지에서 고개를 들며 물었다. "피해자를 토막 낸 녀석에 관한 기사가 실렸어. 토막을 트렁크에 넣었대."

"스티브에게 전화했다는 사람 말입니다. 이름이 뭐라고 했죠?"

"미친놈. 샘 스페이드범죄 소설가 대실 해밋의 『몰타의 매』에 나오는 탐정인지 뭔지 였지."

"찰리 챈이라고 하지 않았어요?"

"그래, 찰리 챈. 미친놈이지."

"뭐랬는데요?"

"카렐라의 문신 도안이 가게에 들어왔댔어. 거기 잡아 두고 있겠 다더군."

"찰리 챈." 클링은 잠시 생각에 잠겼다. "카렐라가 그 사람을 탐 문한 적 있어요. 챈. 메리 프로섹에게 문신을 새겨 준 사람이죠." 그는 다시 생각에 잠겼다. "그 사람 번호가 뭐예요?"

"번호는 안 남겼어." 하빌랜드가 말했다.

"전화번호부에 있겠지." 클링은 다시 자기 책상으로 돌아갔다.

"말도 안 되는 건, 경찰이 삼 년 동안 이 녀석을 건드리지도 못했다는 거야." 하빌랜드는 고개를 절레절레 가로저었다. "삼 년 동안 아가씨들을 토막 냈는데 건드리지도 못하다니." 그는 다시 고개를 가로저었다. "나 참, 그렇게 명청할 수가 있나!"

"저 녀석 차를 세우려나 본데." 택시 기사가 말했다. "바로 뒤에다 세워 드릴까?"

테디는 고개를 가로저었다.

택시 기사가 한숨을 쉬었다. "그럼 어디? 지금 여기 괜찮아요?"

테디는 고개를 끄덕였다.

택시 기사는 차를 세우고 미터기를 꺾었다. 저 앞에서 도널드슨이 차를 세우고 프리실라를 부축하여 내리게 했다. 테디는 두 사람에게서 눈을 떼지 않은 채 가방을 뒤져 돈을 꺼내 기사에게 준 다음, 옆 좌석에 쌓아 두었던 종잇조각을 움켜쥐었다. 그녀는 그중 한 조각을 기사에게 건네고 차에서 내려 막 모퉁이를 돈 도널드슨과 프리실라를 쫓아 뛰기 시작했다.

"이게 뭐……," 기사가 입을 열었을 때는 손님은 가고 없었다.

그는 길게 찢은 종잇조각을 보았다. 테디는 그 위에 다음과 같이 갈겨 써 두었다.

스티브 카렐라 형사에게 연락 바람. 프레더릭 7-8024. 차량 번호

DN15560이라고 알릴 것. 서둘러 주세요!

기사는 쪽지를 노려보았다.

그는 깊은 한숨을 내쉬었다.

"여자 작가들이란!" 그는 크게 소리 내어 그렇게 말하고 쪽지를 구겨 창밖으로 버린 다음 잽싸게 커브를 돌아 나갔다.

18

클링은 업종별 전화번호부에서 번호를 찾아냈다. 내근 경사에게 외선을 부탁한 다음 다이얼을 돌렸다.

신호가 가는 소리가 들렸다. 체계적으로 신호가 갈 때마다 하나씩 수를 세었다.

셋…… 넷…… 다섯…….

클링은 기다렸다.

여섯…… 일곱…… 여덟…….

어서, 첸. 전화를 받으라고!

순간 첸이 하빌랜드에게 남긴 메시지가 떠올랐다. 문신 도안을 가게에 잡아 두고 있겠다고 했다.

맙소사, 첸에게 무슨 일이 생긴 걸까?

열 번째 신호에 전화를 끊었다.

"차 가지고 갑니다." 그는 하빌랜드에게 소리쳤다. "이따 봐요."

하빌랜드는 잡지를 읽다 말고 고개를 들었다. "뭐?"

하지만 클링은 이미 문을 지나쳐 1층으로 내려가는 계단으로 향하고 있었다.

게다가 하빌랜드의 책상 위에서는 전화가 울리고 있었다.

전화 소리가 들렸을 때, 첸은 가게를 뒤로하고 걷던 중이었다. 직접 87분서로 찾아가 카렐라를 만나 무슨 일이 있었는지 말해야겠다고 마음먹은 후 막 가게를 나선 참이었다. 그렇게 가게 문을 잠그고 차로 걸어가는데 전화 소리가 들리기 시작했다.

전화가 울리는 방식에는 아무런 차이가 없으리라. 연인이 사랑을 속삭이기 위해 전화를 건다고 해서 울리는 소리에 차이가 있는 것은 아니다. 나쁜 소식을 전하는 전화나 큰 계약을 체결했다는 소식을 알리는 전화라고 해서 소리가 달라지지 않는다.

첸은 급했다. 카렐라를 만나야 했고, 그에게 이야기해야 했다.

그랬기 때문에 잠긴 가게 문 뒤에서 들려온 전화 소리는 그렇게 다급하게 들리지는 않았다. 정말로 그토록 대단히 중요한 전화인 것처럼 들리지는 않았다. 결국엔 그저 전화 소리일 뿐이었다.

그럼에도, 그 전화 소리는 첸으로 하여금 모퉁이에서 발길을 돌려 잠긴 문으로 돌아오도록 할 만큼 다급하게 들렸다. 서둘러 열쇠를 꺼내고, 맞는 열쇠를 찾고, 열쇠를 자물쇠에 집어넣고, 자물쇠를 열고, 문을 벌컥 열어젖히고 전화기를 향해 달려가게 할 정도로 다급하게 들렸다.

전화는 몹시 다급하게 울리다 갑자기 잠잠해졌다.

첸이 수화기를 들었을 때는 발신음만 들려왔다.

첸은 마침 발신음이 울린 김에 전화를 썼다.

그는 프레더릭 7-8024로 전화를 걸었다.

"팔십칠 분서 머치슨 경사입니다." 목소리가 말했다.

"카렐라 형사님 부탁합니다."

"잠시만요." 내근 경사가 대답했다.

첸은 기다렸다. 역시 판단이 옳았다. 카렐라가 돌아온 것이다. 전화기 너머로 딸각하는 소리가 들렸다.

"팔십칠 분서 하빌랜드 형사입니다." 하빌랜드가 말했다.

"카렐라 형사님 바꿔 줄래요?"

"지금 없습니다. 누구시죠?" 하빌랜드의 시야 가장자리로 1층으로 내려가는 계단을 향해 사라지는 클링의 모습이 들어왔다.

"찰리 첸요. 형사님 언제 돌아오죠?"

"잠시만요." 하빌랜드는 송화구를 손으로 가리고 외쳤다. "이봐, 버트! 버트!" 계단에서는 아무런 답도 들려오지 않았다. 하빌랜드는 전화에 대고 말했다. "저도 경찰입니다, 선생님. 무슨 일입니까?"

"여자 문신한 남자." 첸이 말했다. "가게에 왔었어요. 미시즈 카렐라랑 있었어요."

"천천히 말해요. 무슨 남자요? 무슨 여자?"

"카렐라 알아요. 남자 이름 크리스라고 말해요. 덩치 큰 금발 남자. 아내가 따라갔다고 말해요. 언제 돌아와요? 언제 돌아오는지 몰라요?"

"이봐요……," 하빌랜드가 입을 열었다.

첸이 조바심하며 말했다. "나 가요. 나 가서 말해요. 기다려 달라고 해요."

"아예 안 돌아올 수도……," 하빌랜드가 말했을 때는 전화가 끊긴 뒤였다.

여자는 손수건을 입에 댄 채 허리를 푹 숙이고 있었다. 키 큰 금발 남자는 여자의 허리에 팔을 두르고 몸을 일으켜 세워 걸리는 듯 끄는 듯 여자를 데리고 거리를 나아갔다.

그들 뒤를, 테디 카렐라가 따랐다.

테디 카렐라는 사기꾼들에 관해서 아는 바가 거의 없었다.

그렇지만 그녀도 길모퉁이에 서서 5달러짜리 금화를 10센트에 팔겠다고 나서 본들 하루 종일 아무도 사려 들지 않으리라는 것 정도는 알았다. 그녀는 도시란 본질적으로 의심 많은 장소라는 것을, 낯선 사람들은 식당에서 낯선 사람들과 이야기하지 않는다는 것을, 사람들은 왠지 다른 사람들을 믿지 않는다는 것을 알고 있었다.

그래서 그녀는 보험을 들어 두었다.

혀가 있었더라면 메시지를 소리쳐 전했을 것이다.

그녀는 말을 할 수 없었기에, 자기 메시지를 대신 소리쳐 전해 줄 열두 개의 긴 종잇조각을 보험 삼아 마련해 두었다. 종잇조각에는 모두 같은 메시지가 적혀 있었다.

스티브 카렐라 형사에게 연락 바람. 프레더릭 7-8024. 차량 번호 DN1556이라고 알릴 것. 서둘러 주세요!

이제 테디는 도널드슨과 여자의 뒤를 따라가면서 메시지를 소리쳐 전하기 시작했다. 두 사람을 시야에서 놓쳐서는 안 되었기에 행인 한 사람 한 사람을 오래 붙들고 있을 수 없었다. 테디가 할 수 있는 일이라고는 단지 노인의 소매를 건드린 다음 종이를 건네고는 지나치는 것뿐이었다. 회색 옷을 입은 수간호사의 손에 종잇조각을 살며시 쥐여 주고 당황해하면서도 약간 재미있어하는 그녀를 지나치는 것뿐이었다. 십 대 소년을 멈춰 세우고 웬 떡이냐는 듯한 눈길은 피하며 메시지를 건네는 것뿐이었다. 테디는 그렇게 자기 뒤로 종잇조각을 손에 쥔 사람들의 행렬을 남겼다. 그중 한 사람이라도 87분서에 연락해 주기를 바라면서. 차량 번호가 남편에게 가닿기를 바라면서. 그러면서 테디는 만약 남편이 와 주지 못한다면, 어떤 이유에선가 남편이 와 주지 못한다면, 어떻게 해야 할지 모른 채로 아픈 여자와 살인자를 따라갔다.

"아파…… 나……." 프리실라 에임스는 거의 말도 할 수 없을 지경이었다. 그녀는 허리를 감싸고 있는 남자의 듬직한 팔에 매달린 채 비틀거리며 거리를 나아갔다. 그가 자신을 어디로 데려가고 있는지, 왜 이렇게 죽을 지경으로 아픈지 궁금했다.

"내 말 들어." 남자의 목소리는 딱딱하게 날이 서 있었다. 그는 거칠게 숨을 내쉬고 있었고, 그녀는 그의 목소리를 알아들을 수 없었다.

목구멍이 타는 듯했고, 배 속을 휘젓는 듯한 감각 외엔 아무것도 생각할 수 없었다. 내가 왜 이렇게 아픈 거지? 왜, 왜?

"당신한테 말하는 거야. 내 말 들려?"

프리실라는 평생 아팠던 적이 없었고, 심한 병에 걸려 본 적도 없었다. 그런데 왜, 이렇게 갑자기······.

"빌어먹을, 내 말 들어! 또 토하고 있잖아. 이러면 여기 배수구에 버리고 갈 거야!"

"우······ 왜······." 프리실라는 구역질을 삼켰다. 자신이 부끄러웠다. 음식, 음식 때문인 게 틀림없어. 그거랑, 주삿바늘에 대한 두려움 때문이야. 이이가 내게 문신하라는 얘기를 하지 말았어야 했어. 난 항상 주삿바늘이 무섭······.

"다음에 있는 저 큰 아파트야. 당신을 뒷길로 데려갈 거야. 직원용 엘리베이터를 탈 생각이야. 당신의 이런 모습을 아무에게도 보이고 싶지 않으니까. 내 말 들려? 무슨 말인지 알겠어?"

프리실라는 구역질이 치밀어 오르는 것을 억누르며 고개를 끄덕였다. 그가 왜 자신에게 이런 말을 하는 건지 알 수 없었다. 눈을 질끈 감은 가운데 느껴지는 것이라고는 그저 극심한 고통과 온몸이 쇠약해졌다는, 갑자기 무척 쇠약해졌다는 감각뿐이었다. "내 가방, 내 가방, 크리스. 가방을······."

그녀는 걸음을 멈추었다.

그녀는 한 손으로 기운 없이 손짓을 해 보였다.

"뭐야?" 그가 딱딱거렸다. "뭔데?" 그의 눈이 그녀의 손짓을 따라
갔다. 인도에 떨어뜨린 가방이 눈에 들어왔다. "나 원, 빌어먹을."
그는 한 팔로 그녀를 받친 채 가방을 향해 반쯤 몸을 돌리며 상체를
숙였다.

그 순간 흑갈색 머리카락의 예쁜 여자가 눈에 들어왔다.

여자는 두 사람에게서 채 15미터도 떨어지지 않은 곳에 있었다.
그가 가방을 집으려고 몸을 굽히자, 여자는 그 자리에 멈춰 선 채
잠시 그를 응시하다 재빨리 눈길을 한 상점의 진열창으로 돌렸다.

천천히, 그는 가방을 집어 올렸다. 두 눈이 생각에 잠기며 찌푸려
졌다.

그는 다시 걷기 시작했다.

그의 뒤로, 여자의 힐 소리가 또각또각 들려왔다.

"팔십칠 분서 머치슨 경사입니다."

"카렐라 형사님 부탁합니다." 젊은 목소리가 말했다.

"지금 자리에 없는데요. 다른 분과 얘기하시겠습니까?" 머치슨이
대답했다.

"쪽지에는 카렐라라고 적혀 있는데요." 젊은 목소리가 말했다.

"무슨 쪽지 말이죠?"

"에이, 됐어요. 아마 농담이겠지." 젊은이가 대답했다.

"그러니까 무슨……."

전화가 끊어졌다.

스티브 카렐라의 코 주변에서 파리 한 마리가 윙윙거렸다. 카렐라는 잠결에 파리를 쫓았다.

파리는 쌩하고 천장을 향해 솟구쳤다가 다시 급강하했다. 부우우우우우웅. 파리는 카렐라의 귀에 내려앉았다.

여전히 잠든 채로, 카렐라는 파리를 쫓았다.

"팔십칠 분서 머치슨 경사입니다."

"카렐라 형사라는 분 계세요?" 목소리가 물었다.

"잠시만요." 머치슨은 형사반으로 전화를 연결했다. 하빌랜드가 전화를 받았다.

"팔십칠 분서 형사반 하빌랜드입니다."

"록, 데이브일세. 카렐라 아직 안 돌아왔나?" 머치슨이 말했다.

"아니요."

"카렐라를 찾는 전화가 또 왔는데. 자네가 받겠나?"

"바빠요."

"뭐 하느라? 코 파느라?"

"알았어요, 돌려 줘요." 하빌랜드는 트렁크 살인자에 관한 기사가 실린 잡지를 내려놓았다.

"형사반 연결해 드리겠습니다." 머치슨의 목소리가 들려왔다.

"하빌랜드 형사입니다. 뭘 도와 드릴까요?"

"웬 아가씨가 쪽지를 줬어요." 목소리가 말했다.

"그래서요?"

"카렐라 형사에게 연락해서 차량 번호가 D-N-일오오육이라고 말하라는데요. 이거 진짜예요? 진짜 카렐라라는 사람이 있어요?"

"있어요. 번호가 어떻게 된다고요?"

"뭐요?"

"차량 번호 말입니다."

"오, D-N-일오오육이오. 무슨 일이래요?"

"저도 영문을 모르겠군요. 전화 줘서 고맙소."

클링은 순찰 경관과 순찰차에 타고 있었다.

"더 빨리 갈 수는 없나?"

"죄송합니다, 형사님." 순찰 경관의 말에는 빈정거림이 역력히 묻어났다. 거기에는 클링이 몇 달 전만 해도 자신과 마찬가지로 순찰 경관이었다는 사실에서 비롯한 짜증이 섞여 있었다. "과속 딱지를 떼고 싶지는 않아서 말이에요."

클링은 순찰 경관을 유심히 노려보았다. "망할 사이렌 켜." 그가 거칠게 말했다. "어서 차이나타운으로 가지 않으면 그 궁둥이를 날려 버릴 줄 알아!"

순찰 경관은 눈을 깜빡였다.

순찰차의 사이렌 소리가 갑작스레 울려 퍼졌다. 순찰 경관의 발이 가속페달을 밟았다.

클링은 몸을 앞으로 숙인 채 앞 유리를 꿰뚫을 듯 응시했다.

찰리 첸은 몸을 앞으로 숙인 채 앞 유리를 꿰뚫을 듯 응시했다. 시내에서 차를 모는 것은 달갑지 않은 일이었다. 그는 끈질기게 시외곽으로 향했다.

사이렌 소리를 들었을 때, 첸은 그것이 소방차 소리라고 생각하고 차를 오른쪽으로 빼기 시작했다.

다음 순간 경찰차가 눈에 들어왔고, 그 차는 첸과 같은 방향의 차선에 있지도 않았다. 경찰차는 사이렌을 요란하게 울려 대며 첸의 차를 지나쳐 도심 쪽으로 내달렸다.

그 모습이 첸의 결의를 다져 주었다. 그는 이를 악물고 운전대로 몸을 숙인 다음 가속페달을 더 꽉 밟았다.

카렐라는 파리를 쫓은 다음 갑자기 잠에서 깨고는 의자에서 몸을 일으켰다. 그는 눈을 깜빡였다.

집은 무척 고요했다.

카렐라는 일어서서 하품을 했다. 대체 지금이 몇 시지? 테디는 도대체 어디 있는 거야? 그는 손목시계를 보았다. 평소라면 테디가 집에서 저녁을 준비하고 있을 시각이었다. 쪽지를 남겼으려나? 그는 다시 하품을 하고 쪽지를 찾아 집 안을 두리번거리기 시작했다.

쪽지는 보이지 않았다. 그는 다시 손목시계를 보았다. 그런 다음 재킷으로 다가가 담배를 찾아 주머니를 뒤졌다. 담뱃갑이 손에 닿았다. 비어 있었다. 손가락을 넣어 구석구석 뒤졌다. 여전히 비어 있었다.

카렐라는 지친 기색으로 자리에 앉아 신발을 신었다.

그는 뒷주머니에서 메모장을 꺼낸 다음 가죽 고리에서 연필을 빼내어 이렇게 썼다. **사랑하는 테디. 담배 사러 나갔다 올게. 곧 돌아올 거야. 스티브.** 그는 쪽지를 부엌 테이블 위에 세워 두었다. 그러고는 세수를 하기 위해 욕실로 갔다.

"팔십칠 분서 하빌랜드 형사입니다."

"카렐라 형사 바꿔 주세요." 여자 목소리가 말했다.

"자리에 없습니다."

"웬 젊은 아가씨가 날 멈춰 세우더니 쪽지를 줬어요. 이게 진짜인지 아닌지는 모르겠지만 전화를 해야겠다 싶어서. 읽어 드릴까요?"

"그러시죠."

"이렇게 적혀 있어요. 스티브 카렐라 형사에게 연락 바람. 프레더릭 칠-팔공이사. 차량 번호 D-N-일오오육이라고 알릴 것. 서둘러 주세요! 이게 무슨 뜻이 있는 얘긴가요?"

"젊은 아가씨가 쪽지를 줬다고요?"

"그래요. 아름다운 아가씨였어요. 검은 머리카락에 검은 눈. 뭔가 서두르는 것처럼 보이더라고요."

그날 오후 들어 처음으로, 하빌랜드는 트렁크 살인자에 관한 생각을 지웠다. 그 대신 중국인이 전화를 통해 했던 말이 떠올랐다.

"여자 문신한 남자. 가게에 왔었어요. 미시즈 카렐라랑 있었어요."

그리고 지금, 스티브의 아내와 인상착의가 일치하는 아가씨가 돌아다니며 메시지를 전하고 있었다. 말이 되는 이야기였다. 카렐라의 아내는 듣지도 말하지도 못했다.

"바로 조사하겠습니다. 전화 주셔서 고맙습니다."

하빌랜드는 전화를 끊은 다음 전화번호 목록을 뒤져 차량 관리국에 연락했다. 그는 차량 번호를 알려 주고 조회를 부탁했다. 그런 다음 그는 전화를 끊고 다른 번호를 찾았다.

찰리 첸이 복도를 지나 숨을 헐떡이며 나무 칸막이 문 밖에 이르렀을 때, 하빌랜드는 스티브 카렐라의 집에 전화를 걸고 있었다.

스티브 카렐라는 재킷을 걸쳤다.

그는 다시 한 번 쪽지를 확인하기 위해 부엌으로 갔고, 마침 들어간 김에 가스레인지에서 가스가 새는 일이 없도록 벨브가 모두 잠겼는지 확인했다.

카렐라는 부엌에서 나와 거실을 지나 현관으로 향했다. 복도로 나와 문을 닫는데 전화벨이 울렸다. 카렐라는 가볍게 욕설을 내뱉고 전화로 다가가 수화기를 들었다.

"여보세요?"

"스티브?"

"그래."

"록 하빌랜드야."

"무슨 일이야, 록?"

"찰리 첸이라는 사람이 여기 왔는데, 자네가 찾는 살인범이 오늘 오후 자기 가게에 왔대. 그때 테디도 거기에 있었고……."

"뭐!"

"테디. 자네 아내 말이야. 테디가 남자를 쫓아 나갔대. 첸의 말로는 남자와 함께 있던 여자는 몹시 아팠다는군. 지난 삼십 분 동안 전화가 여섯 통은 걸려 왔어. 테디와 인상착의가 일치하는 여자가 사람들에게 쪽지를 건네주면서 자네에게 차량 번호를 알려 달라고 부탁했다던데. 지금 차량 관리국에 조회를 신청해 둔 상태야. 어떻게 생각해?"

"테디!" 카렐라가 말했다. 카렐라가 생각할 수 있는 것은 그게 전부였다.

다른 곳에서 전화벨 소리가 들려왔고, 하빌랜드가 말했다. "다른 회선으로 전화가 오는데. 차량 등록 정보일지도 몰라. 기다려 봐, 스티브."

대기 버튼을 누르는 딸각 소리가 들렸고, 카렐라는 플라스틱 수화기를 움켜쥔 채 기다리면서 거듭 생각했다. 테디, 테디, 테디.

하빌랜드는 금세 돌아왔다.

"검정색 오십오 년형 캐딜락 하드톱이야. 크리스 도널드슨이라는 남자 이름으로 등록돼 있다는군."

"그놈이야." 카렐라의 머리가 다시 돌기 시작했다. "그 녀석 주소가 어떻게 되지?"

"래니어 가 사십일에 십팔 번지. 리버헤드야."

"여기서 십 분 거리군. 난 지금 출발할게. 그쪽 관할서에 연락해
줘. 구급차도 보내. 여자가 아프다면 아마 비소 때문일 거야."

"알았어. 또 있나, 스티브?"

"그래. 놈이 내 아내를 발견하지 못했기를 기도해 줘!"

카렐라는 전화를 끊고 주머니를 툭 쳐서 안에 든 38구경을 확인
한 다음 문도 닫지 않고 집을 나섰다.

19

테디 카렐라는 콘크리트 블록으로 된 건물 지하실 안에 서서 직원용 엘리베이터의 층수를 가리키는 바늘을 지켜보았다. 지하실 한쪽에서 세탁기가 도는 모습이 눈에 들어왔고, 그 너머에서 아파트 석유 난방기의 꾸준한 진동이 전해졌다. 바늘은 숫자를 하나씩 지나치다 4에 이르러 멈추었다.

테디는 하강 버튼을 눌렀다.

도널드슨과 여자는 직원용 엘리베이터를 타고 4층에서 내렸다. 그리고 지금, 엘리베이터가 다시 지하실로 내려오는 동안 테디는 도널드슨이 들어간 아파트를 찾으면 어떻게 할 것인지, 여자는 얼마나 아픈 것인지, 그녀에게 시간이 얼마나 남았을지 자문했다. 엘리베이터 문이 열렸다.

테디는 엘리베이터에 타고 조작반의 숫자 4를 눌렀다. 문이 닫혔다. 엘리베이터가 올라가기 시작했다. 묘하게도 두려움이나 불안은 느껴지지 않았다. 다만 스티브가 함께 있다면 좋겠다고 생각할 따름이었다. 스티브라면 어떻게 해야 할지 알 테니까. 문이 열렸다. 엘리베이터 밖으로 나가려던 순간, 그녀는 도널드슨을 보았다.

그는 엘리베이터 바로 바깥에 서서 문이 열리기를 기다리고 있었다. 그녀를 기다리고 있었다. 공황 상태에 빠진 테디는 조작반의 버튼을 눌러 댔다. 도널드슨의 팔이 날아들었다. 그의 손가락이 그녀의 손목을 움켜쥐고 그녀를 엘리베이터 바깥으로 끌어냈다.

"왜 날 따라오는 거지?" 그가 물었다.

테디는 멍하니 고개를 흔들었다. 도널드슨은 그녀를 끌고 복도를 나아갔다. 그는 4C호 앞에 멈추어 문을 벌컥 열고는 그녀를 안으로 밀어 넣었다. 프리실라 에임스가 소파 위에 엎드려 있었다. 아파트에서는 사람의 배설물 냄새가 났다.

"여자는 저기 있어. 저 여자를 찾고 있었던 건가?" 도널드슨이 말했다.

그는 테디의 손에서 가방을 낚아채어 내용물을 살폈다. 립스틱, 잔돈, 마스카라, 주소 책이 바닥에 떨어졌다. 지갑이 나오자 그는 그것을 열어 재빨리 훑어보았다.

"미시즈 스티븐 카렐라." 도널드슨은 신분증을 읽었다. "리버헤드 거주? 그럼 우린 이웃이군. 에임스 양과 인사 나누시지, 카렐라 부인. 아니면 두 사람 아는 사이인가?" 그는 다시 신분증을 보았다. "비상시에는……." 순간 그의 목소리가 멈췄다. 목소리는 이내 고장 난 분수에서 천천히 흘러나오는 물줄기처럼 다시 이어졌다. "팔십칠 분서 스티브 카렐라 형사에게 연락 바람. 프레데릭 칠에 팔공이……." 그는 고개를 들어 테디를 보았다. "남편이 경찰이야?"

테디는 고개를 끄덕였다.

"왜 그러지? 너무 겁이 나서 말도 못 하나?" 도널드슨은 그녀를 다시 뜯어보았다. "겁이 나서……." 그는 말을 멈추고 그녀를 살폈다. "목소리에 뭔가 문제가 있는 건가?"

테디는 고개를 끄덕였다.

"무슨 문젠데? 말은 할 수 있나?"

테디는 고개를 가로저었다. 그녀의 눈이 도널드슨의 입에 머물렀다. 그녀의 시선을 좇던 그는 문득 깨달았다.

"소리를 못 듣나?" 그가 물었다.

테디는 고개를 끄덕였다.

"잘됐군." 도널드슨이 심드렁히 말했다. 그는 다시 입을 다물고 그녀를 살폈다. "당신 남편이 나를 쫓으라고 시켰나?"

테디는 어떤 움직임도, 어떤 행동도 취하지 않았다. 돌처럼 조용히 서 있었다.

"놈이 나에 관해서 아는 거야?"

여전히 무반응이었다.

"왜 내 뒤를 따라왔지?" 도널드슨이 그녀에게 다가서며 물었다. "누가 날 쫓으라고 했어? 내가 어디서 실수한 거지?" 그가 그녀의 손목을 잡아챘다. "대답해, 빌어먹을!"

손목을 쥔 손가락에는 힘이 들어가 있었다. 소파 위에서 프리실라 에임스가 희미하게 신음 소리를 냈다. 그가 확 돌아다보았다.

"저 여자는 독을 먹었어. 당신도 알고 있겠지? 내가 독을 먹인 거야. 잠시 후면 죽을 테고, 오늘 밤에는 강물 속으로 들어가게 될 거야." 도널드슨은 테디가 자신도 모르게 몸서리치는 모습을 보았다. "왜 그러지? 그게 무서워? 무서워할 거 없어. 저 여잔 아프기는 하겠지만 이젠 뭐가 어떻게 돌아가는지조차 모를 테니까. 머릿속엔 자기가 아프다는 생각뿐이지. 젠장, 냄새 한 번 고약하군! 당신은 어떻게 참는 거야?" 그가 짧고 냉혹한 웃음을 날렸다. 시작도 하기 전에 끝나 버린 듯한 웃음이었다. "당신 남편은 뭘 알지? 당신 남편이 뭘 아느냐고?"

테디는 미동도 하지 않았다. 얼굴은 여전히 무표정했다.

도널드슨은 그녀를 지켜보았다. "좋아. 최악의 상황이라고 생각하기로 하지. 놈이 경찰들을 잔뜩 이끌고 지금 여기로 오고 있다고 생각하겠어. 알겠어?"

여전히 테디의 얼굴과 눈에서는 아무것도 읽을 수 없었다.

"여기 와 본들 아무것도 찾을 수 없을 거야. 나도 사라지고, 에임스 양도 사라지고, 당신도 사라지고. 놈이 발견하는 거라곤 사방의 벽뿐일 테지." 도널드슨은 벽장으로 가 벌컥 문을 열고 여행 가방을 꺼냈다. "따라와." 그는 테디를 앞세우고 침실로 들어갔다. "앉아. 침대 위에. 어서."

테디는 앉았다.

도널드슨은 옷장으로 가 맨 위 서랍을 열었다. 그는 옷가지를 가방 안에 담기 시작했다. "당신 예쁘군. 내가 당신 같은 사람을 만났더라면……." 그는 말을 끝맺지 않았다. "내 사업의 문제는 즐길 수가 없다는 거야." 그가 나직이 말했다. "평범한 여자가 좋지. 그런 여자들은 뭘 팔아도 넘어가니까. 미인과 엮이면 내 비밀이 위험해져. 살인은 굉장한 비밀이잖아? 벌이도 좋고 말이야. 범죄는 돈이 안 된다고들 말하는데, 모르고 하는 소리야. 돈이 되고말고. 잡히지만 않으면 돼." 그가 씩 웃었다. "난 잡힐 생각은 없어." 그는 다시 테디를 보았다. "당신은 예쁜 여자야. 그리고 말도 못하지. 당신에게는 비밀을 말할 수 있겠군." 그는 고개를 가로저었다. "우리에게 시간이 더 없는 게 안타깝군." 그는 다시 고개를 가로저었다. "당신은 예쁜 여자야." 그는 반복했다.

테디는 침대 위에 미동도 않고 앉아 있었다.

"당신은 어떤 기분인지 알겠지. 외모가 훌륭한 거 말이야. 가끔은 골치 아프지 않아? 사람들이 미워하고, 불신하고. 내 얘기야. 사람들은 너무 잘생긴 남자는 좋아하지 않아. 자기들이 불편해지거든. 그 힘을 감당하기 어려운 거지. 자신이 부족하다고 느끼기보다 세상에 하잘것없는 불평을 늘어놓을 뿐이지." 그는 잠시 말을 멈추었다. "나는 내가 원하는 여자는 누구든 손에 넣을 수 있어, 그거 알아? 어떤 여자든지 말이야. 속눈썹만 한 번 깜빡여 주면 껌뻑 죽는다고." 그는 싱긋 웃었다. "죽는단 말이야. 웃기지 않아? 당신이라면 알 거야. 사방에서 남자들이 달려들겠지?" 그는 질문을 던지며 그녀를 바라보았다. "좋아, 그렇게 죽은 듯이 앉아 있어. 당신은 나랑 함께 갈 거야. 이유를 알겠지? 당신은 내 보험이니까." 그는 다시 웃었다. "우린 멋진 커플이 될 거야. 굉장한 눈요깃거리가 되겠지. 우린 서로를 보완해 줘. 금발 머리와 흑갈색 머리. 아주 좋은 조합이지. 이렇게 한 번쯤 예쁜 여자와 함께 나서는 것도 나쁘지 않겠어. 빌어먹을 추녀들에게는 질렸거든. 하지만 그런 여자들이 돈은 잘 주지. 덕분에 은행 잔고는 넉넉해."

소파에서 프리실라 에임스의 신음이 들렸다. 도널드슨은 문간으로 가서 거실을 살펴보았다. "안심하라고, 애인님. 잠시 후면 시원하게 수영을 즐기게 될 테니까." 그는 웃음을 터뜨리고 테디를 돌아보았다. "착한 여자야. 더럽게 못생겼지만, 착해." 그는 이제 입을 다물고 서둘러 다시 가방을 싸기 시작했다.

테디는 그를 지켜보았다. 총을 챙기지 않는 것을 보니 아마 총은 없는 모양이었다.

"저 여자 데리고 내려가는 걸 도와줘." 도널드슨이 불쑥 말했다. "다시 직원용 엘리베이터를 탈 거야. 잽싸게 타고 내린 다음 획 하고 사라지는 거지. 당신은 한동안 같이 있어 줘야겠어. 말을 못 한다니 좋군. 전화도 못 할 테고, 웨이터와 잡담을 나눌 수도 없을 테고. 좋은 일이야. 그냥 펜과 종이에만 손대지 못 하게 하면 될 테지?" 그는 다시 테디를 바라보았다. 그의 눈빛이 달라졌다. "가끔은 이렇게 즐기는 것도 괜찮겠지. 추녀들은 지긋지긋하고 미녀들은 믿을 수가 없단 말이야. 한 가지 알려 줄까? 아무도 믿어서는 안 돼.

세상은 사기꾼으로 가득하거든. 하지만 우린 신나게 즐길 거야."
그는 그녀의 얼굴을 쳐다보았다. "내 생각이 마음에 안 드나 봐? 그
거 안됐네. 그래서 더 흥미로울 테지만. 당신 운 좋은 줄 알라고. 에
임스 양과 함께 수영하게 될 수도 있었어. 운 좋은 줄 알아. 어지간
한 여자들은 내가 방에 들어오면 쓰러진다고. 당신 운이 좋은 거야.
난 함께하기 즐거운 사람인 데다 이 동네 좋은 곳도 여럿 알거든.
그게 내 일이니까. 취미에 가깝긴 하지만. 난 실제로는 회계사야.
사실은 회계 쪽이 취미라고 하는 편이 더 맞을지도 모르겠군. 여자
를 상대하는 게 내 일인 거지. 외로운 여자들. 평범한 여자들. 당신
은 깜짝 선물이야. 당신이 날 쫓아와서 기쁜걸." 그가 소년처럼 빙
긋 웃었다. "말대답하지 않는 말 상대가 있다는 건 좋은 일이야. 가
톨릭 고해성사와 정신분석의 비결이 그거지. 진실을 털어놓더라도
최악의 경우라고 해 봐야 성모송을 열두 번 암송하거나 자기가 어
머니를 증오하고 있다는 사실을 알게 되는 정도니까. 당신과 함께
라면 그럴 일도 없지. 나는 말하고, 당신은 듣고. 사랑의 속삭임이
랄지 변치 않는 축복 운운하는 소리를 지껄이지 않아도 되고. 게다
가 당신은 섹시하기까지 하군. 고요한 물 같아. 깊고 깊단 말이야."

갑자기 현관 자물쇠에서 찰칵하는 소리가 들렸다. 도널드슨이 재
빨리 몸을 돌려 거실로 뛰어들었다.

충혈된 눈을 하고 두 주먹을 불끈 쥔 금발의 거인이 문간에 나타
나는 모습이 카렐라의 눈에 들어왔다. 거인은 카렐라의 손에 들린
38구경과, 카렐라의 눈에 어린 확고한 번뜩임을 확인하고 방을 가

로질러 달려들었다.

카렐라는 바보가 아니었다. 상대는 힘이 넘치는 사내였다. 이 사내라면 자신을 둘로 쪼개 놓을 수도 있었다.

흔들림 없이, 침착하게, 카렐라는 38구경을 들었다.

그리고 쏘았다.

20

4월이 죽어 가고 있었다.

비가 내리다 그치길 거듭했고, 가장 잔인한 달은 휴식기에 접어들었다. 5월이면 꽃이 만개할 것이다. 6월이면 햇빛이 가득하리라.

프리실라 에임스는 87분서 형사실에 앉아 있었다. 맞은편에는 스티브 카렐라가 앉아 있었다.

"그 사람 살아날까요?" 그녀가 물었다.

"네." 카렐라가 말했다.

"아깝네요."

"어떻게 보느냐에 따라 다르겠지요. 재판에 회부될 테고, 유죄판결을 받을 테고, 어쨌든 그도 죽을 테죠."

"제가 어리석었던 것 같아요. 사랑 같은 건 없다는 걸 알았어야 했는데."

"그렇게 생각하신다면 그게 어리석은 겁니다."

"그럴 줄 알았어야 했어요." 프리실라는 고개를 주억거렸다. "그 걸 배우는 데 위세척까지 해야 했군요."

"사랑은 새들이나 하는 거라고요?" 카렐라가 말했다.

"그래요." 그녀는 그렇게 대답하고 고개를 들었다. 안경 너머의 눈이 도전적으로 빛났다. 하지만 그 눈은 무언가를 묻고 있었다. 카렐라는 그 답을 주었다.

"저는 제 아내를 사랑합니다." 그가 가볍게 말했다. "사랑은 새들을 위한 것일지도 모르겠습니다만, 사람을 위한 것이기도 합니다. 도닐드슨 때문에 비뚤어지지 마세요. 사랑은 미국 최대의 산업이니까요." 그가 활짝 웃었다. "제가 주주죠."

"어쩌면……." 프리실라가 한숨을 내쉬었다. "아무튼, 고맙습니다. 그래서 들른 거예요. 고맙다는 말씀을 드리려고요."

"이제 어디로 가십니까?" 카렐라가 물었다.

"집으로 돌아가야죠. 피닉스로요." 프리실라는 말을 멈추고 그날 오후 들어 처음으로 미소를 지었다. "피닉스에는 새가 많아요."

아서 브라운은 뒤처리 중이었다.

"이백에서 천 달러에 이르기까지 뜯어먹는 거물 사기꾼 둘이 왜 흑인 아가씨 하나를 상대했는지 이해할 수 없더라고. 그놈이 뜯은 돈은 오 달러였어! 파트너 없이 혼자 뛰어서 번 게 오 달러였다고!"

"그래서 뭐?" 하빌랜드가 말했다.

"그래서 신경이 쓰였지. 아무래도 경찰이라면 뭔가 믿을 만한 얘기를 들어야 하지 않겠어? 파슨스에게 물었지. 대체 뭐 하러 그 수고를 들여 가며 아가씨에게 사기를 쳐서 오 달러를 뜯어냈냐고 말이야. 그랬더니 그 녀석이 뭐라고 한 줄 알아?"

"아니, 뭐랬는데?"

"아가씨에게 교훈을 주고 싶었다는 거야. 도대체 그게 말이 돼? 교훈을 주고 싶었다니!"

"우리가 훌륭한 선생을 잃었구먼. 세상은 큰 선생님 한 분을 잃었어." 하빌랜드가 말했다.

"꼭 그렇게 볼 건 없지." 브라운이 말했다. "그보다는 주립 교도소에서 선생님 한 분을 모시게 됐다고 생각하고 싶군."

버트 클링이 전화에 대고 말했다. "어떻게 됐어?"

"성공이야!"

"뭐라고!"

"성공했어. 넘어갔어. 고모랑 함께 가게 해 준대."

"농담이겠지!"

"정말이라니까."

"유월 십일에 떠나는 거야?"

"그런 거야."

"이이야호!" 클링이 그렇게 외치자 하빌랜드가 그를 돌아보며 말했다. "거, 조용히 좀 해! 독서 좀 하자!"

근무시간이 끝났다.

4월의 공기 속에는 5월이 섞여 있었다. 5월은 뺨을 살포시 어루만졌다. 5월은 입가에 머물렀다. 카렐라는 길을 걸으며 5월을 들이켰다. 한 모금에 원기가 샘솟았다.

현관문을 열자 침묵이 카렐라를 반겼다. 그는 거실 불을 끈 다음 침실로 향했다.

테디는 자고 있었다.

카렐라는 조용히 옷을 벗고 침대 위로 올라가 테디 곁을 파고들었다. 그녀는 보송보송한 하얀 가운을 입고 있었다. 그는 그녀의 오른쪽 어깨에 걸린 끈을 내린 다음 따스한 살결에 입을 맞추었다. 달을 가리고 있던 구름 한 조각이 흘러가면서 방 안을 옅은 노란빛으로 물들였다. 카렐라는 아내의 어깨에서 물러나 눈을 깜빡였다. 그는 한 번 더 눈을 깜빡였다.

"원 세상에!"

따뜻한 4월의 달빛이 테디의 어깨 위에 앉은 작고 레이스 같은 검은 나비를 비춰 주었다.

"원 세상에!" 카렐라는 다시 한 번 그렇게 말하고 격렬하게 입을 맞추어 그녀를 깨웠다.

베테랑 형사였음에도, 그녀가 내내 깨어 있었을지도 모른다는 의심은 그의 머릿속에 떠오르지 않았다.

이 글이 서문이 아니라 후기인 까닭은, 이 글을 본문 앞에 실었다가는 당신이 지금쯤 읽었을 장면들의 서스펜스—딱히 대단한 서스펜스는 아니지만—를 망칠 우려가 있기 때문이다.

주의를 기울였다면 알겠지만, 원래 나는 『마약 밀매인』의 끝부분에서 카렐라를 죽이려고 했다. 이 유쾌하고도 악랄한 계획이 가로막힌 것은 그릇된 사상과 탐욕에 사로잡힌 편집자들이 주인공을 죽여서는 안 된다고 주장했기 때문이었다. 그 시점에서 카렐라는 고작 한 편 반 분량에 등장했을 뿐이었다. 그게 무슨 주인공이라고!

지하실에 갇혀 쇠사슬에 묶인 채 빵과 물만으로 연명하며—심장이 약하신 분들 눈앞에 어른거릴까 두려우니 잔혹한 고문 등을 자세히 묘사하는 것은 피하고 싶다— 그들의 제안을 생각해 본 끝에,

다시 말해 스티븐 루이스 카렐라의 때 이른 죽음을 재고하여 소위 부활을 안겨 주기로 한 끝에, 이제 내가 쓰게 된 시리즈 다음 권에서 그 위대한 주인공은 ☆☆☆스타☆☆☆로 거듭나게 되었다!!!

　모든 위대한 남자 뒤에는 여자가 있다는, 좀처럼 논란의 여지가 없는 사실에 생각이 미치자 머릿속에 테디 카렐라가 떠올랐다. 시리즈 두 번째 권에서는 보이지 않았고, 원래대로라면 카렐라가 품위 있는 척 드러누워 죽음을 맞이했어야 했을 세 번째 권에서는 거의 존재하지 않는 것이나 마찬가지였던 그녀가 말이다. 테디 카렐라에게 또한 숨을 불어넣은 다음 아예 플롯의 상당 부분을 그녀 중심으로 꾸려서 작품 전개에 보다 큰 역할을 맡겨 보는 것도 괜찮을 것 같았다. 그리 어려운 일은 아니었다. 그녀는 듣지도 말하지도 못하는 인물이며, 따라서 공격에 더 취약할 것이기 때문이었다.

　(말이 나온 김에, 사소한 이야기인지도 모르겠지만, 이전에 썼던 책에서 나는 테디를 '귀머거리에 벙어리'라고 묘사했다. 이삼 년 전에 한 독자가 이 표현은 현재 모욕적인 표현으로 간주된다고 알려 주었다. 그래서 그 표현은 창밖으로 던져 버렸고, 테디는 이제 말하지도 듣지도 못하는 인물이 되었다)

　앞서 말한 바와 같이, 테디를 곤경에 처하게 하는 것은 쉬운 일이었다. 하지만 그보다 더 중요한 것은 단순한 조역 이상의 역할을 하게 될 ☆☆☆스타☆☆☆의 아내─카렐라가 시리즈 후속 권에서도 계속해서 주인공으로 나온다면 말이다─에게 살을 붙이는 작업이었다. 참, 앞서 낸 세 권의 책이 비평과 흥행 양면에서 열화와 같은 찬사를 받은 이후(내 친척들이 산 것까지 포함해서 각각 열네 권씩 팔렸다) 탐욕과 그릇된 사상에 사로잡힌 편집자들이 책 세 편을 더 계약하자고 했다. 그중 첫 번째 책이『사기꾼』이라는 이야기를 내가 했던가? 안 했다면 실수이니 양해를 부탁드린다.

테디가 문신을 한다는 아이디어는 어디서 나왔는지 모르겠다. 살인자가 희생자에게 명함 삼아 문신을 새긴다는 아이디어보다는 먼저 나왔던 것 같다. 나는 테디와 찰리 첸이 함께하는 대목들이 여전히 마음에 들며, 문신 바늘의 고문(비록 편집자들이 카렐라를 살려 내라며 설득하는 동안 내가 지하실에서 겪었던 고통과는 비교할 수 없겠지만)에 자신을 내맡길 정도로 용감한 여자는 어떻게 보더라도 '장애'가 있는 여자로 여겨져서는 안 된다는 소망 역시 여전하다. 어차피 테디를 장애인이라고 생각해 본 적은 없지만, 그래도 내가 보기에 그녀는 문신을 새긴다는 간단한 행위를 통해 영웅적인 차원에 이름으로써 살인자를 쫓고 그 결과 위대한 주인공인 남편 곁에서 진정한 ☆☆☆스타덤☆☆☆에 오르게 된 것 같다.

마지막으로 사소한 이야기를 하나 더 덧붙이겠다. 1957년 페르마북스 판에 처음 실렸던 19장의 도입부를 아래에 그대로 옮겼으니 살펴봐 주시길.

"그래. 놈이 내 아내를 발견하지 못했기를 기도해 줘!"
카렐라는 전화를 끊고 주머니를 툭 쳐서 안에 든 38구경을 확인한 다음 문도 닫지 않고 집을 나섰다.

테디 카렐라는 콘크리트 블록으로 된 건물 지하실 안에 서서 직원용 엘리베이터의 층수를 가리키는 바늘을 지켜보았다. 지하실 한쪽에서 세탁기 도는 소리가 들려왔고, 그 너머에서 아파트 석유 난방기의 꾸준한 진동도 들렸다. 바늘은 숫자를 하나씩 지나치다 4에 이르러 멈추었다.

테디는 하강 버튼을 눌렀다.

책이 나오고 몇 년 후에 오류를 지적해 주었던 그 독자처럼 꼼꼼한 독자라면, 첫 단락의 두 번째 문장에서 테디가 '들을' 수 있다는 점을 이미 발견하셨으리라. 그렇다. 그녀는 세탁기가 돌아가는 소리를 '들으며', 석유 난방기의 꾸준한 진동을 '듣는다'. (진정하라, 내 쿵쾅거리는 심장이여!) 현대 과학의 기적이었던 것일까? 그렇지 않다. 그저 작가가 천상의 영생을 얻기 시작한 캐릭터에 익숙하지 않았을 뿐이다. 다시 말해, 그저 작가가 멍청했던 것이고, 이후에 나온 판본에서는 늦게나마 손을 보았다.

스타덤의 덧없음과 명성의 취약함에 관해 더 알고 싶은 분들은 계속해서 『살인자의 선택』을 기대해 주시길. 조만간 여러분의 동네 술집과 식당을 찾아갈 예정이다. 아마도.

에드 맥베인

아이솔라의 시민들

죽다 살아난 우리의 ☆☆☆스타☆☆☆ 카렐라와 덩달아 망각에서 되살아난 그의 동반자 테디에 관한 에드 맥베인의 소회는 즐겁게 들으셨는지? 그러면 이제 '주인공'들은 내버려 두고(어차피 달밤에 잠도 안 자고 이불 속에서 속살거릴 모양이니) 다른 이야기를 해 보자. 무슨 이야기가 좋을까? 87분서의 다른 형사들? 아니다. 그들은 이전에 출간된 책에서 이미 만났고 이후에 출간될 책에서도 다시 만나게 될 테니 너무 서두를 필요 없겠다. 그럼 아이솔라 시의 생동감 넘치는 계절 변화와 날씨 및 풍경 묘사? 하지만 자연의 변화란 역시 아침에 눈을 떠 창문을 열고 바깥을 내다보듯 예보나 분석 없이, 오면 오는 대로 가면 가는 대로 맞이해야 제 맛이니 내버려 두기로 하자. 맥베인 특유의 꼼꼼함이 묻어나는 과학수사에 관한 논의를 펴 보면 어떨까? 하나 60여 년 전의 과학수사를 인제 와서 다루자니 다소 멋쩍은 감이 없잖아 있다(여담이지만, 작중 표류 사체의 익사 여부를 검증하기 위해 실력 좋은 법의관보 폴 블레이니가 사용했던 게틀러 검사는 여러 가지 한계로 인해 현재는 통용되지 않는다고 한다). 아니면 형사들의 포복절도할 만한 유머 감각과 그에 못지않게 능청스러운 서술자의 유머 감각에 관한 분석은? 그렇지만 남의 유머를 설명하는 것만큼 슬픈 일도 없을 텐데. 한두 주인공이 아니라 여러 인물 사이를 오가며 사건을 진행하는 통에 벌어지는 정보의 교차와 지연, 그리고 거기서 발생하는 서스펜스에 찬사를 보내야 하려나? 그런데 클라이맥스에 이르러 독자 여러분께서 손에 쥐셨을 땀보다 더한 찬사를 보낼 자신이 없다.

그런 굵직하고 중요한 이야기들, 87분서 시리즈를 소개할 때 누구나 말하지 않을 수 없는 매력 포인트에 관한 이야기들을 새삼 늘어놓아서는 아무래도 승산이 없다.

좀 더 사소한 이야기를 해 보자. 사소해서 쉬이 지나칠 법한, 지천에 널려 있어 보고도 보지 못한 듯 지나쳐 버리기 쉬운…… 사람들에 관해서.

'주인공'이 아닌 사람들에 관해서.

아이솔라 시의 시민들에 관해서.

87분서 시리즈를 지탱하는 등뼈는 물론 87분서 소속 경찰들, 특히 형사반 사람들이다. 그들은 반세기에 이르는 세월 동안 고유의 역사를 쌓아 가며 10시즌짜리 시트콤의 주인공들처럼 조금씩 독자들의 마음에 친구로 들어앉는다(이러다가는 심지어 폭력 경찰 하빌랜드마저 좋아하게 될 것만 같아 걱정스럽다). 기나긴 시리즈만이 지니는 아름다움이 거기에 있다. 부분 부분을 떼어 놓고 보아도 좋지만, 부분의 합이 전체보다 크게 웃자라며 작품 속에 흐르는 시간과 그 작품을 읽어 온 독자의 시간을 하나로 묶어 낸다.

하지만 87분서 시리즈를 읽을 때마다 새삼 놀라게 되는 점은, 단한 번 나오고 말 사람들, 이 책이 끝나면 더는 만나지 못할 사람들, 심지어 딱 한 장면에 나오고 퇴장하는 사람들을 만날 때도 마찬가지로 고유의 삶과 역사를 엿본 듯한 기분이 든다는 것이다. 더구나오랜 시간 함께 지내며 그 성격에 익숙해진 형사들과 달리, 이 '단역'들은 예측불허다. 어떤 사람을 만나게 될지, 어떤 모습을 내비칠지, 그래서 형사들에게 어떤 반응을 이끌어 낼지 알 수 없다. '범죄자가 예술가라면 경찰은 평론가'라는 말도 있거니와, 본디 경찰이란 일이 발생해야 움직이고 반응하는 사람들이다. 누가 그들을 반응하게 하는가? 경찰이 아닌 사람들, 경찰의 일을 만드는 사람들, 87분서 바깥의 사람들이 그렇게 한다. 바로 아이솔라 시의 평범한 시민들이다.

잠깐, 평범한 시민들이라는 말은 실수다. 그들은 평범하지 않다. 맥베인에게는 한두 마디 대사나 작은 행동거지만으로 갓 등장한 인물의 특성을 뇌리에 각인시키는 신묘한 재주가 있다. 가령 형사들은 지겨워 죽으려고 한다는 라인업이 그토록 다채로운 캐릭터들로 가득해도 괜찮은 걸까? 헌터의 거칠거칠한 투덜거림을 듣노라면 그와 함께 유치장에서 밤을 지새우며 토사물 냄새를 맡았던 것만 같은 착각이 들고, 현란한 영어 솜씨로 형사과장과 맞서는 주느비에브에게 박수를 보내노라면 틀림없이 남편이 먼저 잘못해서 그녀의 성질을 긁어 놓고는 작은 상처에 호들갑을 떨었으리라 확신하고 싶어진다. 두 사람 다 중심 플롯의 해결과는 아무런 상관도 없지만, 섣불리 '단역'이나 '엑스트라'라는 꼬리표를 달기에는 망설여진다. 그들은 라인업이 끝난 다음에도 아이솔라 시의 일원으로 계속 살아가고 있을 것이다.

또 과연 헨리 프로섹 노인 앞에 눈물을 글썽이지 않을 독자가 있을까? 가능한 한 몸단장을 하고 가장 좋은 옷을 입었음에도 더러워 보이는 광부. 여자는 얼굴이 예뻐야 하는데 딸은 그렇지 못했다며 자기 세대의 편견을 중얼거리는 목소리 너머로 전해 오는 투박한 비통함. 복도를 따라 메아리치며 주문처럼 반복되는 "그 여잔 내 딸이 아니오." 그는 이 장면을 끝으로 다시는 등장하지 않지만, 그가 문고리를 붙들고 주저앉는 순간 엎질러진 상실감은 봉합되지 않은 채 『사기꾼』 전체에 어른거린다.

그리고 물론 프리실라가 있다(엄밀히 말해 아이솔라 시의 '시민'은 아니지만). 카렐라가 ☆☆☆스타☆☆☆이자 영웅일지는 몰라도, 이 이야기의 주인공은 결국 프리실라라고 주장할 독자가 옮긴이만은 아니리라 믿는다. 그저 그녀가 중심 플롯에서 중요한 역할을 담당하고 있어서 하는 말이 아니다. 맥베인은 독자가 그녀의 지난 역사를, 꿈을, 환멸을, 고독을, 절박함을, 비참함을, 환희를, 미래에 대한 기대를, 절망을 함께 나누도록 하며, 어떤 면에서는 죽음까지도 함께하도록 이끈다. 서른일곱의 나이에 무미건조한 삶 속에서 모든 희망을 버린 다음 비로소 '세상이 참 컸다'고 느낀 이 여인이 자신을 거의 벌거벗기듯 해부하여 연애 시장에 내놓는 편지를 쓰는 대목에서, 캐릭터의 삶과 마음을 파고드는 맥베인의 능력은 최고조에 달한다. 프로섹 부녀가 남기고 간 비애는 편지를 쓰는 프리실라의 목소리로 스며들어 뒤섞이며 가슴을 후려친다. 그 목소리에 담긴 드라마의 풍성함은 6장만을 따로 떼어 단편으로 다듬어도 되겠다 싶을 정도다. 이후 죽음 가까이까지 내려가 환멸의 절정에 이르렀던 그녀가 "피닉스에는 새가 많아요."라고 말하며 다시 솟아오를 조짐을 보이는 순간이야말로 『사기꾼』에서 감정의 곡선이 가장 급격히 요동치는 절정의 순간이다.

프리실라의 발언이 있기에 카렐라와 테디의 사랑도 한층 돋보인다. 서술자는 프리실라가 카렐라 부부의 사랑에 힘입어 다시 한 번 살아 보기로 하는 것처럼 그려 내지만, 카렐라와 테디의 마지막 장면이 힘을 얻는 것은 오히려 프리실라가 자신의 고난을 통해 그런 사랑의 귀함을 일러 준 덕분이다. 프리실라 없이는 카렐라와 테디도 없다.

아이솔라의 시민들 없이는 87분서도 없다.

맥베인이 그토록 카렐라는 주인공이 아니라고 투덜거렸던 것도 이해할 만하다. 그는 주인공이 세계를 이끌어 가는 이야기가 아니라 세계가 주인공을 빚어내는 이야기를 들려준다. 그리고 그 세계가 추상적인 관념으로서의 세계가 아니라 각자 자기 삶의 주인공인 개인들로 이루어진 세계임을 끊임없이 증명한다. 사건이 끝나더라도 개인들은 사라지지 않는다. 그들은 87분서 바깥 어딘가를 돌아다니며 독자들과 스쳐 지나갈 날을 기다리며 살아가고 있다.

재회 이야기가 나온 김에 덧붙이자면, 서툰 영어로 지혜의 말을 들려주었던 문신 시술사 찰리 첸과는 실제로 중후기작『아이스』(1983)에서 다시 만나게 된다. 맥베인 역시 글감을 찾아 아이솔라 시를 배회하다 그와 스쳐 지나갔던 모양이다.

하지만 재회의 기쁨에 벌써부터 너무 얽매이지는 말기로 하자.

이 도시는 크고, 앞으로 새로 만나게 될 사람들은 수없이 많을 테니까.

사기꾼
THE CON MAN

초판1쇄 발행 2015년 5월 1일

지은이 | 에드 맥베인
옮긴이 | 홍지로
발행인 | 박세진
교 정 | 박은영, 윤숙영, 이형일
표지디자인 | 허은정
용 지 | 두송지업
인 쇄 | 대덕문화사
제 본 | 자현제책사

펴낸곳 | 피니스 아프리카에
출판등록 | 2010년 10월 12일 제25100-2010-000041호
주소 | 137-040 서울시 서초구 반포동 47-5 낙강빌딩 2층
전화 | 02-3436-8813
팩스 | 02-6442-8814
블로그 | www.finisafricae.co.kr
메일 | finisaf@naver.com